충효공원

忠孝公園
陳映眞

대산세계문학총서 104

충효공원

忠孝公園

천잉전 지음 — 주재희 옮김

문학과지성사
2011

대산세계문학총서 104_소설
충효공원

지은이 천잉전
옮긴이 주재희
펴낸이 홍정선
펴낸곳 (주)문학과지성사
등록 1993년 12월 16일 등록 제10-918호
주소 121-840 서울 마포구 서교동 395-2
전화 02)338-7224
팩스 02)323-4180(편집) 02)338-7221(영업)
전자우편 moonji@moonji.com
홈페이지 www.moonji.com

제1판 제1쇄 2011년 7월 15일

ISBN 978-89-320-2220-8
ISBN 978-89-320-1246-9 (세트)

이 책은 대산문화재단의 외국문학 번역지원사업을 통해 발간되었습니다.
대산문화재단은 大山 愼鏞虎 선생의 뜻에 따라 교보생명의 출연으로 창립되어
우리 문학의 창달과 세계화를 위해 다양한 공익문화사업을 펼치고 있습니다.

차례

귀향
歸鄕

태극권(太極拳)

줘전(卓鎭)의 산제궁(三介宮) 뒤편 공원에 태극권을 매우 잘하는 노인이 홀연히 나타났다는 소식이 줘전의 조각회(早覺會)에 전해졌다. 사람들 말에 따르면, 5시 반도 안 된 어느 날 새벽, 산제궁 공원의 풀밭 위에서 여느 때처럼 나이 지긋한 회원들이 태극권과 무술을 연마하거나 조깅을 하고 있었다 한다. 그런데 공원에 흩어져 태극권을 연마하던 사람들이 반백 노인의 권법에 이끌려 하나 둘 녹나무 아래로 모여들었다는 것이다.

"웬 낯선 노인이 태극권을 하는데 정말 심오하고 유연해."

줘전에서 하나뿐인 오토바이 가게를 하는 장칭(張淸)이 말했다. 그는 조각회를 이끄는 사람 중 하나이다. 그는 잿빛 각진 얼굴에 눈썹이 짙고 눈이 컸다. 조각회에서 어떤 사부를 모셔와 무엇을 수련할 것인지 모두 그가 계획하고 처리해왔다. 조각회 회원들이 지난봄부터 태극권 수련을 시작할 때에도 장칭이 수염이 허연 푸저우(福州) 출신의 노인을 모시고 와

석 달간 가르침을 받았다. 그중 장칭이 가장 부지런하고 열성적이었다.

"동작 하나하나 이어지는 것이 얼마나 자연스럽고 부드러운지 보시오. 마치 물이 흐르는 것 같지 않소."

퇴임한 지 2년이 되어가는 하오(郝) 씨가 감탄하며 말했다.

그 후 매일 새벽 산제궁 뒤편 공원의 풀밭에서는 늙은이 젊은이 할 것 없이 태극권을 단련하는 사람들은 모두 약속이나 한 듯 노인의 뒤에서 조용하고 경건하게 '람작미'에 이어 '단편식'을, 두 손을 휘감아 안쪽으로 감싸는 '제수상식'에 이어 '백학량시'를 따라했다.*

나흘째 되던 날, 십팔식권(十八式拳) 전부가 20여 분에 걸쳐 끝나자 장칭이 앞으로 나가 반백의 노인에게 말을 걸었다.

"저, 사부님께서는……"

장칭은 눈을 둥그렇게 뜨고 겸손하게 말했다.

"이전에 한 번도 뵌 적이 없습니다만."

"아! 예."

반백의 노인은 어색해하면서 쳐다봤다.

날이 밝아오면서 산 중턱 아카시아 숲의 얽혀 있는 가지 그림자가 비치기 시작했다. 할미새가 멀리서 가까이에서 지저귀고 있었다. 화미조를 기르는 사람들이 키 작은 나뭇가지에 걸어놓은 덮개 덮인 새장 속에서는 난폭하게 싸우기라도 하는 듯 찢어질 것 같은 새소리가 들려왔다.

"사부님께서는……"

장칭이 말했다. 뒷전에서 경외의 눈빛으로 묵묵히 쳐다만 보던 대여섯 명의 사람들이 장칭이 말을 거는 것을 보고는 용기를 얻은 듯 그를 둘

---

* 람작미(攬雀尾), 단편식(單鞭式), 제수상식(提手上式), 백학량시(白鶴亮翅)는 태극권의 기본 동작이다.

러쌌다.

"별말씀을." 노인이 말했다.

"가당치 않아요. 사부님은 무슨."

"저, 사부님."

장칭이 조심스럽게 말을 이었다.

"저희는 태극권을 배운 지 얼마 되지 않습니다. 사부님께서 다리를 들었다 모으고, 양 팔꿈치를 안팎으로 감는 모습을 바라보느라 얼이 빠졌습니다."

"별말씀을, 되는대로 흉내나 내면서 몸을 단련하는 것뿐이라오."

노인이 말했다. 그는 태극권에 열성적인 몇 명의 낯선 이들이 자신을 둘러싸고 있음을 알게 되었다.

"나이가 많아서, 단련을 하지 않으면 안 되겠기에……"

그는 어쩔 줄 몰라 하며 대답했다.

사람들은 다투어 질문을 하기 시작하였다. '왼쪽으로 향하려면 먼저 오른쪽으로 가라'는 것이 무슨 뜻인지, '앞으로 갈 때는 반드시 뒤를 받쳐라'는 어떻게 하라는 뜻인지 물었다. 의외로 반백의 노인은 대단한 이치를 말하지는 못했다. 그러나 그가 직접 시범을 보이자 그 움직임이 백 마디의 설명보다 나았다. 그는 우선 오른쪽 허리에 힘을 주고 오른쪽 넓적다리를 조금씩 오른쪽을 향해 돌리면서 고정시켰다. 그리고 전체 중심을 오른쪽 다리에 두고 왼쪽 발을 가볍게 벌린 다음 천천히 오른쪽 발을 성큼 내밀었다.

"고수야."

하오 씨가 노인의 시범을 보며 감탄했다.

"태극권에 상, 하, 좌, 우, 열고, 닫고 하는 동작이 있기는 합니다."

노인이 말했다.

"모두가 상반되는 의미지만, 결국엔 상호 결합하는 개념이고 동작이지요."

장칭과 사람들은 노인을 에워싸고 천천히 아까시나무 아래 아침을 파는 노점으로 자리를 옮겼다.

"사부님, 저희가 아침을 대접하겠습니다."

장칭이 말했다.

"저희 체면을 봐서라도 사양하지는 마십시오."

"아닙니다."

노인은 의아해하면서 말했다.

"감사합니다만."

"매일은 아니지만 저희들은 항상 여기서 아침을 먹고 갑니다."

하오 씨가 말했다.

"사부님, 사양하지 마십시오."

대여섯 명의 사람이 널찍하고 둥근 탁자에 앉았다. 얼마 후 노점의 주인인 라오주(老朱)*가 찐만두와 떠우장과 샤오빙**을 가져왔다. 막 아침을 먹으려다 장칭이 말했다.

"요 며칠 동안 저희끼리 말한 건데요. 다시 반을 하나 만들어서, 사부님께 배우면……"

"아이고, 말도 안 되는 소리를."

---

* 중국인들이 연장자나 비슷한 나이의 사람을 친근하게 부를 때 성 앞에 노(老, 중국어 발음으로 라오) 자를 붙여 부른다. 자신보다 나이가 어리다면 성 앞에 소(小, 중국어 발음으로 샤오) 자를 붙인다.

** 떠우장(豆漿)은 중국인들이 아침에 주로 먹는 콩국이고 샤오빙(燒餠)은 밀가루 반죽을 평평하게 만들어 구운 빵의 일종이다.

노인이 입으로 가져가던 만두를 도로 접시에 놓으면서 황급히 말했다.

나머지 사람들도 젓가락을 놓고 진심으로 가르침을 청하였다. 출근해야 하는 사람들은 하나 둘 가버리고, 산제궁 공원에는 직장 생활에 얽매여 있지 않은 사람들이 다시 모여들었다. 태양은 벌써 멀리서 얼굴을 내밀고, 날은 이미 훤히 밝아 있었다.

"이 정도의 실력으로 어찌 사람들을 가르치겠습니까."

노인이 조심스러운 얼굴로 말했다.

"게다가……"

"사부님." 장칭이 말했다.

"그런데 성함이 어떻게 되시는지요?"

노인이 잠시 침묵하는 사이 어두운 그림자가 풍상으로 주름진 얼굴을 스치고 지나갔다.

"나의 성은, 성이…… 양(楊)이고"

그가 말했다.

"외자 이름 빈(斌), 빛날 빈이지요."

"양 사부님."

장칭이 말했다.

"나는 외지에서 온 사람이라, 오래 머물지는 못합니다."

그가 말했다.

"여러분께서 배려해주시니 감사합니다만."

"양 사부님께서는 어디서 오셨습니까?"

하오 씨가 물었다.

"먼 곳입니다."

양빈 노인이 웃으면서 말했다.

"사부는 무슨, 그냥 라오양(老楊)이라 부르십시오."

"멀어봐야 얼마나 멀겠습니까. 손바닥만 한 타이완 땅에서."

하오 씨가 웃으면서 말했다.

"가장 북쪽 지룽(基隆)이래야, 여기에서 기차로 세 시간 반이면 되고, 최남단 가오슝(高雄)도 고속도로로 한 시간 남짓이면 도착하는데."

"사실 국가는 크고 작은 것이 문제가 아니지요."

장칭은 회색빛 얼굴에 의미심장한 미소를 머금으며 말했다.

"크고 작은 것이 문제가 아니고, 그러니까 그게 뭐냐……, 주체의식이 있느냐 없느냐, 운명공동체의 관념이 있느냐 없느냐의 문제지요."

비록 외지에서 온 양빈 노인이지만 왠지 분위기가 잠시 어색해지는 것을 느낄 수 있었다. 하오 씨는 여전히 미소를 짓고 있기는 했지만 아무 말이 없었다. 장칭의 아내인 수자오(素嬌)가 금팔찌를 한 하얀 손을 내저으면서 말했다.

"한순간이라도 정치 이야기를 안 하면 남자들은 숨통이 막혀 죽을 거야."

장칭과 하오 씨를 포함한 사람들 모두가 웃기 시작했다. 장칭은 요 몇 년 사이 유달리 '타이완의 주체성'이니 '운명공동체'니 하는 말을 하기 좋아했다. 그는 또 '타이완 쌀을 먹고, 타이완 물을 마신다면 반드시 타이완을 사랑해야 한다'는 따위의 말을 즐겨 하곤 했다. 그러나 조각회의 강한 친밀감 때문인지, 장칭이나 하오 씨가 어쩌다가 입씨름을 하더라도 조각회의 기본적인 화목을 해치지는 않았다. 그중 장칭의 아내와 하오 씨의 아내—사람들은 하오마마라고 불렀다—가 그때마다 중재한 것도 지대한 작용을 하였다.

"양 사부님께서는 우리 쥐전에 얼마나 머무르실 수 있나요?"

장칭의 아내가 물었다. 그녀가 입고 있는 유명 메이커의 운동복은 그녀를 더욱 젊고 활력 있어 보이게 하였다.

"양 사부님이 얼마나 오래 머무실 수 있는가, 이것이 바로 중요한 점이잖아요?"

그녀가 말했다.

"와, 장 사모님은 역시 머리가 좋으셔."

하오 씨가 말했다.

"라오장(老張)은 비범한 아내를 모시고 사는군."

장칭은 너무 우스워서 먹던 빵을 자기 운동복에 내뿜어버렸다. 장칭의 아내는 손수건을 꺼내 장칭의 옷에 묻은 음식 찌꺼기를 털어주면서 눈을 흘겼다.

"애도 아니면서 뭘 먹기만 하면 이렇게 옷에 흘려요……"

"여기에 머물 수 있는 시간은 길지 않습니다."

양빈 노인이 말했다.

"짧으면 일주일, 길어도 한 달 정도입니다."

"양 사부님께서 한 수 가르쳐주십사 하는 청에 대한 결정을 꼭 오늘 내리셔야 하는 것은 아닙니다."

장칭이 말했다.

"사부님께 며칠 생각해볼 시간을 드립시다."

하오마마가 말했다.

양빈은 누구를 가르쳐본 적이 없다는 둥, 시간이 허락지 않을 것 같다는 둥 중얼거리기만 했다. 하오 씨가 갑자기 물었다.

"양 사부님께서는 어디서 태극권을 배우셨나요? 틀림없이 고수에게서 전수 받으셨겠지요?"

"그렇지 않습니다."

양빈 노인이 깊은 생각에 잠기며 대답했다.

"어느 군인에게서 배웠습니다."

당시 양빈은 만으로 열아홉도 안 된, 장작처럼 깡마른 젊은이였다. 1947년 7월 국군 70사단은 산둥(山東)의 제6주둔지에서 공산군에게 대패했다. 사단장 천이(陳頤)는 싸움도 한번 제대로 해보지 못하고 공산군의 포로가 되었다. 당시 양빈은 70사단 139여단 예하 한 부대의 병사였다. 제6주둔지가 함락되자 70사단 139여단은 두위밍(杜聿明)의 집단군으로 편제되었는데, 1949년 한겨울처럼 추웠던 어느 봄날 전군이 궤멸되고 말았다. 두위밍은 포로가 되고 치우칭췐(邱清泉)은 전사했다. 일개 병사인 양빈은 투항하는 국군을 따라 포로가 되었다. '의거'를 일으킨 부대는 공산군의 우대를 받았고, 얼마 후 전군은 스자좡(石家莊)으로 보내졌다. 공산군은 무슨 까닭인지 젊은 양빈에게 자오(趙) 대대장을 시중드는 임무를 맡겼다.

양빈의 기억에 자오 대대장은 과묵한 사람이었다. 평소에는 공산군이 지급해준 소책자를 읽거나 그렇지 않으면 늙은 홰나무 아래서 태극권을 연마했다. 양빈은 처마 밑에 서서 그의 시중을 들었다. 그곳은 대저택이었는데 주인은 도망간 것 같았다. 공산군들은 포로가 된 국민당의 여단장과 대대장 몇몇을 그곳에 머물도록 했다. 자오 대대장이 태극권을 할 때는 몇 그루의 홰나무가 심어져 있는 정원이 더욱 고요해져 겨울의 삭풍이 늙은 홰나무의 가지를 스쳐 지나가 벌거벗은 가지들이 바람 속에서 싸아 싸아 흔들리는 소리만 들렸고, 그때마다 나뭇가지에 쌓였던 잔설이 흩날렸다.

어느 날 아침 양빈은 여느 때처럼 자오 대대장이 여유자적하게 기본

자세를 취하는 것을 보고 있었다. 그런데 자오 대대장은 갑자기 무언가 생각난 듯 내딛던 발을 거두고 청회색 토담 밑에서 아침 해에 비친 긴 그림자를 끌고 서 있는 양빈을 향해 천천히 몸을 돌렸다. 양빈은 급히 차렷 자세를 취하였다.

"너는 집을 떠나 먼 타향에서 떠돌고 있지만,"

자오 대대장은 무표정하게 말을 이어갔다.

"결심을 해야 한다. 살아서 고향에 돌아가 부모님을 꼭 뵙겠다고."

"……"

"그러려면 신체를 단련해야 해."

자오 대대장이 말했다.

"별일이 없을 때는 내 뒤에서 나를 따라 해라. 멈추면 멈추고."

자오 대대장은 몸을 돌려 다시금 오른발을 앞으로 내밀고 허리를 낮추어 기본자세를 취하더니 천천히 태극권을 시작했다. 양빈은 조금 놀라서 자오 대대장이 손을 뻗고 다리를 드는 동작을 보고도 얼빠진 사람처럼 가만히 서 있었다. 그러나 대대장은 한 번 말했으면 됐다는 듯 더는 재촉하지 않았다. 열흘 남짓 전전긍긍 살펴보고서야 양빈은 대대장 뒤에서 흘금흘금 보아가며 손을 뻗고 다리를 돌렸다.

"대대장 뒤에서 엉망으로 따라 하긴 했지만 한평생 그 짓을 할 생각은 없었습니다."

양빈이 웃으면서 말했다.

"병도 고쳤고, 몸도 건강해졌으니까요."

"그 대대장은 도통 가르쳐주지는 않았나요?"

하오마마가 물었다.

"가르쳐주셨습니다."

양빈이 말했다.

"한 달 남짓 지나서야 대대장이 정식으로 저의 단련 자세를 봐주더군요. 그러고는 내가 몸을 낮추어 웅크리고 앉을 때 두 무릎보다 더 낮아서는 안 된다고 지적해주셨어요. 또 어떻게 손으로 팔꿈치를 당기고, 팔꿈치로 상박근을 당기는지 가르쳐주셨지요. 다리를 올릴 때는 먼저 허벅지를 들어 올리고 온 힘을 무릎에 모은 다음 발뒤꿈치를 들어 올리라고 가르쳐주셨습니다."

"그분은 일찍 단련을 시작하셔서 기초가 튼실하신 게야."

하오 씨가 장칭에게 말하면서 얼굴을 돌려 양빈에게 물었다.

"당시 사부님께서는 젊으셨을 것이고, 부대가 막 타이완으로 왔을 때도 모두 젊은이였겠군요."

"당시 나는 열아홉인가 스물인가 됐었고, 국민당은 아직 대륙에 있었습니다."

"그렇게 어린데 군대에 가서 전쟁에 참가했단 말인가요."

린칭(林清)의 아내가 거들었다.

"사부님의 태극권은 타이완에 와서 배우신 것이 아니군요."

양빈은 말이 없었다. 그는 타이얼좡(台兒莊)의 일을 떠올리고 싶지 않아서 아예 입을 다물고 대충 넘어가버렸다. 아침 장사가 거의 끝나가고 있었다. 라오주가 큰 접시에 물만두를 그득 담아 와서, 의자를 끌어다 놓고 앉았다.

"이것은 제가 한턱내는 겁니다."

라오주가 웃으며 말했다.

"무슨 말씀이세요."

장칭의 아내가 말했다.

"장사는 장사지요."

"그런 말 마쇼. 아침 장사가 다 끝나고 남은 거요."

라오주가 쉰 목소리로 말했다.

"사부님께서 개의치 않으신다면, 제가 사부님께 맛보시라고 드리는 것으로 하지요."

양빈 노인이 몸을 기울여 감사를 표했다. 라오주는 흰 거품이 가시지 않은 물만두를 집어 양빈 앞에 놓여 있는 접시에 놓았다. 그러고는 젓가락으로 만두피를 갈랐다. 분홍색 고기소가 보이면서 고기와 파의 향내가 상큼하게 퍼져갔다.

"사부님께서는……,"

라오주가 말했다.

"사부님은 양씨세요. 양 사부님."

장칭이 말했다.

"양 사부님, 좀 드셔보세요."

라오주가 권했다.

"저는 매일 아침 물만두를 20여 접시 팝니다."

양빈을 포함한 대여섯 명의 사람들이 모두 젓가락을 들어 라오주의 물만두를 먹기 시작했다.

"껍질이 두껍지도 않고, 만두소도 정말 신선하죠."

하오마마가 허풍스레 말했다.

"라오주의 물만두는 정말 유명하다니까."

"양 사부님, 한 가지 여쭤봐도 될는지……"

라오주가 말했다.

"만두가 참 맛있습니다."

이렇게 말하면서 양빈 노인은 젓가락을 놓고 탁자 위의 휴지통에서 담홍색 휴지 두 장을 꺼내 입 주위를 닦았다.

"양 사부님은……"

라오주가 말했다. 그는 튼실하게 살이 오른 두 팔을 가슴 앞으로 모았다.

"제가 감히 한 가지 여쭙겠는데……"

"라오양이라 불러주십시오."

"고향이 어디신지요?"

라오주가 물었다.

양빈 노인은 한참을 묵묵히 있다가 문득 입을 열었다.

"타이완입니다."

탁자에 앉아 있던 사람들은 잠시 정신이 나간 듯 모두 놀란 얼굴로 양 사부의 얼굴을 쳐다보다가 다시 서로의 얼굴을 쳐다봤다.

"타이완, 이란(宜蘭)……"

양빈은 조용히 말했다.

"양 사부님께서는 농담도 잘하셔."

모두들 의아해서 한동안 말이 없자, 장칭이 단호하게 말했다.

양빈 노인이 웃었다. 다른 사람들도 호쾌하게 웃기 시작했다.

"양 사부님, 농담이시지요? 저는 금방 알아차렸어요."

장칭이 말했다.

"타이완 사람이시라구요? 그러면 타이완 말을 좀 하시겠네요."

"모두 잊어버렸어요."

양빈 노인은 마치 자신도 지금 자기가 한 말이 믿기지 않는다는 듯 머리를 좌우로 흔들면서 말했다.

"타이완 사람이 어떻게 타이완 말을 잊어버릴 수가 있지."

장칭과 하오 씨가 함께 웃었다.

"사부님은 농담을 하시는 게야."

"타이완 사람이라면, 양 사부님의 연세에 틀림없이 일본어를 할 수 있을 거예요."

장칭의 아내가 말했다.

장칭의 아내는 최근 일본어 반에서 일본어를 배우고 있다고 했다.

"와타쿠시와(わたくしは, 나는)……"

그녀는 잘난 척하면서 막 배우기 시작해 아직은 서툰 일본어로 '나는 타이완 사람입니다'라고 말했다.

"양 사부님 알아들으시겠어요?"

장칭의 아내가 유쾌하게 웃었다.

"양 사부님께서 정말 타이완 사람이시라면 저희에게 일본어 몇 마디를 가르쳐주세요."

"그것도 다 잊어버렸습니다."

양빈 노인이 조용히 미소 지으며 말했다.

탁자에 앉아 있던 사람들은 모두 그가 농담을 하고 있다고 확신했다. 이 농담이 마을 사람들과 양빈 노인과의 서먹함을 없애주었다. 장칭은 서먹함이 많이 없어졌으니까 다음에 태극권을 가르쳐달라고 청하면 틀림없이 들어주실 것이라고 생각했다.

"양 사부님은 정말 재미있으셔."

장칭의 아내가 말했다.

"기왕 말이 나왔으니 말인데, 사부님께서는 정말 어디 분이신가요?"

라오주가 웃음을 거두면서 말했다.

"지금 말씀하시는 것을 들으니 발음이 매우 독특하신 것 같은데, 대륙 어느 지방 말인지 모르겠군요. 북방 말인가 하면, 꼭 그런 건 아닌 것 같고. 남방 쪽인가? 어느 지방 말인지 잘 모르겠습니다."

"대륙은 땅덩어리가 워낙 넓어서."

하오 씨가 탄식하듯 말했다. 그는 탁자 위에 손가락으로 그림을 그리며 말했다.

"같은 지방이라도 강 하나로 떨어져 있거나 산 하나만 넘어도 눈만 멀뚱거릴 뿐 한마디도 알아듣지 못하지."

"허난(河南)."

양빈이 말했다.

"허난, 우타이묘(吳台廟)입니다."

"들어본 적이 없습니다."

라오주가 말했다.

"그렇다면 사부님 말투는 북방 사투리군요. 어쩐지 그런 것 같더라니까요."

"단청에서 아주 가깝습니다."

양빈 노인이 말했다.

"아, 윈청* 저도 알지요."

라오주가 말했다.

"당숙이 한 분 계신데 70사단에서 부대대장을 하셨지요. 그해 7월, 70사단은 산둥의 위타이(魚臺), 진샹(金鄕)으로 가면서 명령을 기다리고 있

---

* 단청(鄲城)은 허난 성 동부에 있고 윈청(鄆城)은 산둥 성 서남부에 있다.

었지요. 며칠 지나지 않아 명령이 떨어졌는데, 원청으로 가 지원을 하라고……"

"지금 말씀하시는 곳은 원청이고, 제가 말한 곳은 단청입니다."

양빈 노인이 고개를 들고 라오주를 쳐다보았다.

"그해는 1947년 7월이었습니다."

"맞습니다, 민국* 36년(1947년) 7월이요. 부대가 도착하기도 전에 원청은 공산당에게 함락되었지요."

라오주는 혼잣말처럼 중얼거렸다.

"제 당숙께서는 길을 가는 도중 대부대 앞에서 큰 차를 발견했다고 하셨어요. 그 차는 진흙에 빠져서 움직이지 못했는데, 위아래가 온통 진흙투성이였답니다."

부대대장이었던 당숙이 그러는데 한 연대장이 가쁜 숨을 몰아쉬고 얼굴을 붉히며 뒤쪽에서 말을 몰고 달려왔다고 했다.

"죽일 놈, 내가 네 놈을 살려두지 않겠어."

연대장이 총을 뽑아 씩씩거리며 소리쳤다 한다.

"어느 놈의 차가 급한 행군을 막는 거야!"

라오주의 말인즉, 진흙투성이 차 안에는 한 사람이 거의 정신 나간 듯이 말도 하지 않고 앉아 있었는데 온몸이 진흙 범벅으로 엉망이었다는 것이다. 운전사가 있는 힘을 다해 시동을 걸고 세 명의 병사가 덜덜 떨면서 뒤에서 죽으라고 차를 밀고 있었다.

"운전사가 차에서 튀어나와, '털썩' 하고 그 연대장 앞에 무릎을 꿇었다는군요. 제 당숙이 해준 이야기입니다."

---

* 민국은 중화민국의 연호이며, 1912년이 원년이다.

라오주는 계속 말했다.

"운전사 말이, 윈청은 함락되었으며 차 안에 있는 사람은 윈청의 포위를 뚫고 도망쳐 나온 55사단의 여단장이라는 겁니다."

라오주는 고개를 설레설레 흔들면서 원래 여단장의 위풍이 얼마나 당당해야 하는지 말했다. 그러나 라오주의 당숙은 그 여단장은 혼이 다 나간 것 같았다고 말해주었단다.

"바로 그 윈청 말이지요?"

라오주가 말했다.

"산둥 서남의 윈청을 말하는 것이 아닙니다."

양빈이 말했다.

"제가 말하는 곳은 바로 허난 동쪽 끝의 단청입니다. 노형이 말하는 윈청은 70사단이 주둔했던 곳 아닙니까? 타산(塔山)에서의 전투는 참으로 처참했지요!"

"아이고, 말도 마십시오."

라오주가 탄식했다.

"그건 좀 이전의 일이고, 1년이 지나 우리 수만 대군은 추위가 몰아치는 화베이(華北)의 전장으로 강제 투입되었지요."

"양 사부님께서는 아직도 타이완 분이라고 하시는데요."

장칭이 입을 열며 웃기 시작했다.

"타이완 사람 중 사부님 같은 백전노장이 누가 있겠습니까?"

장칭은 조롱 섞인 어조로 "당시 부대 보충병으로 있을 때 외성인(外省人)* 반장은 술이 몇 순배만 돌면 북벌에서 시작해서 항일전쟁, 공산당과

* 1949년 국민당 정부가 퇴각하면서 중국 대륙에서 타이완으로 이주한 중국인.

의 전투까지 이야기하곤 했습니다"라고 말했다.

"전쟁, 참 고생스럽지."

라오주가 눈썹을 내리깔면서 말했다.

"타이완 사람들, 전쟁 경험이 전혀 없다는 것, 이거 참 행복한 거요."

새벽에 산제궁 뒤편 공원으로 와 운동을 하던 사람들은 거의 모두 가버렸다. 라오주의 큰딸도 아침 장사를 거두기 시작했다. 햇빛은 아까시나무의 가는 잎 사이로 삐져나와 그들이 앉아 있는 탁자에까지 비쳤다.

"사실, 타이완 사람도 국민당 병사로……"

양빈 노인이 갑자기 비애스러운 표정을 지으며 말했다.

"적지 않은 사람들이 마찬가지로, 마찬가지로 죽을 고생을 했습니다."

장칭 부부는 물론이고 하오 씨 부부도 타이완 사람과 국민당 병사가 무슨 연관이 있다고는 들어보지 못했다.

"나는 타이완에서 반평생을 산 사람인데,"

장칭이 의심스러운 듯 눈을 크게 뜨고 말했다.

"타이완 사람으로 국민당 병사가 된 사람을 지금까지 본 적이 없습니다."

"19…… 아니, 민국…… 35년,"

양 사부는 마치 속으로 서기(西紀)와 민국을 대조하는 장부를 들여다보듯 말했다.

"7~8월 사이에 타이완 각지에 주둔해 있던 국군 70사단과 62군단이 타이완에서 병사를 모집하기 시작했습니다."

"그거야 내가 모르는 것이 당연하지."

하오 씨가 말했다.

"우리는 민국 38년(1949년)에 타이완으로 왔으니까."

"민국 35년이라, 하, 내가 태어나기도 전이구먼."

장칭이 자기의 아내를 보며 말했다.

"나는 민국 43년(1954년)에 태어났잖아."

라오주의 딸은 그릇과 젓가락 씻은 물을 들고는 공원 화단으로 가 정성스럽게 뿌려주었다. 하오마마는 라오주의 딸이 참 조신하다고 늘 칭찬해왔다. 그녀는 라오주의 딸이 저 화단을 세심하고 따뜻하게 잘 돌본다고 말하면서, "앞으로 남편과 가족들을 잘 돌볼 거야"라고 칭찬했다.

"타이완 사람은 본래 우직한데 일본 정신이 다 망쳐놨어요."

장칭이 말했다.

"누가 와서 주인이 되더라도 곧장 그 사람의 심복이 되니……"

장칭은 아버지에게서 들었다며 일본이 패전하기 2~3년 전 타이완 사람들은 다투어 일본군 지원병이 되려 했고, 뽑히지 못하면 원망했다며 한심스러워했다.

"당신이 말하니 생각나는군요. 민국 35년(1946년) 가을, 한 무리의 사람들이 자기 집안의 장정을 우리 부대로 데리고 왔었습니다. 그들의 친구와 가족들은 '충정보국' '××군의 출정을 축하하며'라고 쓴 흰색 깃발을 받쳐 들고 있었죠."

라오주는 대륙에서는 총을 들이대고 병사를 징발해야 했기 때문에 연대장, 대대장 모두 이 광경을 보고 자기 눈을 의심했다고 말했다. 라오주는 눈살을 찌푸리며 말했다.

"나 역시 강제로 징발당해 군대에 간 것이었거든."

라오주는 갑자기 욕을 내질렀다.

"멸종할 놈들."

"라오 씨, 화났군요."

세심한 장칭의 아내는 욕하는 소리를 듣고서 걱정이 되었다.

"당시 타이완 사람들이 군대에 갈 때 모두가 신이 나서 자원했던 것은 아니었습니다."

양빈 노인이 슬픈 어조로 말했다.

"가난과 배고픔은 타이완 청년들이 국민당 군영을 밟은 중요한 이유 중 하나였어요."

장칭과 그의 아내가 놀란 눈으로 양빈 노인을 쳐다보았다. 장칭은 이전 사람들이 가난했었다는 것은 들어서 알고 있었다. 아버지가 항상 얘기해주셨기 때문이다. 그러나 장칭과 그의 아내는 가난했다는 것이 지금보다 이런저런 것이 좀 부족했다는 것으로만 알았지, 밥도 못 먹을 정도였으리라고는 생각지 못했다.

"타이완은 다른 것은 몰라도 쌀이 부족하진 않았잖아요."

장칭이 말했다.

장칭은 말하는 도중 갑자기 떠오른 생각이 있었다. 그는 속으로 진지하게 말했다. 쌀 창고라고 할 수 있는 타이완이 쌀이 부족했던 건 바로 '국민당 중국인이 타이완을 통치한' 결과였다고. 그러나 그는 입 밖으로 말하진 않았다. 하오 씨나 라오주는 모두 외성 사람이지만, 또 절친한 친구들이었기 때문이다. 하물며 양빈 사부도 '중국인'이고, 이후에 혹시라도 사람들을 모아 태극권을 가르쳐달라 청해야 할지도 몰랐다.

"병사를 모집하는 데 이렇게 씌어 있었습니다. 월급 405원, 매일 두 차례 쌀밥, 타이완에서만 복무하고, 결코 대륙으로 보내지 않을 것을 보장함."

양빈이 말했다.

"또 두세 달 훈련을 마치고 집으로 돌아가면 기관의 근무처를 알선함."

라오주가 작은 소리로 덧붙여 말하고는 차갑게 웃었다.

양빈은 라오주를 깊은 눈으로 바라보고는 속삭이듯 말했다.

"라오주, 노형은 국군 70사단에서 복무했었군요."

"그 일은 말하고 싶지 않습니다."

라오주가 쓴 웃음을 지었다.

"그때 일을 들춰서 뭐하겠습니까, 어떤 사단, 어떤 여단이든 결국은 모두 패배하고 말았잖아요."

"맞습니다. 몇십 년 전 일을 새삼 생각하기도 싫어요. 그런데 장칭이 물었잖습니까, 타이완 사람 중에 어떻게 국민당 병사가 있을 수 있었냐고."

양빈 노인이 천천히 입을 열었다.

"타이완 병사들이 뼈 빠지게 고생하는 모습을 내 눈으로 직접 보았습니다."

양빈 노인은 타이완의 청년들이 군대에 들어가 군장과 총기를 배급받고 매일 규칙적으로 훈련받으면서 두 끼의 쌀밥을 넉넉히 먹자 마치 비료를 준 곡식처럼 사나흘 후에는 정신이 나고 얼굴은 윤기가 흘렀다고 말했다.

"어느 날 부대에서는 행군 훈련을 한다고 하더니 타이완 병사들에게 무기는 휴대하지 말고 행장만을 정리해서 가오슝으로 행군하게 했습니다."

양빈은 말을 이었다.

"가오슝에 도착하자 하늘은 이미 어두워졌는데, 길 양쪽에는 온통 실탄이 장전된 총을 든 외성의 병사들이 가오슝 항까지 가는 길에 죽 늘어서 있었어요."

"간단히 말하자면, 타이완 병사들을 군함에 타게 하고 곧 선창 밑으로 내려보냈습니다."

눈치 빠른 몇몇 타이완 병사들은 대륙의 전쟁터로 보내려 한다는 것을 금방 눈치챘다. 질식할 듯한 어두움 속에서 놀라움과 두려움에 떠는 귓속말이 물이 스며들 듯 전해졌다.

"어린 병사들은 모두 울기 시작했습니다."

양빈은 목이 메었다.

장칭 아내의 눈도 붉어지더니, 눈가에 눈물이 반짝였다.

"나라를 망친 멸종할 놈들."

라오주가 노래하듯 중얼거렸다. 분노라기보다는 애처로움이 서려 있었다.

"우리 중국의 병사들에게 이러한 일은 말로 다 못할 만큼 많았었지."

"그런 다음에는요?"

장칭의 아내가 말했다.

"그런 다음에는," 라오주가 서둘러 말했다.

"대륙으로 보내서 공산당과 싸우게 했지 뭐……"

양빈 노인은 말없이 머리를 숙이고 종이컵에 담긴 식어버린 콩국을 마셨다. 라오주의 딸은 행주로 아침에 벌여놓은 탁자들을 닦기 시작했다. 태양은 더 커졌다. 가을 아침의 바람이 산 중턱의 아까시나무를 부드럽게 스치고 지나갔다. 어디선가 할미새 우는 소리가 아득히 들려왔다.

"계속되는 전란으로 중국인들은 적지 않은 수모를 당했지요."

하오 씨가 말하면서 의자 뒤에 걸어놓았던 지팡이를 집어 들고 지갑을 뒤져 라오주에게 아침 먹은 값을 치르려 하였다. 가끔 아침 식사를 하게 되면 그들은 돌아가면서 돈을 냈다. 그래서 누구도 하오 씨가 돈을 내는 것을 말리지 않았다.

"아펑(阿鳳)에게 주시오."

라오주가 말했다.

멀리서 하오 씨가 지갑 꺼내는 것을 보고 라오주의 딸 아평은 민첩하게 잔돈을 들고 왔다. 그녀는 5백 원을 받아 들고 잔돈을 건네주었다. 사람들은 모두 일어섰다. 아침 시간이 한참 지나 있었다.

"양 사부님." 장칭이 말했다.

"내일도 나오실 거지요?"

"나와야지요."

"다행이네요." 장칭의 아내가 신나서 말했다.

"사부님이 여기서 며칠 묵으시는 동안 그만큼 배우면 되겠네요."

"타이완 출신 노 병사를 어느 날이건 만나봤으면 좋겠습니다."

장칭이 진심 어린 소리로 말했다.

"제가 반드시 집으로 모셔 융숭하게 대접을 하겠습니다."

장칭의 아내가 조용히 장칭의 어깨를 감싸 안았다. 라오주가 말했다.

"살펴들 가십시오."

라오주는 의자에 앉아 다섯 사람이 공원 층계를 걸어 내려가는 것을 조용히 바라보았다.

"아버지, 다 치웠어요. 그만 돌아가요."

아평이 명랑하게 말하면서 바퀴 달린 포장마차를 밀고 갔다.

라오주는 대답이 없었다. 그는 멀리 걸어가는 다섯 사람의 뒷모습을 묵묵히 바라보며 윗주머니에서 담배를 꺼냈다. 마치 새가 쪼듯이 담배 한 대를 탁자에 탁탁 치더니 라이터로 담배에 불을 붙였다. 그때 양 사부가 갑자기 몸을 돌리는 것이 보였다. 양 사부는 다른 사람들에게 손을 흔들고 돌아서서 빠른 걸음으로 라오주 쪽으로 걸어왔다.

"라오주, 혹시 내 돋보기 못 보셨습니까?"

양빈이 말했다.

"이건가요?"

라오주가 주머니에서 낡은 돋보기를 꺼냈다.

"고맙습니다."

양빈 노인이 웃으며 말했다.

"내가 노형의 안경을 치워놨습니다."

라오주가 말했다.

"따로 몇 마디 이야기를 나누고 싶어서 말입니다."

"……"

"내 추측으로 노형은 70사단이었을 것 같은데,"

라오주가 양빈을 주시하며 말했다.

"70사단에 편제되었지요?"

양빈은 아무 말도 하지 않았지만, 대답 없이 쳐다만 보는 것은 분명 그렇다는 의미였다.

"나는 62군단이었습니다."

라오주는 길게 한숨을 내쉬었다.

"내가 이렇게 말하면 노형도 무슨 뜻인지 알 거요."

"음."

"사시는 곳이 우리 집과는 한두 골목 떨어져 있어 노형 드나드는 것을 보았지요."

라오주가 미소 지었다.

"실례가 되지 않는다면 언제 집으로 찾아가서 지난 일들을 이야기하고 싶소만."

"그러십시오."

"62군단, 70사단 모두 궤멸되었는데," 라오주가 암담하게 말했다.

"목숨을 부지해서 오늘날까지 살아남았다는 것은 쉬운 일이 아니지요."

"그건 그렇습니다."

양빈은 몸을 돌려 가려다가 물었다.

"어느 집인지 확실히 아십니까?"

"알지요." 라오주가 대답했다.

"1층에 이발소가 있는 그 건물 아닙니까?"

"맞습니다. 3층 초인종을 누르십시오."

"그러지요." 라오주가 말했다.

세상의 부모 마음

사나흘이 지나 라오주는 과연 양빈 노인을 찾아왔다. 양빈이 문을 열어주자 라오주는 가쁜 숨을 몰아쉬며 3층으로 걸어 올라왔다.

"들어오십시오."

양빈이 말했다.

"나이가 많아지니, 층계를 오르기만 하면 숨이 찹니다그려."

라오주가 자신에게인지 아니면 양빈에게인지 계면쩍어하면서 말했다.

양빈은 라오주를 거실로 안내했다. 거실은 조금 어두웠다. 양빈이 말했다.

"잠시 서서 숨을 고른 다음 자리에 앉으시지요."

그러나 라오주는 어느새 붉은 방석이 깔려 있는 등나무 의자에 풀썩 앉아버렸다. 백발이 다 된 머리를 짧게 깎고 숨을 몰아쉬는 그를 보면서

3층 정도는 평지를 걷듯이 재빨리 걸어 올라오는 양빈 자신을 생각했다. 태극권을 단련하는 것이 정말 소용이 있구나, 라고 생각하며 라오주 앞에 마주 앉았다.

이때 주방에서 키가 큰 젊은이가 쟁반을 받쳐 들고 나왔다. 쟁반에는 찻주전자와 찻잔 두 개가 놓여 있었다. 그는 조용히 쟁반을 탁자 위에 놓았다.

"제 조카입니다."

양빈이 라오주에게 말하고 나서 다시 라오주를 손으로 가리키며 조카에게 소개했다.

"이분은 주(朱)…… 백부라 불러라."

"주 백부님." 청년이 말했다.

"별말씀을."

라오주가 웃으며 말했다.

"백부라 부르는 것이 틀리지 않을 겁니다." 양빈이 말했다.

"제가 보기엔 저보다 연배가 조금 더 많으실 것 같은데."

키 큰 청년이 라오주를 향해 소박하게 웃자 튼튼해 보이는 흰 치아가 가지런히 드러났다.

"앉아서 천천히 이야기 나누십시오."

청년이 말했다.

"저는 학생들 노트를 좀 검사할 것이 있어서 이만 실례하겠습니다."

"조카는 선생님인가 보군요."

라오주가 양빈에게 말했다.

"지난번에 말한, 19…… 그러니까, 민국 35년(1946년) 말, 70사단이 가오슝에서 배를 타고 쉬저우(徐州)로 향하던 그때, 저는 아직 어렸습니다. 그때 겨우 열아홉 살이었으니까요."

양빈이 말했다.

"그해 9월 62군단은 지룽 항에서 배를 타고 친황도(秦皇島)로 출발했습니다. 그때 나는 스물둘이었답니다."

라오주가 말했다.

"말이 스물둘이지 모두 스물세 살로 알고 있었어요."

양빈은 라오주에게 차를 따라주었다. 라오주는 한 입 마셔보고서 이 집 사람들은 차 맛에 그다지 신경 쓰지 않는다는 것을 알았다.

"그 부대는 9월에 떠났나요?"

양빈이 물었다.

"70사단보다 빨랐지요. 우리들이 떠나고 타이완 섬 전체의 방위를 70사단이 맡았을 거요."

라오주가 말했다.

"그랬습니다."

"그날 내가 말하지 않았습니까? 타이완 사람들이 붉은 비단을 두르고 자기 아들을 우리 부대로 데리고 왔었다고."

라오주가 말했다.

"그가 바로 왕진무(王金木)라는 젊은이였습니다."

양빈은 다시 라오주의 찻잔에 차를 가득 따라주기만 할 뿐, 아무 말이 없었다.

"우리 중국 사람은 금, 목, 수, 화, 토라고 말하지 않습니까, 그래서 어떤 이는 그를 금 나무라고 불렀답니다."

라오주가 말했다.

"게다가 집안사람들이 신이 나서 자기 아들을 군대로 보내다니, 그건 바로 자식을 죽음의 길로 내몬 것과 마찬가지 아닙니까? 그래서 내가 왕진무라는 이름을 기억하고 있습니다."

"모두 시골 마을 젊은이들이었지요."

양빈이 한탄하듯이 말했다.

"그날 아침, 당시 타이완이 가난하고 먹을 것이 없어서 두 끼 밥이라도 배불리 먹으려고 많은 타이완 청년들이 군대에 갔다고 했잖습니까?"

라오주가 말했다.

"그러나 왕진무는 달랐어요."

라오주 말에 의하면, 왕진무의 집은 부유한 자영농으로 자기 소유의 논에 곡식을 심었다고 했다. 일본이 패망하던 그해 왕진무는 '농업고등학교 졸업을 1년 앞두고 있었지요'라고 라오주가 말했다.

"농업전문학교 말이군요."

양빈이 말했다.

"왕진무가 군대에 자원한 이유는 단 한 가지, 국어*를 배우기 위해서였습니다."

라오주가 기막히지 않느냐는 표정을 지으며 말했다. 마치 50년이 지난 지금까지도 당시 왕진무가 국민당 군대에 자원한 이유를 이해할 수 없다는 듯이.

"군인 모집 공고에 씌어 있지 않았습니까? 군대에 자원하는 사람에게는 국어를 가르쳐주고, 월급도 주고, 석 달 후에 퇴역하면 직장도 보장하고……"

양빈은 별일 아닌 듯 말했다. 그러나 라오주는 양빈의 얼굴에 스쳐

---

* 타이완에서 표준 중국어를 일컫는 말.

지나가는 담담한 분노와 애수를 보지 못했다.

"19…… 민국 35년(1946년) 말, 타이완 병사들은 장쑤(江蘇)의 쉬저우로 이송되었지요. 사람도 땅도 생소한 곳으로. 타이완 병사들이 하는 사투리를 사람들은 전혀 알아듣지 못했어요."

양빈이 말했다.

"사람들이 말하면, 타이완 병사들은 초조하게 눈만 크게 뜨고 쳐다보았지요. 가여웠습니다."

양빈은 탄식했다. 그는 당시 같은 연대에 있었던 타이완 청년들을 생각했다. 국어를 배우기 위해 군대에 자원한 사람이 어찌 왕진무뿐이던가! 몸에 맞지도 않는 군복을 입은 이 청년들은 일본 세상이 가고 조국의 천지가 되었다고 생각했다. 제대를 하면 직업도 얻고, 국어로 말할 수도 쓸 수 있게 되고…… 전쟁이 끝난 후 궁핍하고 황폐했던 때라 얼마나 행복한 몽상이었던가.

"부대가 지룽으로 떠나기 나흘 전, 나는 부대 위병소에서 보초를 서고 있었습니다. 그때 왜소하지만 정정한 노인이 겁에 질린 표정으로 위병소로 걸어오는 모습이 보였습니다."

라오주가 말했다.

"그는 아들 왕진무와 '얼굴이 모이다[面會]'*라고 말했습니다."

서로 말이 통하지 않자 노인은 면회실 신청서에 '왕진무'라고 썼다.

"그거야 내가 알아봤지요."

라오주가 말했다.

* '面會'는 일본식 한자인데, 타이완이 오래도록 일본의 식민지였기에 1945년 해방되었을 때 대부분의 타이완 사람들은 중국어를 익숙하게 말하거나 읽지 못했다. 그래서 대륙 사람인 라오주는 대만 노인의 미숙한 중국어를 잘 알아들을 수 없었다.

"아들에게 붉은 휘장을 둘러주고 부대로 자원하러 왔을 때 그 노인이 가장 앞장서서 만면에 미소를 짓고 있던 모습이 생각났습니다……"

라오주는 그 노인이 '얼굴이 모이다'라고 썼는데 자신은 무슨 뜻인지 알지 못했다고 했다.

"만나겠다."

양빈이 말했다.

"자기 아들을 만나게 해달라는 겁니다."

"누가 아니랍니까?"

라오주가 말했다.

"'얼굴이 모이다'를 뒤집어 읽으니 '만나다(會面)'가 되더군요."

자기 아들을 만나게 해달라는 뜻임을 알게 된 라오주는 얼굴색을 붉히면서 총부리를 그의 가슴에 가져다 대고 사납게 손을 휘저었다고 말했다.

"알다시피 부대가 이동하기 몇 주 전 우리 대륙에서 온 병사들은 모두 밀령을 받았고, 타이완 병사들에게는 절대 비밀을 지켜야 했습니다."

라오주가 말했다.

"정보가 새나가면 누구든 총살이라고 우리 연대장이 말했었지요."

왕진무의 아버지는 총을 가져다 대자 놀란 얼굴로 면회실 신청서에 어지럽게 글씨를 썼다고 했다.

'열흘 후에 다시 오겠습니다.'

노인은 얼굴에 웃음을 띠고 연신 고개를 숙여 인사하고는 그에게 등황색의 감귤 일고여덟 개를 싼 보자기를 공손히 내밀면서, 손가락으로는 방금 기록부에 쓴 '왕진무'라는 이름을 계속 가리켰다고 했다.

"노인이 가고,"

라오주가 말했다.

"나는 위병소 안에서 멍하니 서 있었답니다. 눈에서 눈물이 뚝뚝 떨어지더군요."

"울었단 말입니까?"

양빈이 이해할 수 없다는 듯이 물었다.

라오주는 왕진무의 아버지가 이전에 자신이 집을 떠나 군대에 가던 때를 떠올리게 했다고 말했다. 그해 가을, 향장은 사람을 시켜 성안에서 영화를 방영한다고 몇 날 며칠을 선전했다.

"그는 영화에 미인이 많이 나온다고 했습니다. 미인들이 영화에 나와 노래를 부른다고."

라오주가 기억을 더듬으며 말했다.

"어머니는 꼭 가보라고 권하셨지요. 1년 열두 달 허리 굽히고 밭에서 일만 하는데 이번 기회에 성안으로 들어가서 놀다 오라고 강권하셨습니다."

영화가 방영되던 그날, 명절에 서커스 보러 갈 때처럼 시골 사람들은 걷기도 하고 배를 타기도 하면서 영화를 보러 갔다. 성안 국군부대의 커다란 강당 안은 사람들로 꽉 차 있었다. 라오주는 말했다.

"그날은 가을 저녁이라 조금 추웠어요. 전등이 꺼지고 어둠 속에 파란 광선이 뻗어 나오면서 대강당의 하얀 휘장에는 정말로 미인들이 나타나 말도 하고 노래도 하더군요. 강당 사람들은 모두 흥겨워하고 있었습니다."

그는 이어 말했다.

"넋을 잃고 쳐다본 지 얼마나 되었을까. 팍! 소리가 나면서 전등이 전부 켜졌어요. 너무 밝아서 눈도 못 뜰 정도였지요. 사람들이 눈을 비비고 바라보니 강당 무대 위로 총을 든 병사 예닐곱 명이 뛰어 올라가고 있었습니다. 다시금 자세히 보니 강당이 총을 든 병사들로 포위되어 있었어요."

국민당 군인들은 라오주와 180여 명의 장정들에게 수갑을 채우고 포승줄로 묶어 끌고 갔다.

"밤새도록 미국식 트럭 열몇 대에 나눠어 실려가서 강제로 국민당 병사가 되었답니다."

라오주는 여기까지 말하고 멈췄다.

얼마 후 그는 군용 트럭이 천으로 포장이 쳐져 있었다는 말로 입을 열었다. 차마다 무장한 병사들이 오른손 검지손가락을 방아쇠에 대고 있었다. 차 안에서 나이 어린 청년들이 먼저 아버지, 어머니, 하고 조그맣게 부르며 울기 시작했다고 말하면서 라오주는 왼쪽 주머니에서 담배를 꺼냈다.

"담배를 피우지 않는 사람은 손님 접대도 할 줄 모른답니다."

양빈이 겸연쩍어하면서 말하였다.

"재떨이를 가져오겠습니다."

라오주는 담배에 불을 붙이고 깊이 한 모금 빨았다. 양빈은 조카 책꽂이에서 낡은 재떨이를 찾아냈다. 라오주는 한동안 말없이 담배만 피웠다. 양빈은 재떨이 속, 등이 수면 위로 드러나 있는 물소와 물방울 그림을 바라보고 있었다.

"왕진무의 아버지가 두고 간 작은 보따리를 보자 어머니가 생각났습니다."

라오주가 말했다.

"아버지는 일찍 돌아가셨어요. 그때 어머니는 성안으로 들어가서 놀다 오라고 여러 가지 말로 권하셨는데, 나는 군용 트럭에서 어머니가 영원히 자신을 용서하지 못하리라는 생각을 했습니다. 어머니가 그 충격을 어떻게 견뎌내실 수 있을지……"

열흘이 지나 왕진무의 아버지가 다시 부대로 찾아왔을 때, 그는 비로소 자신의 아들이 대륙으로 끌려갔다는 것을 알았다고 라오주는 말했다. 그 노인은 심장의 살을 도려내서 어디다 던져버렸는지조차 알지 못했을 것이다.

"망할 놈들."

라오주는 고개를 숙이고 말했다.

"나는 그들 부자를 갈라놓는 역할을 한 셈이지요."

"사실 노형도 어쩔 수 없었지요……"

양빈이 위로의 말을 건네다가 문득 눈을 크게 뜨면서 말했다.

"우리 70사단은, 그러니까 민국 35년(1946년) 12월 며칠이던가 가오슝 항을 떠났습니다. 항구를 떠난 지 얼마 후 타이완 병사 둘이 뚫린 선창 구멍으로 탈출해서 시커먼 바다로 뛰어들었습니다. 곧바로 갑판에서 사람 소리가 나더니 검은 바다를 향해 총 쏘는 소리가……"

라오주는 다 타들어간 담배를 재떨이에 눌러 끄고, 이미 식어버린 차를 마저 마셨다.

"나는 항상 그런 생각을 합니다. 그 총은 누가 쏘았을까."

양빈이 말했다.

"총을 쏜 사람은 그렇게 하지 않으면 안 되었을까?"

"시간이 오래 지나면서 모두 잊힐 줄 알았어요. 하지만 이런 일들이 사실은 나의 마음속에 그대로 남아 수시로 가슴을 짓누르고 있다는 것을 알게 되었답니다."

라오주가 말했다.

"나와 어머니는 그때 헤어지고 다시는 만나지 못했습니다."

라오주는 다시 담배를 한 대 꺼내 불을 붙여 하얀 연기를 길게 뿜으며 백해무익한 담배를 아직도 끊지 못하고 있다고 말했다.

"딸아이가 끊으라고 난리지만,"

라오주는 고개를 저으며 웃기 시작했다.

"담배 말고 내게 무슨 다른 취미가 있느냐고 딸아이에게 말했지요."

"제가 보기에 그리 많이 피우시는 것 같지도 않은데요."

양빈이 재떨이를 보면서 말했다.

"한참이 지나도록 재떨이에 꽁초가 한 대밖에 없는걸요."

"누가 아니라오."

"62군단은 어디에서 해산되었습니까?"

양빈이 돌연 눈을 가늘게 뜨고 담배를 피우고 있는 라오주에게 물었다.

"타산을 공격할 때요. 그때 장 공*은 일단 타산에서 내려와 진저우(錦州)의 포위를 풀라고 명령했습니다." 라오주가 말했다.

"이 일은 처음부터 말해야겠구려."

라오주는 민국 37년(1948년) 가을, 공산군은 랴오닝(遼寧) 서북부 다룽허(大凌河)를 넘어 이셴(義縣)의 국민당 수비를 바로 압박해왔는데, 결국은 진저우 성을 함락하려는 의도였다고 말했다.

"당시 장 공은 '진저우 지원부대'를 조직하라고 명령했습니다."

라오주가 말했다.

---

* 장제스(蔣介石)를 말함.

"우리 62군단과 다른 몇몇 사단을 모두 집결시켰지요."

부대는 진시(錦西) 시 주변 후루도(胡蘆島)에 상륙했다. 그때 공산군은 베이닝루(北寧路)에서 맹공을 퍼부었다. 타산, 가오챠오(高橋), 쑤이중(綏中), 이센이 모두 공격을 받았다. 진저우의 국군에게는 커다란 압박이었다. 당시 장관은 훈시를 할 때마다 '둥베이의 전세가 이 일전에 달려 있다'고 말하면서 '사흘 안에 진저우 성을 공격할 것'이라고 했다. 9월이 지나 바로 그해 쌍십절(10월 10일)에 공산군이 바이타이산(白台山) 쪽으로 범위를 넓혀갈 것이라는 소문이 돌았고, 지휘관은 부대를 타산, 바이타이산의 공산당 진지 앞으로 이동하여 전면적인 총공격을 시도하였다.

"우리는 먼저 비행기로 폭격을 하고 보하이 만(渤海灣)에서 함포로 포격한 후 전 전선에 걸쳐 공격을 감행했지요."

라오주가 말했다.

"일곱 번이나 맹공을 했지만, 일곱 번이나 공산군에게 패했어요. 일곱 번이나!"

라오주는 공격 때 62군단 151사단에는 타이완 병사가 적지 않았다고 말했다. 요즘 타이완에서 사람들이 '철판에 차 넣어버린다'라는 말을 많이 하는데, 처음 이 말을 듣는 순간 바이타이산의 공산군을 공격하던 때가 생각났다고 했다.

"그때 국군의 장비는 얼마나 좋았던지! 게다가 비행기로 공습했지, 함포로 사격했지. 군용 부츠를 신었는데 구두의 앞부리에 철판을 덧씌웠었소. 뭘 차건, 뭘 밟건, 철판은 부서지는 법이 없었어요."

라오주가 말했다.

"내가 아무리 밟거나 차도 단단한 철판은 끄떡도 없는 것처럼, 바이타이산을 공격하는 것은 바로 그런 느낌이었다오."

총공격을 감행할 때, 왕진무와 고향이 같은 한 타이완 병사 바로 옆에서 적의 폭탄이 터져, 그는 3~4미터가량 솟구쳤다가 땅바닥으로 내동댕이쳐졌다고 했다.

"그 타이완 병사의 이름이, 지금은 기억나지 않는데, 어쨌든 왕진무와 한 고향 사람이라고 했는데, 일제시대 때 소학교를 졸업했다지 아마."

라오주가 말했다.

"그 타이완 병사는 배가 갈라지면서 위고 장이고 전부 밖으로 쏟아져 나왔어요."

왕진무는 비 오듯 쏟아지는 총탄에도 아랑곳하지 않고 고함을 지르며 참호에서 뛰쳐나가 동향 친구를 품에 안고 마치 싸움이라도 하듯 다친 병사에게 소리를 지르면서 한 손으로는 창자를 다시 배에 쓸어 넣었다고 했다.

"그 타이완 병사는 눈을 크게 뜨고 헉, 헉 숨을 몇 번 내쉬더니 한마디도 못하고 피가 흥건한 왕진무의 품 안에서 숨을 거두었습니다."

라오주가 말했다.

두 사람은 모두 말이 없었다. 양빈은 라오주의 말을 듣자 당시 같은 연대에 있었던 가오(高) 씨 성을 가진 타이완 병사 생각이 났다.

1946년 말, 그러니까 라오주가 말하는 민국 35년 말 70사단은 타이완에서 병사를 모집하여 정원을 채운 후 가오슝과 지룽, 두 항구에서 쉬저우로 이송하였다. 양빈이 있던 그 부대는 쉬저우 주변 지우리산(九里山)에 주둔하였다. 지우리산은 마른 땅에 단단한 돌이 많아 풀조차 자라나지 않는 산이라 물을 얻을 수 없었다. 그래서 부대에서 쓸 물은 매일 병사들이 산 아래로 한 시간가량 걸어 내려가 퍼올려야 했다. 그러나 산 위의 참호는 너무 습해서 얼마 되지 않아 타이완 병사들의 몸에는 이가 생기기 시작했다.

"습하기도 했고 씻을 물도 넉넉지 않아 자연히 이가 생기기 시작했지요."

양빈이 라오주에게 말했다.

"외성의 병사들은 몸에 이가 있는 것이 습관이 되어 괜찮았지만 타이완 병사는 그렇지 못했습니다. 종일 온몸을 긁어도 이를 잡을 수 없었으니 이 잡는 일이 정말 눈물 나는 일이었지요."

참호에서 이만 잡다 보니 피부가 벗겨지고 또 산 아래로 내려가면 목욕도 할 수 있었으므로, 한 타이완 병사가 머리를 써서 자진하여 산 밑으로 내려가 물을 길어 오겠다고 자원했다. 가오 씨 성을 가진 타이완 병사가 하루는 물을 길어 진지로 돌아오는 길에 돌무더기 뒤에다 계속 설사를 했다.

"부대로 돌아오자 가오 성을 가진 병사는 병으로 앓아누웠습니다."

양빈이 말을 이었다.

"며칠 지나지 않아 똥오줌이 이불을 적셨습니다. 죽을 때 눈도 감지 못했지요."

부대에서는 가오 병사가 남긴 똥오줌 냄새로 고약한 모포에 그의 시체를 싸서 참호 뒤에 대충 묻어버리려 했다.

"그날 밤 20여 명의 타이완 병사들이 연대장실로 와 울고불고 했습니다."

양빈이 말했다.

"입으로 말하고 글까지 써서야 비로소 그 병사를 진지 뒤의 높은 지대에 묻고 싶다는 뜻을 전할 수 있었습니다. 동쪽을 향해 '타이완 다시(大溪) 가오XX의 묘'라고 쓴 마름쇠용 나무도 묘지 앞에 꽂아두었습니다. 죽어도 동쪽을 향해 타이완을 바라볼 수 있게……"

양빈은 침묵했다.

"전쟁터에서 죽어가는 병사는 개 한 마리 죽는 것만도 못하지요."

라오주가 말했다.

"시체를 쌀 모포도 있고 몸 묻을 구덩이도 있고 게다가 고향을 바라볼 수도 있다니, 그거야말로 전생에 덕을 많이 쌓은 게지."

"음, 그렇지요."

"바로 우리 62군단이 타성을 공격한 지 이틀째 되던 날, 우리들은 한 무리 한 무리씩 앞으로 나갔고, 한 무리 한 무리씩 쓰러져갔습니다."

라오주가 말했다.

"죽은 사람은 그렇다 치고, 부상을 입은 병사들의 울부짖음도 누구하나 신경 쓰는 사람이 없었어요."

라오주는 계속 말했다. 부상병을 치료해야 할 위생병도 비처럼 쏟아지는 총탄 속에서 쓰러져갔으니까.

"타이완에 온 후 사람들은 국군이 공산군과의 싸움에서 사기가 저하되어 산이 무너지듯 패해서 앞다투어 투항하기에 바빴다고 말하더군요."

라오주는 생각에 잠긴 듯 말했다.

"매번 들을 때마다 말다툼할 기분도 아니었소. 국민당이 대륙 전체를 전부 잃어버렸으니 사실 무슨 할 말이 있겠습니까?"

그러나 62군단이 타산을 공격했던 때는 사람들 말처럼 그렇게 겁쟁이는 아니었다고 라오주는 말했다. 첫째 날 국민당이 먼저 비행기로 바이타이산의 공산군 기지를 공습하고 전군이 그 뒤를 따랐는데, 연대장, 대대장이 선두에 서서 공산군의 맹렬한 포화를 견뎌가면서 적진으로 돌격했다고 했다.

"먼저 공습으로 포격을 가하고, 한 무리가 돌격하여 들어가고, 한 대오에 이어 또 한 대오가……"

라오주가 말했다.

"왕진무의 고향 친구도 바로 그날의 포격에 배가 터진 거지요."

둘째 날의 전투는 더욱 격렬했다. 전날의 전투에서 앞에서 돌격한 부대가 전멸하면, 다시 뒤에서 보충해 나가는 식이었다.

"정말이지 자신의 몸을 돌보지 않았다고 할 수 있었습니다."

라오주가 말했다.

둘째 날 공산당은 완전히 다른 모습이었다. 그들은 이전과 다른 화력과 성능을 가진 무기를 총동원하여 국군의 모든 전선을 맹렬하고 빈틈없이 공격하기 시작했다.

"탄환이 머리 위로 날아다녔소."

라오주가 말했다.

"수류탄은 옆에서 터지고, 60밀리 포와 박격포는 뒤에서 터지고, 소포와 야류탄은 진지 최후방 지휘부까지 포격을 가했지요."

순식간에 산이 무너져 내리고 땅이 갈라졌다. 포화 소리, 소총 소리, 기관단총 소리가 화약과 먼지로 가득한 하늘과 떨어져 나간 피와 살덩이 사이에서 교향곡처럼 울려 퍼졌다.

"그 포성과 총성은 마치 저승에서 나는 소리 같았습니다. 그런데 사람들은 이 저승의 포탄 소리와 탄약 냄새에 마비된 듯 두려움도 모두 잊어버렸어요. 정말 많은 타이완 병사들이 이를 악물고 폭격이 멈춘 잠깐 사이를 틈타 참호 속에서 뛰쳐나와 돌격을 하였습니다."

라오주가 말했다.

"타산에서의 일전에 대해 비겁한 국군이 썩은 나무처럼 꺾여버렸다고 한다면 참으로 억울한 말이오."

한 무리의 병사들이 올라가고, 그 사람들이 쓰러져버리거나 후퇴하면, 뒤에서 또 다른 무리가 올라갔다. 라오주는 계속 말을 이었다.

"왕진무도 그때 총에 맞아 죽었습니다. 같은 고향 출신이었던 그 네댓 명의 타이완 병사들은 총에 맞아 죽은 시체 더미 뒤에 숨어 있다가 몸을 일으켜 앞의 참호를 뛰어넘어 돌격했는데 60밀리 포탄이 바로 그들 앞에서 터지고 말았지요."

그 타이완 병사들의 몸은 있는 힘을 다해 갈기갈기 찢어놓은 외투처럼 참호 속으로 떨어졌다. 라오주는 자기 눈앞에서 벌어진 일이라고 말했다.

아홉 시간의 맹렬한 격전으로 사상자들이 들판을 가득 메웠다.

"어디 가서 왕진무의 시체를 찾겠소?"

라오주는 말했다.

"전장에서는 누가 죽어 쓰러지든 그 죽음을 책임질 사람은 없는 법이지요. 산다고 해도 한 시간 후, 혹은 하루 후, 언제 그런 시체가 될지 모르니까."

"살아남은 사람은 또 얼마나 괴롭습니까."

양빈이 북받치는 감정을 억제하며 말했다.

"다르다면 아직 숨이 붙어 있다는 것뿐. 살아 있다는 것은 단지 또 다른 어떤 고난이 다가오는 것을 기다리는 것일 뿐이지요."

라오주는 세번째 담배를 꺼내 들고 불을 붙였다.

"보시다시피 오늘은 담배를 많이 피우게 되는군요."

라오주가 혼잣말로 중얼거렸다. 양빈은 그 틈을 타 몸을 일으켜 찻주전자를 들고 응접실 한쪽 구석에 있는 보온병으로 가 뜨거운 물을 부었다. 라오주는 붉은 비로드 천이 덮여 있는 21인치 텔레비전을 보면서 문득 딸아이에게 새 텔레비전을 사주어야겠다고 생각했다.

"저도 타이완 병사 이야기를 하나 해드리지요."

양빈이 잔잔한 어조로 말했다. 말투가 마치 중대한 결정이라도 하는 듯했다.

양빈은 고향이 이란인 수스쿤(蘇世坤)이라는 타이완 청년에 대해 말하기 시작했다. 그의 집안은 삼대가 소작농을 하는 집이었다. 일본 통치하의 전쟁 기간을 지나 광복한 후, 타이완 농촌은 파산을 하고 소작료는 가혹해서 생활이 매우 어려웠다. 수스쿤은 이란에 주둔한 70군단이 병사를 모집한다고 붙여놓은 전단을 보았다. 그 전단에는 입대 후 우선 생활 안정비 3천 원을 주고 무료로 국어를 가르쳐주며, 2~3년 후 제대하면 지방기관에 자리를 배정해준다고 씌어 있었다.

"사실 그는 희망을 품고 군대에 지원했습니다. 그리고 또 한 가지" 양빈이 말했다.

"군대에 입대하라고 선전하는 사람 말이, 타이완도 앞으로는 징병제를 실시하게 되는데, 이번에 지원하게 되면 그 집의 다른 형제들은 면제를 해준다고 했답니다."

그의 집에는 나이 많은 부친과 두 눈을 실명한 어머니가 있었다. 형제 셋 중에 수스쿤이 장남이었다. 그와 바로 밑의 동생이 종일토록 밭에서 일해도 배불리 먹을 수가 없었다. 부친은 연로하고, 어머니도 아무 일을 하지 못하고 종일 침대에 누워 지내다 보니 햇빛을 보지 못해 마른 얼굴이 더욱 창백해져 있었다. 이것은 수스쿤에게서 들은 말이라고 양빈은 덧붙였다.

"막내 동생은 오른쪽 다리를 절었답니다. 그는 어려서부터 동생이 밭에서 일을 할 수 없다는 생각이 들어, 그에게 공부를 가르쳐 장래에 자기

한 몸은 돌볼 수 있도록 해야겠다고 생각했답니다."

양빈이 말했다.

"부모님은 늙었고, 만약 첫째 동생마저 군대에 간다면 이 집을 어떻게 유지할 수 있겠는가 하고 생각한 그는, 부모님과 형제들의 동의를 얻어 즐거운 마음으로 자원했답니다. 2~3년이면 집으로 돌아갈 수 있고 3천 원의 생활 안정비도 지급되고……, 수스쿤은 집안사람들에게 이렇게 이야기했답니다."

지원한 후 2~3개월 동안은 집안 식구들이 면회를 할 수 있었다고 양빈은 말했다.

"타이완 사람들이 쓰는 '만난다'라는 뜻의 '면회'는 원래는 일본 말이라는군요."

양빈은 회상하듯 말을 이어갔다.

"면회를 할 때 몇몇 타이완 신병들은 항상 그날의 자기 식사를 집 식구들에게 주어 가져가도록 했는데 그도 그중의 하나였습니다."

수스쿤을 면회 오는 사람은 항상 다리를 저는 막내 동생이었다고 했다. 동생은 시골 아이치고 아주 잘생긴 편이었다.

"두 형제는 면회실에 앉아 즐거워했죠. 수스쿤은 먼저 아침밥으로 지급된 흰 만두 두 개를 동생 손에 쥐여주고 채소와 땅콩은 도시락에 넣어서 동생에게 주었답니다."

양빈이 말했다.

"그때는 하루에 두 끼밖에 주지 않았기 때문에 오후 4시에 현미밥과 절인 생선, 그리고 볶은 야채를 주었습니다. 날씨가 추워 반찬은 쉽게 쉬지 않았으므로 그는 전날의 오후 식사를 도시락에 넣어두었다가 다음 날 동생을 만나면 집으로 가지고 가게 했습니다."

타이완이 해방되던 그해* 10월부터 70사단은 타이완을 접수하고 방어 임무를 맡았다. 이듬해 6월 타이완에서 신병을 모집하여 부대를 개편하고, 12월에는 그들을 쉬저우로 보내고, 1946년 9월이 되어서야 둥베이로 이동시켜 공산군에게 포위되어 있는 진저우 성을 지원하도록 했다. 양빈의 말로는 당시 타이완의 신병들은 서툴기는 하지만 어느 정도 표준말을 할 수 있었다고 한다.

"집안이 가난했던 이들 3형제는 더욱 노력하고 서로 도와야만 살아갈 수 있다는 것을 잘 알고 있었답니다." 양빈이 말을 이었다.

"수스쿤은 막내 동생이 다리를 절어서 혹시나 친구들의 놀림을 받을까 봐 매일 그를 데리고 학교에 가고, 학교가 끝나면 집으로 데리고 왔답니다."

"가난한 집 아이들은 일찍 집안일을 도맡게 되는 법이지요."

라오주가 말했다.

"당시 타이완 신병들은 대부분 순박하고 성실했지요."

"설날을 맞이하여 부대에서는 돼지기름으로 볶은 짠지 무와 마늘이 나왔습니다. 수스쿤은 이것도 굶주린 두 동생에게 주었습니다. 쉬저우에 도착하자 그는 돼지기름으로 볶은 채소가 나올 때마다 타이완의 가족들이 생각났답니다. 특히 다리를 저는 막내 동생이."

양빈이 말했다.

"당시 이런 청년들이 한 무리 한 무리씩 군대에 지원했었지요."

라오주가 말했다.

"우리 부대 대대장은 기가 막혀 했지요. 일생 동안 이런 일은 본 적

---

* 1945년.

이 없다며……"

수스쿤과 다른 타이완 청년들이 국민당 군대에 지원한 것은, 어떤 이는 경제적인 빈곤 때문이었고, 어떤 이는 일본 군대에 끌려가 몇 년 동안 남양 군도나 화난(華南)에서 고생하다 고향으로 돌아왔지만 몇 달이 지나도 일거리를 얻지 못했기 때문이었다. 그러나 대다수는 중국어 표준말을 배워 식민지 시기가 끝난 후의 사회에 적응하기 위해 군대에 지원한 것이었다.

"10월에 부대는 강산(崗山)으로 이동하였지요. 그런데 군대 생활 3개월쯤이 되어 수스쿤은 점차 자유를 잃어간다고 느끼기 시작했습니다. 외출이 허락되지 않았고, 활동도 연대 범위 안에서만 가능했습니다. 둔한 사람이라 해도 외성에서 온 병사들에게는 실탄과 진짜 총을 지급하여 암암리에 타이완 병사들을 감시한다는 것을 느낄 수 있었습니다. 병영은 점차 감옥이 되어갔습니다." 양빈이 말했다.

그러나 대장은 항상 타이완 신병들에게 이것은 군대의 규율이며 군대는 기밀을 요하는 곳이라고 신병들을 달랬다. 그해 초겨울 어느 날, 대장은 행군 훈련을 한다고 선포했다.

"타이완 병사들의 무기는 모두 수거되고 행랑을 꾸려 밤을 도와 강산에서 가오슝 항구까지 행군하여 군함에 올라탔습니다."

양빈이 말했다.

"가오슝 시 전체가 실탄을 장전한 보초병이었으며 특히 타이완 병사들이 항구로 걸어가는 길 양편에는 두세 걸음마다 한 명씩 총을 든 병사를 세워놓았습니다."

타이완 신병들은 패전한 일본군에게서 접수한 '우주호'에 올라탔고, 갑판 곳곳에서 적을 대하듯 총으로 그들을 조준하고 있는 병사들을 볼 수 있었다.

"타이완 병사들은 잠시 절망했습니다. 그들은 두려움을 느꼈고, 이 함정이 그들을 태우고 어느 먼 낯선 곳으로 갈지 알 수 없었습니다."

양빈이 말했다.

"누군가가 눈물을 흘리자 다른 병사도 울먹이기 시작했으며, 결국에는 몇 명의 병사가 소리 내 울면서, 타이완어로 혹은 커자어(客家語)*로 아버지, 어머니를 부르기 시작했습니다."

"당신이 전부 보았소?"

라오주가 목이 멘 소리로 물었다.

"예." 양빈이 말했다.

라오주는 양빈이 고개를 돌리고 안경을 벗어 눈을 비비는 것을 보고는 아무 말도 하지 못했다.

"사람이란 모두 부모가 낳아 키우는 법인데."

라오주 입에서는 결국 욕이 나왔다.

"망할 놈들 때문에……"

양빈이 가볍게 탄식을 했다. 그는 마음속 격랑을 잠재우기 위해 찻주전자를 들어 라오주의 잔을 채워주었다.

"생이별을 하게 하고 억지로 타이완에서 끌어내더니, 타이완 신병들을 포탄이 비 오듯 쏟아지는 전장터로 몰아넣어버렸어."

라오주가 말했다.

"62군단이 진저우 성을 지원할 때도 바로 그랬소."

---

* 당시 타이완 인구는 지금은 고산족이라고 불리는 원주민 외에 민난인(閩南人)과 커자인(客家人)으로 구성되어 있었다. 그러므로 민난인과 커자인으로 구성된 타이완 병사들은 각기 두 가지 방언으로 말을 한 것이다.

"원래 70사단은 타이완에서 만 명이 넘는 타이완 병사들을 속임수로 충원하고, 일본군의 장비를 접수하여 모두 70사단으로 편성하고, 그러니까…… 민국 35년 말에 쉬저우로 증파하였지요."

양빈이 말했다.

"공산당 류와 덩*의 대군이 황허를 건넌 후 윈청을 위협하고 있을 때, 70사단은 쉬저우에서 산둥 서남쪽의 진샹(金鄕)으로 가 명령을 기다리고 있었습니다."

"우리 당숙이신 그 부대장의 말에 의하면, 노형의 부대가 미처 도착하기도 전에 단청, 아니 윈청은 급박한 상황에 처했던 거지요."

라오주가 말했다.

"그것은 다 나중의 이야기고요, 70사단은 6월 말 공산군이 황허를 건넌다는 말이 돌자 어쩔 줄 몰라 했습니다. 타이완 신병들도 이렇게 당황해하는 분위기를 감지하고 어떤 병사는 도망가기도 하고……,"

양빈이 말을 이었다.

"또 병사 둘이 기관단총을 가지고 도망갔고, 또 나팔수가 도망갔다는 말도 돌았습니다."

"62군단이 타청(塔城)을 공략할 때는 그렇지는 않았어요."

라오주가 말을 받았다.

"적들의 화력이 의외로 센 만큼 사기도 의외로 높았다오."

"수색대의 한 타이완 병사가 탈영을 했는데, 탈영이 전쟁 중에 얼마나 큰일입니까?"

양빈이 고개를 설레설레 흔들면서 말했다.

---

* 류보청(劉伯承), 덩샤오핑(鄧小平)을 말한다.

"연대장은 잡혀온 타이완 출신 탈영병을 산 채로 묻어버리려 했습니다. 그 병사에게 스스로 땅을 파게 하고, 전 병사를 집합시켜 그 광경을 보게 했습니다."

이때 수스쿤이 돌연 무릎을 꿇고 그 탈영병을 살려달라고 애걸했다. 그곳에 있던 타이완 신병들도 모두 꿇어앉아 울면서 살려달라고 애걸했다. 양빈은 모두 엉엉 소리를 내며 울었다고 어두운 표정으로 말했다.

"문밖을 나서면 목숨을 부지하기가 쉽지 않은 법이지요."

라오주가 말했다.

"우리 62군단의 타이완 병사들 역시 언제나 서로 돕고 보살폈지요."

"연대장은 몹시 성질이 나서 권총을 꺼내 탈영병을 쏴버렸습니다. 그 탈영병은 자기가 파놓은 구멍에 목을 늘어뜨리며 떨어져버렸습니다."

양빈이 말했다.

"수스쿤은 얼굴이 파랗게 질리면서 식은땀을 흘렸고, 다른 타이완 병사들도 놀라 아무 소리도 내지 못했습니다."

양빈은 골똘히 생각하더니 70사단이 허둥댔던 것은 윗사람들부터 겁을 먹었기 때문이었다고 말했다. 명령이 아침저녁 바뀌어 전군이 몹시 황당해했고, 지휘부에서는 적들의 정황을 알았지만 적들의 의도가 무엇인지는 전혀 알지 못했다는 것이다. 명령이 연이어 하달되는데, 부대를 지닝(濟寧)으로 보내라 했다가, 또 갑자기 자샹(嘉祥), 쥐예(巨野)로 이동하라 했다가 이런 식이었다.

"타이완 신병들은 무거운 장비를 짊어지고 갈팡질팡하는 명령에 따라 끊임없이 행군하면서 동쪽으로 갔다 서쪽으로 갔다 고생이 말이 아니었습니다."

양빈이 말했다.

"타이완 신병들은 말이 잘 통하지 않고, 대륙의 동서남북도 제대로 구분하지 못해 종일 행군하는 동안 아수라장이 되기 일쑤였으니, 무슨 싸움을 할 수 있었겠습니까?"

"62군단의 타이완 신병도 마찬가지였소."

라오주가 말했다.

"연대장이 그들에게 우리가 무찔러야 하는 것은 도적 떼라고 말하면, 왕진무는 무슨 도적 떼가 군대처럼 질서정연하게 몰려오느냐고 했지요. 또 연대장이 우리가 싸우는 것은 공산당, 공비라고 하면, 왕진무는 멍하니 공산당이 무어냐고 물었답니다."

7월 부대는 모두 집결하여 공산군과 대적했다. 국군이 비행기로 폭격했지만 아무리 거세게 공격해도 공산군의 포위를 뚫지 못했다. 제6주둔지에 포위되어 있을 때 대장은 우리의 사기를 올려주기 위해 '공비들의 잔폭함'에 대해 특별히 선전하였는데, 공비에게 포로로 잡혀가면, 공비들은 누구든지 코와 귀를 자르고 심장을 꺼내 술을 부어 마신다고 했다.

"다음 날 고산족 출신의 타이완 신병 한 명이 칼로 자신의 배를 갈라 자살해버렸습니다. 무서운 일이지요."

양빈이 말했다.

"그 타이완 고산족 신병은 일본 식민지 시절에도 군대에 자원한 적이 있었답니다."

"일본 놈 병사를 한 적이 있으면 일본 놈들처럼 흉포해지는 거요."

라오주가 말했다.

7월 중에 70사단은 포위를 풀고 진샹으로 철수하라는 명령이 내려왔다.

"그러나 제6주둔지를 나오자 곧 복병을 만났습니다."

양빈이 말했다.

순식간에 총탄이 팔방에서 쏟아지고, 포탄은 하늘이 무너지고 땅이 꺼지듯이 사방에서 터졌다. 국군은 뿔뿔이 흩어지고 결국엔 무장해제되었다.

"부상을 입고 온몸이 피로 범벅이 된 타이완 병사들은 곳곳으로 도망 다니기 바빴습니다. 마치 집에서 닭을 잡을 때, 목을 긋고 잘못해서 닭을 놓쳐버리면 피를 뿜으면서 이리저리 달아나듯이……"

양빈이 말하면서 자신의 찻잔에 차를 따랐다. 라오주의 잔에 차를 따르려 하자 그가 황급히 말했다.

"아직 있어요, 더 따르지 않아도 되겠습니다."

병사들도 장교들도 모두 혼란에 빠지자 태산이 무너지듯 대오는 붕괴되어버렸다. 차량, 말, 군수품, 어지러운 군인들 모두 길에 나뒹굴어져 뒤엉켜 있었다. 말과 차는 서로 부딪치고, 길 위에 쓰러진 사람들은 이리저리 뒹굴다 죽기도 하고 밟혀서 죽기도 했다.

"군대가 궤멸되는 것은 마치 산이 무너져 내리는 것과 같지."

라오주가 말했다.

"177연대 2대대의 어떤 대대장은 부상을 당해 땅에 쓰러졌는데 말에 밟혀 그 자리에서 죽었습니다."

양빈이 말했다.

"모자는 굴러떨어지고, 숨이 끊긴 얼굴은 놀란 눈을 그대로 뜨고 있었지요."

"윈청이 함락된 거로군."

라오주가 말했다.

"노형의 당숙인 부대대장이 말씀하신 것이 바로 이때입니다."

양빈이 말했다.

"70사단 사단장 진××가 와서 포위를 돌파할 때 낙오하여 포로가 되었지요."

제6주둔지의 일전에서 얼마나 많은 타이완 신병들이 죽었는지 알 수 없었다고 양빈이 말했다. 70사단에서는 만여 명의 타이완 병사를 모집했었다. 특히 139여단의 타이완 신병들에게는 아직 천관좡(陳官莊)에서의 재난이 기다리고 있었다.

"사흘 낮, 사흘 밤을 이야기해도 다 못 하지요."

양빈이 말했다.

"제가 간단히 타이완 신병 수스쿤에 대해서 말씀드리지요."

70사단은 타청에서 패하여 흩어졌다. 사단장이 포로가 되어 새로운 사단장이 임명되고, 두위밍 집단군으로 편제되어 쉬저우를 지켰다. 그러나 화베이의 초겨울은 타이완 신병에게 면으로 된 군복만으로는 참기 어려운 추위였다. 11월 말 집단군은 어렵게 쉬저우를 빠져나가 허난의 융청(永城)으로 가는 도중 쉬저우 서남쪽 백여 킬로미터에 있는 천관좡에서 공산군에게 포위당했다.

"천관좡의 12월 초, 아! 흰 눈이 펄펄 날렸습니다. 살을 에는 듯한 추위로 수스쿤은 손가락, 발가락과 뺨이 모두 동상에 걸려 피와 진물이 줄줄 흘렀습니다."

양빈이 말했다.

"수스쿤의 타이완 친구들은 죽은 친구도 있고, 부상당한 친구도 있었습니다. 그때 그는 샤먼(厦門)에서 온 류(劉) 반장을 알게 되었습니다."

말도 서로 통해서 두 사람은 곧 가까워졌다고 양빈이 말했다. 한 달도 넘게 큰 눈이 내렸다. 수스쿤의 머리, 눈썹, 수염은 종일 하얗게 눈가루로 덮여 있었다. 식량이 떨어지자 류 반장은 수스쿤을 보리밭으로 데리고 가서 이제 막 싹트기 시작한 어린 보리 싹을 먹였다. 집단군 10여만 명 전부가 눈보라에 갇혔고, 군용차, 대포, 천막 모두가 흰 눈으로 하얗게 덮여 있었다.

하루는 수스쿤이 땅에 쓰러져 있었다. 류 반장은 그의 어깨를 흔들었다.

"일어나라, 일어나!"

류 반장이 말했다.

얼굴을 눈밭에 묻고 있던 수스쿤은 추위가 느껴지지 않아, 마치 타이완의 고향집 나무 평상 위에서 잠을 자는 것 같았다.

"류 반장은 있는 힘껏 그의 뺨을 후려치고 마구 흔들어 수스쿤을 다시 인간 세상으로 불러왔습니다."

양빈이 말했다.

"그 사람 잤으면 죽었지."

라오주가 말했다.

"수스쿤이 깨어나자 류 반장은 타이완으로 돌아가 부모님을 보고 싶지 않느냐고 다그쳤습니다."

양빈이 말했다.

"수스쿤은 엉엉 울기 시작하더군요."

"우리는 국민당에 의해 억지로 군대에 끌려와서 무슨 일을 당하기도 전에 울기부터 했었지요." 라오주가 말했다.

"때로는 노병들이 우는 소리를 듣고는 욕을 해댔지, '개자식, 누구 자식이 초상이 난 거야? 애비는 아직 죽지도 않았는데!'"

식량이 끊기고, 눈 위에서 불을 지필 나무도 다 떨어져버렸다. 마을 사람들이 다 피난 가고 없는 천관좡 주위의 수십 리는 마치 눈 속에 묻힌 죽은 성 같았다. 문짝, 창틀, 나무, 태울 수 있는 것은 모두 태워버리고 없었다.

"결국 누군가가 무덤을 파내고 나무 관을 태울 생각을 해냈습니다."

양빈이 말했다.

"며칠 지나지 않아 한 입 건너 두 입, 두 입 건너 세 입 이런 식으로 전해져 군 비행장 부근에 되는대로 묻었던 30~40여 구의 관이 전부 파헤쳐져 장작이 되어버렸습니다."

나무껍질은 벌써 전부 벗겨 먹어버렸다. 가죽 혁대도 물에 삶아 먹어버렸다. 최후에는 각 연대, 대대에 있던 비쩍 말라버린 군용 말이며, 나귀를 전부 먹어치워 버렸다.

"어느 날 대대에서 전화가 왔어요. 말고기를 나누어주니 가져가라는 것이었습니다."

양빈이 말했다.

"류 반장은 두 명의 병사에게 환자용 들것을 들고 따라오게 했습니다. 분배 받은 고기며 내장, 뼈다귀를 들것에 싣고 모포를 덮어 마치 부상병을 나르는 것처럼 위장하기 위해서였습니다."

양빈이 말했다.

"왜 그러는 거요?"

"곳곳에 있는 아귀 같은 병사들에게 빼앗길까 봐 그런 거지요."

양빈이 말했다.

"서방회전*도 거의 끝나가고 있었는데, 어떻게 그렇게까지 비참했단 말이오."

라오주가 얼굴을 찌푸리며 말했다.

---

* 徐蚌會戰: 1948년 9월부터 시작된 인민군의 총공격.

"그러나 말고기도 오는 도중 눈 위에서 먹을 것을 찾아 떠돌아다니는 아귀들에게 빼앗겨버렸습니다."

양빈이 말했다.

"아!"

"류 반장이 총을 겨누고 저항했지만, 상대방이 쏜 총에 류 반장이 쓰러져버렸답니다."

양빈이 말했다.

"소식이 전해지자 몇 명의 동료들이 곧 총을 들고 눈 속으로 뛰쳐나갔습니다. 몇 대에 걸친 원수라 해도 그 원한이 먹고살아야 할 식량을 빼앗는 놈과는 비길 바가 아니었습니다. 더구나 말고기가 아닙니까."

수스쿤은 류 반장이 죽었다는 말을 듣고, 눈 위에 꿇어앉아 온몸을 떨었다고 양빈은 말했다. 얼굴은 눈물과 콧물이 뒤범벅되어 있었다.

"류 반장, 류 반장……"

수스쿤이 신음하듯 외쳤다.

12월이 지나고 여전히 빙설이 얼어붙은 채 다음 해 정월이 되었다.

"정월 아흐레가 되던 날, 공산군이 쳐들어왔습니다. 다음 날 천관좡은 함락되었습니다."

양빈이 말했다.

"국민당 군대는 한 무리씩 한 무리씩 총을 놓고 투항했습니다……"

"군사가 패하는 것은 마치 산이 무너지는 것과 같지요."

라오주가 말했다.

양빈은 말이 없었다. 조금 후 생각난 듯이 라오주의 찻잔을 들고 말했다.

"뜨거운 차로 바꿔드리겠습니다. 가서 가져오지요."

"됐습니다."

라오주가 말했다.

"62군단이 무너지던 날도 정말 혼란스러웠었소. 시체가 온통 널브러져 있었지요. 나는 도망가다가 28군단을 만났고, 어느 연대 수색대로 편성되어 밥은 얻어먹을 수 있었소. 후에 작은 전투를 몇 번 하고, 이럭저럭 상해까지 도망갔다가, 최후에 청년군과 함께 타이완으로 오게 된 거요."

"한 바퀴 돌면, 또 타이완으로 오기도 하는데" 양빈이 말을 이었다.

"그러나 살아남은 타이완 병사들은 모두 집으로 돌아오지 못했습니다."

"그러면 그 수스쿤이라는 사람은?"

양빈이 신음 소리를 내면서 말했다.

"천관좡에서 흩어지고 나서 더 이상 그의 소식은 모릅니다."

"우리들이 타이완으로 온 다음에는 어땠는지 아시오? 민국 45년(1956년)이 지나서야 우리는 '1년간 준비하고, 다음 해에는 반격하고, 3년째에는 소탕한다……'는 구호가 새빨간 거짓이라는 것을 비로소 알았다니까요."

라오주가 말했다.

"그해 매일 밤 머리를 감싸 안고 울었어요. 많은 사람들이 순식간에 머리가 하얗게 셌지."

"아." 양빈이 탄식했다.

"그해 이후 설날이 되면 우리 노병들은 고향 생각이 더욱 간절해져 부대에서 안주를 만들어 술을 마시며 울기도 하고 정부를 원망하기도 하고……"

라오주가 말을 이었다.

"어떤 사람은 정부를 욕하고 불평불만을 늘어놓다가 정치범 감옥소로 잡혀가기도 했습니다. 한번 들어가면 7년을 있기도 하고, 10년이 되기도 하고."

라오주는 탁자 위에 놓여 있던 담뱃갑을 집어 왼쪽 주머니에 넣었다.

"노형은 어떻게 타이완으로 돌아왔습니까?"

라오주가 물었다.

"쉽지 않았을 거요. 62군단, 70사단 모두 전쟁터에서 죽지 않았으면 부상으로 죽고, 아니면 공산당의 포로가 되고……"

"저도 크게 다르지 않았습니다. 그렇게 돌아왔지요."

양빈이 깊은 생각에 잠긴 채 대답했다.

"70사단, 62군단은 강제로 타이완 병사들을 끌고 가서는 병사들을 대륙에다 버리고, 자기들만 타이완으로 철수했으니……"

"멸종시켜야 할 놈들이지……"

라오주가 머리를 흔들면서 말했다.

라오주가, 자신은 돌아가 팥도 씻고, 콩도 불려서 내일 아침 일찍 콩을 갈아 떠우장을 끓여야 한다면서 일어섰다.

"노형이 만든 떠우장은 참 고소합디다."

양빈이 말했다.

"참, 대륙으로 가 친지를 만나보기는 했습니까? 그 이후 어머니를 보시지 못했다고 하셨는데."

라오주는 한숨을 쉬며 8~9년 전에 고향에 한 번 간 적이 있다고 말했다.

"나의 어머니께서는 1956년, 그러니까 타이완에서 말하는 민국 45년에 병으로 돌아가셨답니다."

라오주가 말했다.

"제 형수 한 분이 소뼈로 만든 머리 장식품을 하나 전해줍디다. 뾰족한 끝에 금박이 얇게 입혀져 있는 것이었소."

"……"

"형수 말씀이, 어머니께서 어느 날이고 나를 만나면 주라고 하셨답니다."

라오주가 어두운 표정으로 말했다.

"나의 아내 되는 사람에게 주라고……, 세상의 부모 마음이지요."

양빈이 말없이 서 있다가 낮은 소리로 말했다.

"예, 정말 세상, 부모…… 마음."

라오주가 마침내 돌아갔다.

고향

라오주를 전송하고 돌아오니 조카 린치셴(林啓賢)이 찻잔과 쟁반을 치우고 있었다. 반쯤 치우던 조카는 돌연 방금 라오주가 앉았던 의자에 앉았다. 조카는 양빈이 자신의 자리에 앉자 갑자기 말을 건넸다.

"큰아버지, 전부 다 들었습니다. 지금 말씀하신 수스쿤이 바로 큰아버지이시지요?"

양빈은 자기를 바라보는 조카의 큰 눈이 젖어가는 것을 보았다. 양빈은 편안하고 조용히 의자에 앉아서 아무 말도 하지 않았다.

린치셴이 말을 이었다.

"아버님께서는 항상 두 분이 어렸을 때 이야기를 해주곤 하셨습니다. 밭일이 아무리 바빠도 큰아버지께서 언제나 아버지를 데리고 학교에 갔다가, 돌아올 때가 되면 꼭 데리러 오셨다구요. 아버지께서 항상 말씀하셨습니다. 큰아버지께서 군대에 갔을 때 면회를 가면 항상 도시락을 가득 채워서 아버지에게 가지고 돌아가게 했다고……, 아버지께서 말씀해주신 겁니다."

"네 아버지가 그런 이야기를 하더냐?"

이젠 늙어 반은 감겨버린 눈을 크게 뜨며 양빈이 말했다.

"말씀하셨지요, 항상 말씀하셨습니다."

"……"

"큰아버지, 정말 고생 많으셨습니다."

조카는 결국 눈물을 흘리고 말았다.

"고생, 많으, 셨습니다. 큰, 아버지……"

양빈은 아직 한 달도 안 된 어느 날, 46년 만에 처음으로 고향 타이완을 밟았던 날을 떠올렸다. 중정비행장에서 처음으로 조카를 만났을 때, 조카의 큰 두 눈에는 남자에게서 좀처럼 보기 힘든 눈물이 글썽이고 있었다.

"아버지하고 정말 똑같았거든요."

조카는 나중에 이렇게 말했다. 조카는 큰아버지와 처음 연락이 닿았던 두 해 동안 큰아버지가 보내준 사진 몇 장을 보았다고 했다. 그 사진 두 장은 모두 1960년대에 찍은 것으로, 노동모를 쓰고 단추를 목 아래까지 채운 레닌 복장이었다.

"마치 대륙 사람 같았습니다. 지금보다 조금 더 젊고 말랐었어요."

조카가 말했다.

"연세가 들고 머리도 반백이 되신 것이, 비행장에서 큰아버지를 뵈었을 때 마치 제 아버님을 뵌 것처럼 첫눈에 알아봤습니다."

고향 타이완으로 돌아오는데 그렇게 많은 곡절이 있으리라고 양빈은 생각지 못했다. 1980년부터 정책이 바뀌었다. 과거에 그는 대륙에 머물렀던 대다수 국민당 군 타이완 사람들과 마찬가지로 1950년대 중반 이후 '역사의 반혁명' '장제스 당(蔣介石黨)* 간첩'이라는 누명을 쓰고 허난의 원청 밖 우타이묘에서 노동교육을 받으며 수십 년간 머리를 들지도 못하고 사는 생활을 해야 했다. 1980년대 초 '어지러운 세상의 종말과 정의의 회복' '개혁개방' 등의 신정책으로 그들은 노동교육 현장인 산골짜기와 빈한한 농촌의 더러운 질곡에서 돌연 구출되었다. 그동안의 억울한 누명을 씻고 복권되어 손해배상도 받았다. 양빈은 주위의 간곡한 권유로 현의 정협위원을 맡기도 하였다.

그러나 무엇보다 큰 행복은, 바로 정책의 변화로 인해 마치 공중에서 돌연 떨어져 내려온 듯한 불가사의한 기회와 가능성이 생겼고, 그래서 수십 년간 꿈에 그리던 고향으로 돌아가 부모 형제와 어렸을 적 고향 친구를 만날 수도 있고, 꿈속에서 무수하게 보았던 광활한 논 위에 이삭이 출렁이는 난양 평원과 산과 강을 볼 수 있다는 것이었다. 포화가 난무하던 전쟁 중, 1950년대 초 결혼하여 첫아이를 낳았을 때, 고향 집이, 부모님의 인자한 얼굴이, 그리고 이젠 얼마나 컸을지 모르는 형제들이 얼마나 그리웠던가. 수십 년 동안 절절했던 그리움, 살아서 고향으로 가지 못하리라는 절망감, 이런 것들이 서로 교차하면서 양빈은 절망 속에서도 절절한 그리움을 억누를 수 없었다. 가슴에 사무치는 향수는 결국엔 타향에서 죽을 수밖에 없다는 냉엄한 현실에 부딪히고……, 그렇게 몇 달이 가고 몇 해가 흘렀다.

누구도 감히 상상하지 못했던 운명이, 천명이 거대한 변화와 완전한

---

* '국민당'을 말한다.

반전을 가져온 것이다. 하루는 지방위원회 서기가 그를 찾아와서 정책이 실행되는 상황을 묻고는 무슨 생각이 난 듯 갑자기 말했다.

"타이완의 집과는 연락을 해보셨소?"

"아니요, 수십 년이 지났지요."

"정책이 바뀌었소, 라오양."

언제나 노동모를 머리 뒤꼭지에 걸치고 다니는 서기가 말했다.

"먼저 편지로 연락을 해보시오. 잘하면 타이완으로 가 부모님 얼굴을 볼 수 있을지도 모른다오."

돌연 고향에 대한 그리움이 양빈의 마음속에서 소용돌이쳤다. 그는 손끝이 차가워지는 것을 느끼면서 물었다.

"어떻게 해야 하는지 몰라서……"

"내가 한번 물어보리다. 현성에는 벌써 회답을 받은 타이완 동포도 있다는군요. 회답을 받았다는 것이 무슨 뜻이겠소? 먼저 편지를 써서 부치고, 몇 달이 지난 후 가족들의 답신을 받은 거 아니겠소?"

며칠이 지나 그는 정말 지방위원회 서기의 말대로, 먼저 옛날 주소인 이란으로 편지를 썼다. 봉투에는 부친 린아옌(林阿炎)의 이름을 썼다. 그는 매일 매일 흥분되고 초조한 마음으로 고향의 답장을 기다렸다. 40여 년이 지난 답장을.

한 달이 지나도 기다리던 답장은 오지 않았다.

"뭘 조급해하세요. 사람들 모두 몇 개월 지나고서야 답신을 받았다 안 그럽디까."

아내가 이렇게 위로했다. 석 달이 지나고 그는 이렇게 생각했다. 혹시 이사를 했을지도 모르고, 어쩌면 잘못 전해졌을지도 모른다고. 그래서 양빈은 다시 편지를 썼다. 한 통 또 한 통…… 이렇게 네다섯 통. 양빈은

1년도 넘게 답장이 올 것을 기다렸다. 그러나 여전히 소식은 올 기미가 없었다. 양빈의 처는 편지를 기다리다 낙담해 있는 남편을 보고 하루는 이렇게 말했다.

"어쩌면 시아버님이…… 안 계실 수도 있지요. 당신이 벌써 60이나 됐는데."

그녀는 양빈에게 다음에 편지를 쓸 때는 동생에게 보내라고 권했다. 그는 옛날 주소에 두 동생의 이름을 써서 보냈다. 석 달이 지나고, 반년이 흘렀지만 여전히 회답은 묘연했다.

다시 1년이 지난 1993년, 현의 지도원이 그를 불러내 타이완에서 온 황 씨 성을 가진 상인을 만나게 해주었다. 둘은 음식점에서 서로 명함을 교환했다. 양빈은 돋보기를 쓰고 명함을 보다가 매우 놀란 목소리로 말했다.

"자오시(礁溪)에서 오셨습니까?"

"그렇습니다."

"틀림없이 자오시에서 오신……"

명함을 든 양빈의 손이 부르르 떨렸다.

"그렇습니다만."

황 선생은 의아해하며 대답했다.

"자오시는 이란에서 아주 가까운데!"

양빈은 떨리는 소리로 말했다.

"자오시는……

"기차로 한 정거장이지요."

젊은 상인이 대답했다.

"기차를 탄다고요? 우리가 어렸을 때는 자오시까지 걸어서 갔는데."

양빈은 쏟아지는 눈물을 주체할 수 없었다.

현성 통전부 마오(繆) 조장이 상황을 알아차렸다. 그는 마치 큰 경사라도 난 것처럼 웃으면서 젊은 타이완 상인에게 그의 고향이 이란이며, 어려서 고향을 떠나 대륙에 온 지 40여 년이 되었다고 소개했다. 조장은 양빈이 고향 사람을 만난 것을 축하한다며 건배를 했다. 젊은 타이완 상인은 눈을 동그랗게 뜨고 마치 진귀한 화석이나 보는 듯이 그를 바라보았다.

"타이완 사람입니까?"

상인은 타이완 말로 물었다.

"그렇습니다."

그는 눈물을 닦고 웃으면서 말했다. 누구도 양빈이 말한 이 '그렇다'는 말이 대륙의 어느 지방 사투리가 섞인 중국 말인지 알 수 없었다.

"이란 어느 곳에서 사셨습니까?"

상인은 또 타이완 말로 열의에 차서 물었다.

"타이완 말은, 전부 잊어버렸습니다."

양빈은 마치 누구에게 사과하듯, 송구스럽다는 듯 말했다.

"고향을 떠난 지, 이미…… 46~47년이 되어서. 듣는 것은 그래도 되는데, 말하는 것은, 곤란하군요."

상인은 이란의 옛 주소와 부친, 두 동생의 이름을 전부 수첩에 적었다. 그는 하늘에 맹세코 그의 집 사람들을 찾아주겠다고 말했다.

6개월가량 지난 어느 날, 양빈은 막내 동생의 아들 린치셴의 편지를 받았다. 편지에 의하면, 둘째 큰아버지는 타이베이(臺北)로 이사했다는 것이다.

'둘째 큰아버지께서 전에 보내신 편지를 다 받으셨는데', 편지에 이렇게 씌어 있었다.

'아마도 둘째 큰아버지께서 너무 바쁘셔서 답장 보낼 시간이……'

양빈은 친조카가 보낸 편지를 몇 번이고 다시 읽었다. 부모님은 모두 돌아가셨고, 막내 동생도 간이 나빠져 4년 전에 죽었다는 것이다. 양빈의 아내도 옆에서 그가 몇 번이고 읽는 편지를 넘겨다보면서 훌쩍거렸다. 때로는 그녀의 옷자락으로 돋보기를 닦아 그에게 넘겨주었다.

"당신은 혈압이 높으니까,"

양빈의 아내는 침착한 목소리로 말했다.

"친척들을 만나고 싶거든 건강을 해쳐서는 안 돼요."

양빈은 아내의 충고를 듣자, 돌연 홰나무가 심어져 있던 스자좡의 정원에서 인내심을 가지고 자기에게 태극권을 가르쳐주던 자오 대대장의 말이 떠올랐다. 무뚝뚝했던 자오 대대장의 네모난 얼굴에 숨겨져 있던 그 마음을 더 잘 이해할 수 있을 것 같았다. 천 리 밖 진쟁터로 끌려온 타이완의 어린 병사를 가엾게 여긴 것이다.

다음 날 양빈은 길고 긴 답장을 썼다.

그해 그는 스자좡에서 거의 2개월 동안 머무르면서 몇 번의 정치교육을 받았다. 당시 공산당들은 해방군에 남고 싶으면 능력에 따라 자리를 안배해주고, 만약 집으로 돌아가기를 원하면 여비를 주겠다고 했다. 타이완 병사들은 돌아갈 수가 없었으므로 대부분 군대에 남아 계급장을 바꿔 달았다. 그 몇 년 동안 양빈은 글을 배우기 시작했다. 훗날 군대에서 숙청의 바람이 불고, 반우파 투쟁, 문화대혁명이 일어나자 양빈은 자신을 비판하는 글을 거침없이 썼다. 자기 조카에게 보내는 편지에 그는 자신이 겪었던 일들을 간략히 설명하고, 자기 식구들을 소개한 후 고향을 그리워하는 애절한 마음을 구구절절 써 내려갔다.

"정말이지 오늘 같은 날이 오리라고 생각지 못했다. 얼른 고향으로 가서 부모의 묘소 앞에 절을 해야 할 텐데……"

그는 답장에 이렇게 써넣었다.

그러나 생각처럼 편지 왕래는 그렇게 빈번하게 이루어지지 않았다. 타이완에서의 답장이 항상 늦어지고, 린치셴은 무언가 말하기 어려운 것이 있는지 말하려다 멈추는 듯한 느낌이 들었다.

이렇게 몇 개월이 흐른 후 조카 치셴에게서 편지가 왔다. 편지에는 큰아버지께서 타이완을 방문하려는 일을 원래는 둘째 큰아버지께서 나서서 신청하고 보증을 서려 했는데, 지금은 치셴 자신이 나서서 처리하려 한다고 씌어 있었다.

'저는 둘째 큰아버지만큼 바쁘지 않습니다. 게다가 저는 젊기에 일을 처리하러 타이베이를 오가는 것이 크게 번거롭지도 않고……' 편지에는 이렇게 적혀 있었다.

양빈은 비로소 안심이 되었다. 아들과 며느리도 같이 기뻐해주었다. 단지 아내만 너무 흥분하지 말라고 여전히 잔소리를 했다.

"타이완, 40여 년간 돌아가지 못했던 고향이오."

양빈은 탄식하며 말했다.

"이번에 고향에 올 수 있었던 것은 치셴 너의 힘이 컸다."

양빈이 정답게 말했다.

"당연히 해야 할 일이지요."

린치셴은 냅킨 두 장을 빼 들고 콧물을 닦으며 말했다.

"어쨌든 이번에 집으로 돌아온 것으로 내 마음속의 한이 풀렸지만," 양빈은 말했다.

"입국 신청을 하느라 네가 너무 고생을 했어."

"그게 뭐 별일이라구요." 린치셴이 말했다.

"이름이 달라서 그것 때문에 애를 좀 먹었을 뿐입니다."

그해 국민당의 군대에 편입되고, 다음 날 이름을 명부에 올릴 때 상관은 그를 자세히 살펴보고는 말했다.

"오늘부터 너는 린스쿤(林世坤)이 아니고 양빈이다."

푸젠 성 출신 하사가 상관 옆에서 민난어로 통역을 해주었다.

"장부에 양빈이라는 이름은 있는데 사람이 없어, 이 친구로 메워 넣어."

그때부터 린스쿤은 어이없이 양씨 성을 가지게 되었고, 지금까지 그의 아들 정제(正傑)도 손자 샤오후(小虎)도 모두 아무 연고도 없는 양씨 성을 가지게 되었다. 그런데 타이완으로 가기 위해 신청을 하자 호적의 이름과 다른 것이 문제가 되었다. 수속은 이 문제로 인해 난관에 부딪혀 더 이상 진전을 보지 못했다. 대륙과 타이완의 큰아버지와 조카는 이 일로 수십 통의 전화와 편지를 주고받으며 무수히 마음고생을 하고, 복잡한 증명 문건이 첨부된 후에야 비로소 이 문제가 해결되었다.

린치셴은 찻잔과 주전자를 쟁반에 받쳐 들고 주방으로 들어갔다. 이때 린치셴이 노트를 검사하던 책상 옆의 탁자에서 전화벨 소리가 갑자기 울렸다.

"아이고, 큰어머니!"

린치셴이 무선전화에 대고 크게 웃었다. 그는 양빈에게로 걸어오면서 말했다.

"큰아버지 계세요. 별말씀을 다 하시네요. 큰아버지께서 여기 머무르시는 거야 당연하지요. 모두 친척인데……"

양빈이 전화를 받았는데도 그의 처는 여전히 조카에게 큰아버지가 얼마나 고마워하고 있는지를 말하고 있었다. 양빈은 잠깐 듣다가 천천히 말했다.

"여보시오."

"여보세요. 당신이세요? 손자 녀석이 당신을 바꿔달래요."

전화 바꾸는 소리가 들렸다.

"할아버지. 보고 싶어요."

하나뿐인 손자 샤오후가 전화를 받자마자 말했다.

"할아버지도 네가 보고 싶단다."

양빈이 말하면서 얼굴엔 웃음꽃이 피어났다.

"할아버지."

손자의 목소리가 잠기더니 돌연 목 놓아 우는 소리가 들렸다. '할아버지' 하는 소리만 정확히 들렸을 뿐, 다른 말은 울음소리 때문에 한마디도 알아들을 수가 없었다. 양빈은 깜짝 놀라 의자에서 벌떡 일어났다.

"얘야. 무슨 일이니?" 양빈이 놀라 소리쳤다.

"아버님, 아무 일도 없습니다. 요 며칠 샤오후가 몹시 할아버지를 보고 싶어 했어요. 오늘은 유난히도 보고 싶어 하는 것 같아 할아버지와 통화할 수 있게 해주었더니."

아들 정제의 웃음 띤 목소리가 들렸다. 연이어 손자의 목소리도 들렸다.

"할아버지."

"아이고, 할아버지도 네가 몹시 보고 싶구나. 울지 마라."

양빈이 웃는 소리로 손자를 달래면서 응접실에서 큰 걸음으로 천천히 걸었다.

손자는 조금 진정이 되었는지, "할아버지, 빨리 오세요. 얼른 오시라니까요"라며 응석을 부렸다.

할아버지와 손자는 웃으며 통화하더니 전화를 끊었다. 양빈은 수화기를 린치센에게 주면서 깊은 생각에 잠긴 듯 말했다.

"치셴, 아무래도 빨리 돌아가야겠어."

"안 됩니다. 큰아버지 신분증이 2주일 내로 발급될 텐데요."

조카는 놀라서 말했다.

"글쎄" 양빈이 말했다.

큰아버지가 타이완에 오자마자 조카는 타이완 신분증을 신청했다. 타이완 신분증이 있으면 타이완에 오래 머물거나 정착할 수도 있었다. 그렇지 않더라도 타이완 신분증이 있으면 타이완을 드나들기가 한층 수월했다. 그도 고향에 돌아와 정착한다는 것을 생각해보지 않은 것은 아니었다. 그러나 타이완으로 돌아오는 일이 그렇게 간단하지만은 않았다. 타이완의 규정에 의하면 타이완 출신인 국민당 병사가 타이완으로 돌아와 정착하는 것은 그렇게 어렵지 않았다. 그러나 대륙의 친척 중 70세 이하, 8세 이상은 절대 왕래할 수 없다는 규정이 문제였다.

"대륙에 사는 40년 동안 한시도 고향 생각을 잊은 적이 없었지."

양빈이 린치셴에게 말했다.

"내가 아내와 타이완에 돌아와 정착하면, 다시금 저쪽의 아들과 손자, 며느리를 그리워해야 해."

그러나 양빈은 조카가 자신을 위해 신분증을 신청한 것은 뼈에 사무치는 송사(訟事)를 하기 위한 것임을 안다.

타이완에 돌아온 지 얼마 되지 않아 양빈은 1952년을 전후해 타이완에서 '농민에게 농토를 돌려주는' 토지개혁을 실시했음을 알았다. 대대로 농사를 지은 이들에게도 옥토가 분배되었다. 10여 년이 지나 양빈의 아버지는 죽기 전에 토지를 3분하여 둘째 아들과 셋째 아들에게 주고 이렇게 유언을 남겼다. "너희 큰형에게도 땅을 남겨준다. 그가 살아서 돌아오면 그에게 주고, 만약 죽어서 신주만 돌아오거든 그의 처와 자식들에게 주어라."

7~8년이 지나자 농산품은 갈수록 돈이 되지 않았다. 그러나 끊임없이 농촌으로 확산되는 도시는 나날이 비대해져 많은 시골 땅이 도시 발전의 범위에 포함되자, 돌이 금이 되듯 땅값이 하루가 다르게 올라갔다. 땅만 알고 살던 농민들은 어느 날 갑자기 수억의 재산을 가진 부자가 되었다. 당시 어떤 이가 타이베이의 어떤 재단 사람을 데리고 와 둘째 큰아버지에게 땅을 팔라고 했고, 둘째 큰아버지는 하루아침에 졸부가 되었다.

"2년이 못 되어 둘째 큰아버지는 변했습니다. 모든 것이 변해버렸지요."

린치셴이 말했다.

"사탕에 꼬여드는 개미처럼 둘째 큰아버지 집은 문전성시를 이루었고, 타이베이, 가오슝 등 먼 도시에서 둘째 큰아버지를 찾아왔습니다. 어떤 이는 전답을 팔아 선산으로 쓸 산을 사라고 하고, 어떤 이는 무역사업에 투자하라고 권유하기도 했지요. 또 어떤 이는 둘째 큰아버지 아들을 시의원에 출마시키려 하고, 호텔을 지으라고도 하고……"

린치셴은 부끄러운 듯이 말했다. 소박하고 성실하던 둘째 큰아버지는 오래지 않아 새 차를 사고 머리에 기름을 빤지르하게 바른 기사를 두고, 매일 술을 마시고 도박을 하러 다녔다. 심지어는 첩을 두기까지 하였다. 둘째 큰어머니는 분해서 농약을 마셨다.

"둘째 큰어머니는 돌아가시지 않았습니다. 그때 어디서 왔는지 모르는 천한 여자들이 둘째 큰어머니에게 접근해서, 이렇게 멍청한 사람을 본 적이 없다며, 죽으면 당신만 손해라고 말했습니다. 억대 재산 중 당신도 일부 권리가 있으니 그 재산을 손에 넣고 당신 남편이 무슨 짓을 하든 당신도 마음대로 하면 된다고 부추겼습니다."

린치셴이 말했다.

하늘에서 떨어진 횡재는 둘째 큰아버지 집안을 완전히 바꿔버렸다. 소박하고 근면했던 농민은 주색에 빠져 멋대로 놀아나는 늙은이로 변해버렸다. 그의 큰아들, 린치셴의 사촌 형 린충은 돈으로 표를 사 지방 대표로 당선되었고, 큰돈을 들여 땅을 사들이고 술집을 열었다. 후에는 아예 쥐전을 떠나 신도시 산 중턱의 별장식 아파트로 이사를 가버렸다. 다음해 린충은 현 의원에 당선되었다.

3년 전 양빈이 대륙에서 보낸 첫번째 편지가 돌고 돌아 린충의 집으로 전달되었다.

"사촌 형이 그 즉시 둘째 큰아버지께 맡겨둔 큰아버지의 땅에 생각이 미치리라고는 생각지 못했습니다."

린치셴이 침통하게 말했다.

"형은 어떻게 큰아버지께서 돌아오시는 것이 오로지 이 재산을 분배받기 위한 것이라고 생각할 수가 있었을까요."

"내가 집을 떠날 때는, 우리는 하루 한 끼 먹기도 어려운 소작농이었어."

양빈이 처량하게 말했다.

"40년 동안 나는 한 번도 우리에게 땅이 있으리라는 생각을 해본 적이 없었어. 심지어 반 평의 땅이라도 얻을 수 있다는 생각조차 해보지도 못했는데……"

린치셴의 말에 의하면, 양빈이 보낸 몇 통의 편지는 모두 린충의 손에 들어갔고, 그는 모르는 척하고 있었다는 것이다.

"어느 날 황씨 성을 가진 상인이 와서는 대륙에서 큰아버지 되시는 분을 봤다면서 갑자기 저를 찾아왔습니다. 저는 즉시 신도시로 사촌 형을 찾아갔지요."

린치셴이 말했다.

"형님, 큰아버지께서 아직 살아 계시답니다! 대륙에 계시다는군요. 제 말에 그의 반응은 너무도 냉담했습니다."

린치셴은 둘째 큰아버지에게 이야기를 꺼내지도 못했다. 그때 린충 형이 눈을 찡그리며 한동안 생각에 잠기더니, 돌연 서랍을 열고 큰아버지의 편지 네다섯 통을 꺼내놓았다.

"너, 이것 좀 봐라."

린충이 말했다.

"편지봉투며 편지 내용이며 전부 간체자*로 씌어 있다."

린치셴은 의아하게 형을 바라보았다.

"도대체 누가 이 사람이 우리들의 큰아버지라고 증명할 수 있겠니?"

그는 편지 한 통을 꺼내 들더니 사진 하나를 꺼내 보여주었다. 양빈이 말라 늘어진 얼굴에 노동자 모자를 쓰고, 칼라의 끝까지 단추를 채운 남색 레닌 식 옷을 입고 큰어머니와 함께 찍은 사진이었다.

"봐라, 바로 공산당이야, 보다시피."

린충이 말했다.

"게다가 그는 우리보고 보증인이 되어 타이완으로 올 수 있게 해달라고 하는데, 나는 지금 큰 사업을 하는 사업가다. 보증 서는 일은 장사하는 데도 재삼재사 검토를 해야 하는 일이다."

린충은 하물며 공산당을 보증 섰다가 만에 하나 무슨 일이 생기면 자기 재산이 몰수되는 것은 물론 사람도 잡혀가서 총살당할 것이라고 말

---

* 1960년대 중국 정부 주도로 만들어진 간략화된 한자.

했다.

공산당이라면 린치센도 본 적이 없었고 두려워하고 있던 참이라 몇 개월이나 주저하고 있었다. 그런데 돌연 사촌 형 린충이 중개업자와 짜고 큰아버지 몫으로 되어 있는 땅을 팔려고 한다는 풍문이 들려왔다. 그는 현 정부의 지정과에 근무하고 있는 소학교 동창에게 사실인지를 알아봐달라고 부탁했다. 이 두 달 동안 사촌 형이 지방정부와의 관계를 이용해 법원에 큰아버지 린스쿤이 민국 52년(1963년) 대륙에서 객사했다는 공고를 하게 하였음을 알았다. 지금 사촌 형은 토지를 가매매하여 토지 소유권을 다른 사람의 명의로 옮기고 있었다. 그래서 분노한 린치센이 자신이 나서서 큰아버지의 입경 절차를 위해 보증인이 되겠다는 편지를 보낸 것이다.

"이 일은 당사자가 나서서 처리해야 합니다."

린치센이 고개를 숙이고 말했다. 마치 땅을 사기 치려는 사람이 자기인 것처럼 고통스럽고 부끄러워했다.

"그 땅은 할아버지께서 당초에 분명히 큰아버지 몫으로 남겨둔 것입니다. 제 아버지께서도 항상 말씀하셨습니다. 어느 날 형님이 돌아오셔도 생활 걱정은 없으실 거라고. 그런데 사촌 형은 그게 아닙니다. 둘째 큰아버지도 아무 말씀하시지 않고. 제 생각에 큰아버지께서 반드시 나서서 처리하셔야 합니다."

양빈이 돌아온 지 얼마 되지 않아, 린치센은 둘째 큰아버지 집안의 음모를 털어놓기 전에 큰아버지 양빈을 모시고 조부모의 분묘에 갔다. 양빈은 작은 집처럼 만들어진 묘 앞에서 무릎을 꿇고 온몸을 떨면서 통곡을 하였다. 린치센은 한 번도 이토록 애절한 남자의 울음소리를 들어본 적이 없었다. 마치 일생의 고난과 방랑, 그리고 이산의 고통을 모두 호소하고 있는 듯했다. 그와 큰아버지 사이에는 원래 거리감이 있었다. 그것은 나이 차이도 있거니와 오랫동안 친척이라는 관계를 맺은 적이 없었고, 또 요원하고 낯선 지리적인 거리 때문이기도 했다. 그러나 그날 양빈의 애간장을 녹이는 듯한 비감함은 그의 마음속 깊은 곳까지 와닿아 그의 눈에서도 피눈물을 흘리게 하였다. 그날 이후, 린치셴은 갑자기 큰아버지가 자신의 친척, 골육이라고 느끼게 되었고, 심지어는 하늘에서 아버지를 보내주신 듯한 친밀감을 느꼈다.

양빈은 한동안 통곡하다가 일어나 린치셴에게서 향을 받아 들고 절을 하였다. 무덤에서의 가을은 더욱 스산하였다. 여기저기 한 무더기씩 피어 있는 솔새 풀꽃은 마치 백색의 깃발을 꽂아놓은 것처럼 바람 부는 대로 고독하게 흔들리고 있었다. 양빈은 작은 집처럼 꾸며진 이런 묘실은 처음 보았다. 잠시 서 있다가 린치셴과 함께 향을 올리고 묘실에 같이 모셔져 있는 막내 동생의 위패에 재배하였다.

"분묘를 이렇게 지어놓으면 가족들을 전부 모실 수 있으니 참 편리하겠군."

양빈이 말했다.

"나는 늙었어. 이젠 일에 관여치 않아. 모든 것은 린충이 알아서 처리할 거야."

둘째 큰아버지는 혼잣말처럼 중얼거렸다. 후에 린치셴이 사촌 형 린충이 큰아버지의 땅을 가로채려는 사실을 알고 신도시의 둘째 큰아버지를 찾아갔을 때, 온몸에 술 냄새를 풍기면서 둘째 큰아버지는 이렇게 말했었다.

"신분증을 발급 받으면 우선 법원에 가서 사망신고를 무효화해야 한다고 지정과에 근무하는 제 친구가 그랬습니다."

린치셴이 말했다.

"큰아버지께서는 명명백백 살아 계시고, 큰아버지의 호적 자료, 군대에 지원했을 당시의 병적 자료도 전부 찾았습니다."

"……"

"그리고, 큰아버지의 신분증은 2주일 내로 발급될 겁니다."

린치셴이 말했다.

양빈은 크게 탄식만 할 뿐 한동안 말이 없다가 한참 후에야 입을 열었다.

"내 생각에 이 일은, 그만두는 게 어떨까?"

양빈은 몹시 피곤한 듯 의자에 등을 기대면서 말했다.

"네?"

"내 앞으로 얼마간의 재산이 분배되어 있다는 것을 알지만 꼭 그것을 가져야겠다고 생각한 적은 없었어. 형제들이 기쁜 마음으로 나에게 나눠준다면, 나도 받겠다. 그러나 싸우고, 뺏고, 서로 마음을 다치고, 그래야 한다면 관두겠어."

양빈이 말했다.

"40여 년간 내가 그리워한 것은 집이고 사람이었어."

"……"

"전화로 네 큰어머니와도 상의했어. 큰어머니 말이, 우리는 필요 없다는 거야. 재산 때문에 사람 노릇을 못해서는 안 된다는 거지."

양빈이 말했다.

"큰아버지…… 재산은 큰아버지 것입니다. 그러니 큰아버지께서 원하시는 대로 하십시오."

린치셴이 조용히 말했다.

"단지 사람은 둘째 큰아버지 댁 사람들 같아서는 안 된다는 겁니다. 결코 그래서는……"

"인간이 그래서는 안 되지……"

양빈이 중얼거렸다.

린치셴은 손으로 그의 검은 머리를 쓸어 올렸다. 그는 그의 친척, 그의 큰아버지를 바라보았다. 커다란 눈에 골육의 정을 듬뿍 담아서.

"큰아버지께서 하시고 싶은 대로, 큰아버지 뜻에 따르겠습니다."

그가 말했다.

"네가 말했지. 사람은 그래서는 안 된다고. 네 큰어머니도 그렇게 말했다. 사람은 재물 때문에 인간이길 포기해서는 안 된다고."

양빈이 말했다.

"너도 네 큰어머니도 같은 말을 하는데, 큰어머니가 왜 그런 소리를 하는지 내가 이야기해주마."

양빈은 조카가 40년간의 대륙 생활이 어떠했는지 묻는 말에 한 번도 말해주지 않았다. 그저 기억이 안 난다고 얼버무리고 말았다.

"지금 내가 이야기하마. 대륙에서의 40년은 처음과 훗날은 괜찮았고, 중간은 고생스러웠어."

양빈이 말했다.

1950년 초 몇 년간 한국전쟁을 치르는 동안, 타이완 병사들도 해방군에 끼어 계속해서 전쟁에 참여했다. 어떤 이는 퇴역하여 기관에 근무하기도 했다. 그러는 동안 직업도 얻고, 결혼을 하기도 했다.

1955년, 부대에서, 기관에서 '반혁명 숙청' 바람이 불었다. 1958년부터 1966년 문화대혁명이 일어난 때부터 대부분의 타이완 출신 병사들은 '역사의 반혁명분자'라는 누명을 썼다.

"타이완 병사들은 두 가지 죄명에서 벗어날 수 없었어. 국민당을 위해 싸웠으니 내전 중에 반동을 한 것이고, 이는 '역사의 반혁명분자'로 반혁명의 역사적 배경을 가지고 있는 것이지."

양빈이 말을 이었다.

"두번째는 타이완 병사들 중에는 일제시대 때 둥베이 지역이나 하이난다오(海南島)로 끌려가 일본 군대를 위해 부역을 한 사람도 있었어. 이것은 제국주의의 주구와도 같은 것이라는 거야."

"그런 일들은 모두 어쩔 수 없었던 일이잖아요."

린치셴이 우울하게 말했다.

양빈은 인생에는 자신도 어쩔 수 없는 일이 참으로 많은 거라고 말했다. 이것을 운명이라고 하는 것이다. 1955년부터 정치적인 이유 때문에 사람들 사이에는 금이 그어졌다. 남편과 아내 사이에, 부하와 상관 사이에, 직장 동료 간에도 금이 그어졌다. 린치셴은 이해할 수 없었다.

양빈은 엄격히 말하면 자신도 이해하지 못한다고 말했다.

"인간은 신념을 위해서, 혹은 자신의 안위를 위해서 인간과 인간 사이에서 이런 일을 하게 되는데 자신도 어쩔 수 없는 것이지. 그러나 여기에도 한도가 있어야 하는 것인데, 가족이 흩어져버린 가정도 있고, 고통을 이기지 못해서, 혹은 가정을 지키기 위해서 자살하는 사람도 있었어."

양빈이 말했다.

린치셴은 여전히 이해가 가지 않았다. 그러나 누가 이해할 수 있겠는가? 그때 정신적으로 더욱 고통스러웠던 것은 전쟁통에 살기 위해 서로를 돕던 타이완 사람들이 서로를 고발하는 편지를 쓰고, 사람으로서는 차마 할 수 없는 숙청도 했다는 것이다.

"당시, 네 큰어머니 한 사람만 나를 지지해주었지. 그 사람은 말했어, 바보 같은 생각은 하지 말라고. 매일 나가서 비판을 받고 돌아오면 나는 아무 말도 하지 않았다. 그 사람도 묻지 않았어. 국수 한 그릇을 말아주고, 목욕할 물을 데워주는 게 전부였지."

양빈이 말을 이었다.

"나를 공개적으로 비판하는 대회가 열리면 네 큰어머니는 반드시 참석해서 내가 고개만 들면 볼 수 있는 자리에 앉아 있었어. 결코 비판대회를 보러 온 것이 아니라, 내가 가장 고난을 당하는 그 순간에 언제나 자신이 함께하고 있음을 알려주려고 했던 거지."

양빈은 목이 메어옴을 느꼈지만 얼굴에는 가벼운 미소를 띠고 있었다. 그는 이 이야기를 꺼내는 것이 결코 과거의 고난을 넋두리하기 위한 것이 아니라고 말했다.

"이젠 다 지나간 일이다. 고난의 시간이 지나간 후 나와 네 큰어머니는 한 가지 결론에 이르렀지. 그것은 바로 어떤 고난과 괴로움 속에서도 인간이길 포기해서는 안 된다는 거였어."

풍파가 몰아닥치는 세월에서도 여전히 동정과 격려의 눈길을 주는 이가 있었고 내 입에 반 덩어리의 만두를 넣어주는 사람이 있었다고 양빈은 덧붙였다. 빈농으로 가서 교육을 받던 시절에도 농민들은 이런저런 방법으로 보호해주려고 애썼다. 비록 입으로는 험악하게 '진지하게 학습해서, 당신 자신을 철저히 개조하시오'라고 악다구니를 쳤지만.

"그래도 저는 이해할 수가 없습니다."

린치셴이 말했다.

"내가 이렇게 말하면 혹 이해할 수 있을까. 내가 대륙에서 몇십 년을 중국인으로 살고서, 이번에 타이완 고향으로 돌아오니 누구도 나를 타이완 사람이라고 하지 않고 외성 사람 취급을 하더구나."

양빈이 말했다.

"장칭, 라오주, 하오 씨, 모두 나를 대륙의 노병사라고 우기는 거야."

린치셴은 타이완 말을 한마디도 못하는, 대륙에서 수십 년간 노동모를 쓰고 생활해온 큰아버지를 눈앞에 보면서 생각에 잠겼다.

"자신의 친동생마저, 자신의 친조카마저 나의 재산을 가로채려 하는 것은 그렇다 치고,"
양빈은 씁쓸하게 웃으며 말했다.

"억지를 써가면서 나를 공산당으로 몰아붙이고, 사기나 쳐서 재산을 강탈해가려는 대륙에서 온 돼지 취급을 하고 있지 않느냐 말이야."

"큰아버지께서 어떻게 아셨어요?"

린치셴이 의아해서 물었다.

"한번은 이리저리 생각하다가 형제간에 결국은 확실하게 해두어야 할 것 같아서 전화로 네 둘째 큰아버지를 찾았어."

양빈이 말했다.

"린충이 받더군. 그가 술기운을 빌려 그런 소리를 하더니, 내가 대륙에서 온 돼지라고 말하곤 전화를 끊어버렸어."

"아!" 린치셴이 탄식했다.

"나는 화가 났어. 어찌 화가 나지 않았겠니."

양빈이 얼굴을 붉히면서 말했다.

"나는 네가 신분증을 발급 받자는 데 동의했고, 그래서 흑백을 가리려고 했단다."

"큰아버지, 절대 흥분하시면 안 됩니다."

린치셴이 벌떡 일어나면서 황망하게 말했다.

"큰어머니 말씀이 큰아버지께서 혈압이 높으시다고 그랬습니다."

"괜찮다. 걱정 마라."

양빈이 웃으면서 말했다.

린치셴은 비로소 의자에 앉으면서 말했다.

"사망 증명을 철회하는 것과 위조 문서에 대한 고소, 이런 일은 큰아버지께서 천천히 생각해보십시오. 꼭 급하게 지금 해야 되는 건 아닙니다."

"방금 손자 녀석의 전화를 받고 모든 것이 명백해졌어."

양빈이 말했다.

"네가 방금까지도 이해할 수 없다고 했는데, 너도 이해하고 있는 거야. 인간이 그래서는 안 된다고 너도 말하지 않았니? 네 큰어머니가 말한 것처럼 말이다. 사람은 어떠한 경우에도 인간이길 포기해서는 안 돼. 넌 이해하고 있단다."

"……"

"그러나 다른 사람이 그러지 못할 때, 사람답지 못할 때, 우리도 그들과 똑같이 굴어서는 안 돼. 절대로 인간다워야 한다. 그러나 쉬운 일은 아니지."

양빈이 말했다.

"그러나 큰아버지께서는 해내셨잖습니까." 린치셴은 그의 커다란 두 눈에 기쁨과 경애의 눈빛을 반짝이며 말했다.

"내일 나 대신 비행기 표를 좀 알아봐다오. 나는 일주일 내로 돌아가겠다."

양빈이 말했다.

"집이 그립구나."

"큰아버지, 자주 오셔야 해요."

"그러마. 다음에는 네 큰어머니와 손자 녀석도 데리고 오마."
양빈이 웃음을 지으며 말했다.
"타이완도 대륙도 모두 나의 고향이 아니냐?"
"맞습니다!"
린치셴이 대답했다.

밤안개

夜霧

딩(丁) 노인은 화장실을 나와서야 거실의 전화벨 소리를 들었다. 귀가 어두워 벨이 얼마나 울려댔는지 알 수 없었다. 딩스쿠이(丁士魁)는 투덜거리며 크고 넓은 창문에서 밝은 빛이 들어오는 거실을 향해 걸어갔다. 퇴행성 관절염을 앓는 무릎 때문에 자칫 넘어질까 빨리 걸을 수는 없었다.

"여보세요."

딩스쿠이가 수화기를 들고 말했다. 전화기 저쪽에서 여자 목소리가 들려왔다.

"여보세요."

"여보세요."

소파에 깊숙이 앉으며 딩스쿠이가 대답했다. 숨이 조금 차올랐다.

"딩 선생님, 접니다……"

"……"

"딩 비서님, 저예요, 웨타오(月桃)."

"아!"

딩스쿠이는 조금 놀란 목소리로 말했다.

그러자 치우웨타오(邱月桃)가 조심스럽게 그에게 물었다.

"시간 있으시면…… 잠깐 찾아뵙고 싶은데요."

딩스쿠이가 미처 답하기 전에 치우웨타오가 먼저 말했다.

"칭하오(淸皓) 오빠가 무언가를 남겼는데…… 뭔가를 적은 것입니다."

"무슨 물건인가요?"

"뭔가를 적긴 했는데, 이리저리 살펴봐도 도무지 모르겠어요. 그런데 왠지 딩 비서님께 꼭 전해드려야 할 것 같아서요."

딩스쿠이는 오후 2시경에 그녀와 만나기로 약속하고 전화를 끊었다.

거실 창밖은 늦여름의 정오에 가까워 있었다. 그가 직접 심은 세죽(細竹)은 엷은 녹색의 그림자를 커튼에 드리우며 가벼운 바람에 조용히 흔들리고 있었다.

딩스쿠이의 아내는 10여 년 전에 세상을 떠났다. 아들과 딸은 각각 미국의 동부와 중부에 살면서 한 명은 일을 하고 한 명은 공부를 하고 있어 그는 혼자 생활하고 있었다. 일주일에 한번씩 오는 베트남 출신의 도우미 아주머니가 깨끗이 청소를 해놓는, 요즘 타이베이에서는 보기 힘든 일본식 목조 건물은 늦여름 정오에 가까운 시간, 작은 정원의 녹나무 그림자 아래에서 유달리 고요하고 적막해 보였다.

딩스쿠이는 말랐지만 후리후리해 보이는 몸을 낡은 암홍색 소파에 깊숙이 묻고, 틀니를 하지 않은 입을 꼭 다문 채 조용히 리칭하오(李淸皓)의 장례식을 떠올렸다.

석 달 전 그는 시립장례식장 안의 조그만 빈소로 가서 리칭하오의 영결식에 참석했다. 캐나다에 사는 리칭하오의 처와 아들이 돌아와 뒷일을 맡아보고 있었다. 식장이 작아 좌석이 다 찬다 해도 열석에서 스무 석 정도박에 되지 않을 것 같았지만 그마저도 다 차지 않았다. 딩스쿠이가 기관에서 온 사람들이 보이지 않아 자기도 모르게 조용히 주변을 둘러보고 있을 때, 리칭하오의 아내 샤오동(小董)이 그를 알아보고 천천히 다가왔다.

"딩 비서님."

평소 무심했던 그녀의 두 눈이 차츰 붉어졌다.

그는 가볍게 샤오동의 어깨를 토닥여주고는 엷은 선향의 연기 속에서 샤오동을 데리고 앞쪽 자리로 가서 앉았다.

확대한 리칭하오의 컬러 영정 사진이 액자에 끼워져 흰 백합과 카네이션으로 뒤덮인 영당(靈堂) 가운데에 놓여 있었다. 반듯하게 자른 머리와 어두운 눈썹 아래의 온화하면서도 크지 않은 눈이 딩스쿠이를 은근히 쳐다보는 듯했다. 이 사진은 30년 전 리칭하오가 처음 산장으로 와서 훈련을 받을 때 썼던 증명사진을 확대한 것이 틀림없다고 딩스쿠이는 생각했다. 당시 리칭하오는 젊고 똑똑하고 얼굴에 살집은 없어도 뭔가 옹골진 느낌이었다. 그러나 6개월 전에 리칭하오를 만났을 때는 늙고 왜소하고 말라 있어서 하마터면 알아보지 못할 뻔했다.

"기관에서 누가 온다고 했나요?"

그가 옆에 앉은 샤오동에게 낮은 소리로 물었다.

샤오동은 가볍게 고개를 젓고는 다시 머리를 숙여 하릴없이 손수건을 접고 또 접었다. 딩스쿠이는 리칭하오가 스스로 재촉한 죽음이었으므로 유족들은 장례식을 요란하게 치르지 않기로 했다는 말이 갑자기 떠올랐다.

"그는 오래전에 기관을 떠났어요……"

샤오동이 작은 소리로 말했다.

"음."

타이베이 C대학을 졸업한 리칭하오는 오리발 같은 평발 때문에 군대에 가지 못하자 시험을 보고 기관에 들어왔다. C대학 출신이니 필기시험은 당연히 출중했다. 그 기수의 학생들을 모집할 때 딩스쿠이는 막 9급 비서로 승진하면서 젊은 리칭하오를 면접하게 되었다. 면접 전에 딩스쿠이는 서류 속의 간단한 자기소개와 약력을 보았다. 강산(岡山) 군인 마을에 사는 한 늙은 소령의 아들이고 C대학 법학과를 졸업했다

"외국에 나가서 공부를 더 해볼 생각은 없었나?"

딩스쿠이는 그때 보고 있던 서류에서 눈을 떼며 이렇게 물었던 기억이 났다.

"집안 사정이, 여의치 않아서요……"

리칭하오는 말하면서 온화한 눈으로 딩스쿠이를 똑바로 쳐다보았지만, 유학 가기에 '사정이 여의치 않은' 집안에 대한 원망의 기색은 조금도 없었다. 딩스쿠이는 검고 뻣뻣하고 길들지 않은 그의 머리카락을 바라보았다. 포마드를 가볍게 발라 왼쪽 이마에서 가르마를 타 양쪽으로 빗질을 하고 있었다. 조금 작아 보이는 칼라에는 낡은 넥타이가 서투르게 매여 있었다. 하얀 반팔 와이셔츠를 입은 리칭하오의 성실하고 정직해 보이는 모습이 딩스쿠이에게 깊은 인상을 주었다.

"왜 우리 기관에 들어오려고 하는지 말해보게……"

리칭하오는 잠시 말이 없다가 당연하다는 듯 부드러운 소리로 답했다.

"나라에 보답하는…… 뭔가 의미 있는 일을 하고 싶었습니다."

세상에는 천성적으로 정직한 사람이 있다. 딩스쿠이는 장례식장에 앉아서 생각에 잠겼다. 천성적으로 정직하다고 해서 자신의 정직함으로 다른 이를 판단하거나, 남을 용서하지 않는 그런 정직함은 결코 아니었다. 리칭하오가 바로 그런 사람이었다. 딩스쿠이는 묵묵히 영당 위의 사진을 바라보았다. 그해 여름 시험에 합격한 리칭하오가 산장으로 와서 훈련 보

고를 했다. 철수세미처럼 뻣뻣했던 머리를 반듯하게 자르고 앞니를 조금 드러낸 채 웃고 있는, 새로운 삶에 대한 열정으로 가득한 한 젊은이의 얼굴이 그의 앞에 서 있었다. 인생의 대부분을 기관에서 보낸 딩스쿠이는 리칭하오가 이 일에 적합하지 않다는 것을 금방 알아차릴 수 있었다. 딩스쿠이는 이런저런 생각에 회한이 겹쳐 절로 탄식이 흘러나왔다.

나이 든 사람에게 곧잘 나타나는 전립선 비대증으로 딩스쿠이는 소변이 마려운 듯 아닌 듯 안절부절 견딜 수가 없었다. 결국 그는 자리에서 일어나 화장실로 향했다. 베트남인 가정부가 깨끗하게 닦아놓은 화장실 타일 바닥에는 창가에서 기르는 스킨댑서스의 녹색 그림자가 비치고 있었다. 변기의 물을 내렸을 때 쏴아 하는 물소리와 함께 전화벨 소리가 어렴풋이 들려왔다. 서둘러 화장실을 나왔지만, 집 안에는 여전히 늦여름 정오의 적막함뿐, 아무런 소리도 들리지 않았다. 이런 일이 있을 때마다 딩스쿠이는 전화가 울렸는데 받지 않아서 끊긴 것인지 아니면 애초에 울리지도 않은 전화벨의 환청을 들은 것인지 도무지 알 수가 없었다.

그는 다시 소파에 앉았다. 손을 뻗으면 닿을 수 있는 전화기 옆에도 싱싱한 스킨댑서스 화분 하나가 놓여 있었다. 벌써 10여 년 전, 리칭하오가 웨타오를 처음 데리고 왔을 때 그녀가 생기 넘치는 스킨댑서스 화분을 선물한 일이 생각났다. 원예에 취미가 있었던 딩스쿠이는 몇 년 사이에 스킨댑서스를 네댓 개의 화분으로 불려 정원의 녹나무 그늘 아래에서 길렀다. 거실의 작은 화분과 화장실의 화분은 모두 웨타오가 준 화분을 나눠 심은 것들로 지금까지도 무럭무럭 잘 자라고 있었다.

산장에서의 훈련을 마친 후 리칭하오는 타오위안(桃園)의 한 지국으로 파견되었다. 근무 성적이 좋은 편은 아니었지만 천성이 성실하고 신중한 탓에 그는 어쨌든 열성을 다해 일했다. 어떻게 결혼을 하게 되었는지는 알 수 없지만, 27세가 되던 해에는 딩스쿠이에게 샤오동과의 결혼에 증인이 되어달라고 간곡히 부탁했다. 그런데 관리로서의 체면 때문에 남의 사생활을 캐묻기가 뭣하고, 또 리칭하오와 샤오동이 개별적으로는 그를 웃어른처럼 예의바르게 대했기 때문에 이유를 알 수는 없었지만 두 사람 사이가 결코 좋아 보이진 않았다. 심지어 어떨 때는 물과 기름처럼 겉돌며 서로 괴로워하는 듯했다.

그해, 미국이 외교적으로 타이완을 내치는 바람에 정국은 크게 요동치고 기관은 사상과 언행이 불순한 인사들을 잡아들이느라 바빴다. 다음해 겨울에는 K시 사건*까지 터져 기관에서는 한꺼번에 수많은 사람들을 '모셔 와야' 했다. 리칭하오는 수사 업무에 가담하여 1년여를 바쁘게 지내서인지 몸이 무척 여위고 얼굴색은 피곤하고 풀이 죽어 보였다. 딩스쿠이는 밤낮없이 몰아치는 일들이 그의 영혼에 깊은 충격을 주고 있음을 알 수 있었다.

"샤오동은 잘 있나?"

한 번은 두 사람만 남게 되어 업무의 스트레스를 풀어볼 생각으로 얘깃거리를 찾다가 무심코 물었다.

리칭하오는 조용히 쓴웃음을 지었다.

"그런대로 괜찮습니다."

"혹시, 아이가 생기면 두 사람 사이가 좀 나아지지 않겠나."

딩스쿠이는 걱정 많은 아버지처럼 말하면서도 왠지 어색하고 우스운

---

* 1979년 가오슝(高雄) 시에서 일어난 반정부 시위 사건.

느낌이 들었다.

"딩 비서님, 외국에 나가 몇 년 공부를 해볼까 합니다."

리칭하오가 굳은 얼굴로 갑자기 말했다.

미국과 단교하고 섬 전체를 뒤흔든 K시 사건이 이어지면서 기관의 젊은 정보원들이 자기도 모르게 두려운 마음이 드는 건 당연했다. 딩스쿠이는 비가 내려 흐려진 창밖을 바라보며 아무래도 이 일에는 어울리지 않는 젊은이라는 생각으로 한동안 말을 않고 있다가, 리칭하오에게 직장을 떠나 공부를 더 하겠다는 보고서를 쓰라고 지시했다.

"보고서를 제출하면 내가 사인해서 위로 올리겠네."

딩스쿠이는 말을 마치자마자 조용히 몸을 일으켜 검은 우산을 집어 들고 자욱한 빗속으로 걸어 들어갔다. 망연자실 혼자 남은 리칭하오는 아무도 없는 커다란 사무실에 힘없이 앉아 있었다.

다음 해 가을, 샤오동과 리칭하오가 그를 찾아왔다. 샤오동은 이제 갓 한 달을 넘긴 사내아이를 안고 있었다.

"딩 비서님, 저희는 다음 달에 몬트리올로 떠납니다."

리칭하오가 말했다.

딩스쿠이는 몸을 일으켜 엄마 품에서 깊이 잠든 아이를 뚫어지게 바라보았다.

"잘생긴 아이로군."

그는 말을 하며 자리에 앉았다.

"열심히 공부하게."

무표정한 얼굴로 리칭하오에게 말했다.

"자네가 그곳에서도 일을 좀 할 수 있도록 기관에 말해놓았네. 어쨌든 도움은 될걸세."

"감사합니다, 딩 비서님."

리칭하오가 말했다.

"저, 비서님께서 아이 이름을 지어주셨으면 합니다."

"그럴까?"

딩스쿠이는 무심코 대답했다가 미소 지었다.

"급할 건 없습니다. 좋은 이름이 생각나시면 그때 전화로 알려주시면 됩니다."

샤오동이 말했다.

그러나 아이 하나를 낳고도, 심지어 낯선 외국 땅에서 함께 살면서도 이미 금 간 두 사람의 결혼 생활은 나아지지 않았다. 4년 후 리칭하오는 법학 석사학위를 받았고, 샤오동은 어느 홍콩인이 세운 몬트리올의 회계 사무소에서 좋은 대우를 받고 일하게 되었다. 결국 두 사람은 합의 별거에 들어갔고 아이는 샤오동이 맡기로 했다. 리칭하오는 내친김에 바로 짐을 싸들고 타이완으로 혼자 돌아왔다.

리칭하오는 지난날의 인연으로 직업을 얻고 싶지는 않았는지 별다른 연락이 없었다. 그런데 외국에서 석사를 하고 왔어도 가는 곳마다 장벽에 부딪히며 일자리를 찾지 못했는지, 그렇게 반년 정도가 지난 후 리칭하오는 결국 햇빛이 잘 들어오는 딩스쿠이의 작은 거실에 앉아 있었다.

"기관 연구실에서 사람이 한 명 필요하다더군."

딩스쿠이가 말했다.

"네." 리칭하오는 힘없이 대답하고는 찻잔을 들어 반쯤 식어버린 차를 한 모금 마셨다. 한동안 침묵이 흐른 후 딩스쿠이가 입을 열었다.

"자네가 돌아오고 싶어 하지 않는다는 것을 알고 있네……"

"그때, 제가 제 일을 좋아하지 않은 것도 샤오동이 헤어지려 한 이유

중 하나였습니다."

"샤오동 얘기는 할 거 없네."

딩스쿠이는 눈썹을 찌푸리고 말하며 한숨을 내쉬었다.

"중요한 건 자네 자신이 하고 싶지 않았다는 거지."

"……"

"다른 건 말할 필요 없고, 지금 자네는 일이 필요하지 않은가."

딩스쿠이가 말했다.

"외국에서 4년 동안 보조금을 받았으니 어쨌든 할 일은 해야 하고, 게다가 자네는 사람을 상대하는 게 아니라 연구하고 분석만 하면 되니까……"

어쩔 수 없다고 느낀 리칭하오는 기관으로 복귀해 묵묵히 출퇴근을 반복했다.

다음 해 여름, 대학 동창 하나가 리칭하오를 찾아와 도움을 청했다. 룬베이(崙背)에 사는 그 친구의 친척집 딸이 시집을 잘못 가 십몇 년 동안 고생을 하고 있다는 것이다. 한마디로 그 친척의 사위는 망나니였다. 평소에 내키지 않는 일이 있으면 주먹을 휘두르고 발로 차고 하루 종일 술을 퍼마시는 건 그러려니 했다. 그런데 그곳의 아는 사람과 동업해 집을 지어 팔고 타이어 가게를 열었다가 자금 전환이 원활치 않아 아내 명의로 어음을 남발하다 보니, 어음이 돌아올 때면 이웃 마을의 장사꾼까지 찾아와 빚을 갚으라고 독촉했다. 치우웨타오라는 이 팔자 센 여자는 남편이 뿌린 어음 때문에 야반도주할 수밖에 없었고…… 숨어 지내며 종즈*와

* 粽子: 대나무 잎에 찹쌀을 넣어 쪄낸 음식.

고기 완자를 만들어 팔고, 작은 양장점을 열어서 밤낮 없이 돈을 벌어 조금씩 빚을 갚아나갔다. 하지만 망나니 남편은 돈을 물 쓰듯 써대며 그녀에게 매번 무거운 빚더미만 안기고 시도 때도 없이 찾아와 돈을 요구하였다.

리칭하오는 룬베이 지부에 전화를 한 통 걸어주었다. 한 달도 되지 않아 재판을 거쳐 치우웨타오는 이혼 소송에서 승소하였다. 채무 문제도 지방 건축회사와 치안국이 중재해 이자를 낮춰주어 빚이 한결 가벼워졌다.

또 한 해가 지날 무렵, 치우웨타오는 바오칭(寶慶) 거리의 위엔환(圓環) 근처에 낡은 건물 3층을 빌려 작은 재봉점을 열었는데, 어찌 된 일인지 리칭하오와 함께 지내게 되었다. 다소곳이 리칭하오의 손을 잡은 채 푸르고 싱싱한 스킨댑서스 화분을 들고 둘이 함께 딩스쿠이의 집 현관에 나타난 것이 바로 그때쯤이었다.

딩스쿠이는 벨소리를 듣고 손목을 들어 시계를 보며 문을 열러 나갔다. 정각 2시였다. 녹나무의 짙은 그늘에도 불구하고 정원은 여전히 늦여름의 열기가 가시지 않았다. 딩스쿠이가 낡은 나무 대문을 열자 뜻밖에도 검은 옷을 입고 화장을 하지 않은 치우웨타오가 서 있었다. 딩스쿠이는 그녀를 거실로 들어오게 하고 바로 에어컨을 켰다.

"딩 비서님은 찬바람을 좋아하지 않으시니 켜지 않으셔도 됩니다."

그녀는 말하면서 손수건으로 이마와 콧잔등과 목에 맺힌 땀방울을 천천히 닦았다.

"온도를 높이고 약풍으로 해놓으면 괜찮아요."

딩스쿠이가 말했다.

그녀는 창문으로 들어오는 빛을 등지고 그와 조금 비껴 앉았다. 치우웨타오는 예쁜 여자는 아니었다. 코는 약간 꺼졌지만 야무져 보였고, 희미하게 자란 눈썹은 일부러 짙게 그렸다. 쌍꺼풀 없는 눈이 조금 촌스럽게 느껴졌지만, 오래 보고 있으면 그런대로 귀여운 면이 있었다.

"칭하오의 장례는 요란하지 않게 치렀다오."

그가 말했다.

"간소했지만 엄숙했었소."

"네."

그녀는 고개를 숙이고 말했다.

"저도 가서 봤어요."

"아."

"바로 옆 다른 사람의 장례식장에 숨어 지켜봤어요."

그녀가 말했다.

"딩 비서님이 사방을 둘러보셔서…… 저는 그 자리에 우두커니 서 있었어요. 저를 봐주셨으면 좋겠다고 생각했지요."

"당신도 왔었군요."

딩스쿠이가 한숨을 쉬며 말했다.

그는 장례식 이틀 전 치우웨타오에게서 전화가 왔던 일이 생각났다.

"저도 장례식장에 갔으면 하는데요. 칭하오 오빠도 제가 오길 바랄 거예요."

그녀는 조용히 흐느끼며 말했다.

딩스쿠이가 완곡히 대답했다.

"글쎄, 조금 불편하지 않을까요."

그는 계속 말을 이었다.

"샤오동이 아들을 데리고 귀국해서……"

"그들 모자가 돌아온 게 무슨 상관인가요!"

웨타오가 어두운 목소리로 물었다.

그녀는 샤오동과 명분을 다투려는 건 아니라고 했다.

"내세울 명분은 없지만, 어쨌든 저도 10여 년을 오빠와 함께 고생했잖아요."

그녀가 말했다.

"몇 년 동안 칭하오 오빠는 계속 아팠어요. 정말 불쌍했죠. 그때마다 제가 오빠를 보살피며 얼마나 여러 병원을 들락거렸는지 몰라요."

딩스쿠이는 대꾸하지 않았다.

"딩 비서님, 죄송합니다. 전 다만 장례식장에 제가 보이지 않으면 칭하오 오빠가 무서워할 것 같아서요."

전화기 저쪽에서 웨타오가 코를 푸는 소리가 들려왔다. 그녀를 못 오게 하는 것이 도리에 맞지 않다는 생각이 들었다. 하지만 그는 조용히 달랠 수밖에 없었다.

"칭하오는 다 이해할 거요. 당신이 그에게 얼마나 잘해주었는지 알고 있을 겁니다."

그가 말했다.

"칭하오는 다 알고 있을 거요."

치우웨타오는 아무 말도 하지 않았다. 전화기 저쪽에서 떠들썩한 소리가 어렴풋이 들려왔다.

"웨타오."

그가 말했다.

"딩 비서님, 사실, 저는 갈 수가 없어요."

그녀가 평정을 되찾은 듯 말했다.

"가지 않을 것이고, 갈 수도 없어요. 그래서 전화를 드린 겁니다."

"……"

"다만 제가 얼마나 가고 싶어 하는지 알아주셨으면 해요."

그녀는 목이 메었다.

"알고 있다오."

딩스쿠이가 힘없이 답했다.

"안녕히 계세요."

그녀는 전화를 끊었다. 딩스쿠이는 마치 갑자기 동정 받아 사면된 죄인처럼 부끄러웠다.

한여름의 뙤약볕이 정원의 물푸레나무 화분과 긴 창살의 그림자를 거실 벽에 드리우고 있었지만, 거실은 오히려 인공의 서늘함으로 가득했다.

"전 꼭 가야 했어요. 죄송합니다, 어쩔 수가 없었어요. 칭하오 오빠의 동창인 룬베이의 친척 오빠에게 데리고 가달라고 부탁했죠."

그녀가 말했다.

"저는 몰래 거기에 서서 마음속으로 끊임없이 소리쳤어요. 오빠, 제가 이곳에서 오빠가 떠나는 모습을 지켜보고 있으니 무서워 마세요, 두려워 마세요……"

딩스쿠이는 그녀에게 차를 따라주었다. 둘은 마치 윙윙 가볍게 돌아가는 에어컨 소리에만 집중하듯 아무 말도 하지 않았다.

"최근 2년간 칭하오 오빠는 유달리 무서움을 탔어요."

그녀가 말했다.

그녀는 자기가 시장을 보러 가면 리칭하오는 집에서 땀을 뻘뻘 흘리며 그녀가 무슨 일이나 당하지 않을까 집으로 돌아올 때까지 걱정하고,

바람 불고 비만 와도 두려워했다고 말했다.

"오빠도 아무 이유 없이 모든 것을 무서워하는 자기 자신이 두렵다고 했어요…… 공포가 그를 좀먹어갔지요."

그녀가 말했다.

"밖에 나가기를 꺼려 하고 사람 많은 곳을 두려워했어요."

그녀가 말했다.

"오빠가 기관을 떠난 지 벌써 몇 년이 지났는데도 누군가 그를 찾아와 기관으로 데리고 갈까 봐 두려워 학생들을 제대로 가르치지도 못했어요."

그해에는 린(林)씨 일가 살인 사건*이 일어나고, 살해당한 가족의 장례식이 공개적으로 거행되었다. 민주 인사들은 연일 집회를 열었으며, 정부 고위층은 장제스 집안사람이 '더 이상 총통 경선에 참여해선 안 되고 참여할 수도 없다'고 공개적으로 선포했다. 또 계속해서 반대당의 성립이 갑자기 공표되고, 타오웬 공항 사건**까지 줄줄이 이어졌다. 이런 일련의 사건들이 일파만파로 밀려오자 사람들의 일상생활과 사상은 심하게 요동쳤고, 기관도 물론 예외는 아니었다. 바로 그즈음 리칭하오는 소리 소문 없이 전문대학에 교수 자리를 얻어 기관의 업무를 그만두겠다고 딩스쿠이를 찾아왔다.

"칭하오 오빠는 딩 비서님을 마치 친아버지처럼 얘기하곤 했어요."

---

* 1980년 2월 28일 오전, 변호사 린이슝(林義雄)의 집에서 일어난 살인 사건. 모친과 쌍둥이 두 딸은 괴한에 의해 살해되고 큰딸은 중상을 입었다. 재야 성향의 변호사 린이슝이 체포된 상황에서 일어난 사건이었으므로 재야 및 반정부 인사들은 국민당의 정치적 보복이라고 여겨 반정부 시위가 확산되었다. 사건의 진상은 밝혀지지 않았다.

** 1986년 민진당(民進黨) 성립 후, 미국에 있던 쉬신량(許信良)이 타이완으로 돌아오는 과정에서 그 지지자들과 경찰 측이 충돌을 빚은 사건.

그녀가 말했다.

"그에게 정말 잘해준 사람은 사실 웨타오였소."

딩스쿠이가 말했다.

"칭하오는 다 알고 있을 겁니다, 당신이 얼마나 고마운 사람인지."

치우웨타오는 가방에서 손수건을 꺼내 고개를 숙이고 눈물을 닦았다.

"만약 오빠를 만나지 않았다면, 저는 여자가 누군가의 사랑을 받는다는 게 어떤 것인지 평생 몰랐을 거예요."

그녀가 말했다.

치우웨타오는 자기 팔자가 얼마나 센지도 잘 안다고 말했다.

"하지만 오빠를 만나고 나서야 내가 어려서부터 어른이 될 때까지 누군가의 사랑을 받아본 적이 전혀 없었다는 것을 깨달았죠."

그녀가 말했다.

"그래요, 오빠가 저에게 정말 잘해주었어요……"

이때 딩스쿠이는 다시 화장실로 향해야 했다. 그는 용변을 보면서 생각했다. 신참 정보원들은 지부를 몇 군데 돌고 나면 대부분 주색과 재물에 탐닉하게 되는데 리칭하오만은 그런 물정을 모르는 것 같아 항상 신경이 쓰였다. 이제 그는 가고 없다. 딩스쿠이는 리칭하오가 마치 앞으로 처리해야 할 사건 파일 같아서 어쨌든 지금부터라도 잘 봉해두어야겠다는 생각이 들었다. 그는 화장실을 나와 주방 냉장고에서 오렌지 주스를 두 잔 따라 탁자 위에 놓으려다 탁자 위에 놓여 있는 커다란 종이 묶음을 보고 주스를 어디에 놓아야 할지 잠시 고민하고 있었다. 그때 웨타오가 손을 내밀어 주스 잔을 받았다.

"칭하오 오빠가 남긴 것들이에요."

"아."

"일기 같아요."

그녀가 말했다.

"제가 읽어봤는데 개인적인 일들도 많이 씌어 있습니다. 하지만 비서님께는 아들 같은 사람이니 감출 필요가 없다고 생각했어요."

그녀는 최근 2년간 리칭하오의 병이 좋아졌다가 나빠졌다가 했는데 좀 괜찮아지면 꼭 뭔가를 썼다고 말했다.

"오빠가 엎드려서 글을 쓰고 있으면 오빠 기분이 괜찮구나 생각했지요. 다 쓰고 나면 다시 서랍 속에 감춰두었어요."

그녀가 말했다.

"오빠가 떠난 후 제가 자물쇠를 열었어요. 하지만 저는 아는 게 많지 않아서 읽어도 무슨 소린지 잘 모르겠더군요."

원래는 한번 읽어보고 태워버리려 했다고 그녀가 말했다.

"며칠을 고민했어요. 태워버릴 수도 없고, 괜히 남겼다가 혹시 다른 사람이 읽기라도 하면 안 될 것도 같았어요."

그녀는 해결책이라도 찾은 듯 딩스쿠이를 똑바로 쳐다봤다.

"그러다가 갑자기 비서님께 드리면 되겠다는 생각이 들었어요. 읽어보시고 태워버릴지 남겨둘지 결정해주세요."

"칭하오는 글을 꽤 잘 썼지요."

그는 낮은 목소리로 말했다. 산장에서 훈련 받을 때 리칭하오가 썼던 참신하고 역동적인 격려 광고문이 떠올랐다.

"칭하오 오빠는 비서님을 줄곧 아버지처럼 생각했어요."

그녀는 일어나 작별 인사를 건넸다.

"비서님께 드리고 나니 이제야 안심이 됩니다."

그녀는 엷은 미소를 지어 보였다. 가지런하진 않아도 튼튼해 보이는 앞니가 드러났다.

딩스쿠이는 몇 날 걸려 큰 종이봉투에 담긴 리칭하오의 일기를 읽었다. 하지만 딩스쿠이가 보기에 그것은 딱히 일기라 할 수도 없는, 어지러운 기억과 마음속 생각들, 업무에 적응하지 못해 생긴 근심과 갈등을 이리저리 기록한 것들이었다. 정확한 날짜도 없었고 매월 매일 순서대로 쓴 기록도 아니었다. 병이 난 이후의 기록은 훨씬 뒤죽박죽이고, 무슨 말인지도 불분명하고 복잡했다.

그러나 딩스쿠이는 웨타오가 꽤 영리한 여자라는 생각이 들었다. 리칭하오의 기록들이 보안문제에 크게 거슬릴 건 없지만, 밖으로 새나가서 좋을 것도 없었기 때문이다. 딩스쿠이는 상부에 보고할 것을 염두에 두고 며칠 동안 이 자료들을 세심히 정리하여 별달리 관련이 없는 많은 자료들은 폐기했다. 폐기할 자료는 태워버리고 선별한 자료들은 상부에 올려 이후의 연구 자료로 남겨두는 것으로 이 일을 일단락 지었다.

1

여전히 이유를 알 수 없는 두려움과 답답함.

그제 밤에도 쉽게 잠들지 못하고 있었는데 갑자기 온몸이 천근만근 돌에 눌려 질식할 것만 같았다. 눈은 떠졌지만 온몸에서 힘이 빠지고 아무리 발버둥 쳐도 소리를 지를 수가 없었다. 사람이 이렇게 죽어가는 것이구나 하는 생각이 들었다. 그렇게 질식해서 멈출 것 같았던 심장이 다시 필사적으로 뛰는 소리가 들렸다. 펑펑, 마치 고막을 때려 귀청이 떨어져 나갈 만큼 큰 소리였다. 지금까지 한 번도 경험해보지 못한 두려움과 암흑이 밀려왔다.

근 1년이 다 되도록 불면증에 시달리고 있다. 잠을 못 자는 게 가장 큰 문제이리라. 이명이 들리고, 2층만 올라가도 숨이 차고 힘이 빠지고……이런 증상은 틀림없이 오랜 불면증 때문일 것이다. 매일 일어나자마자 마음은 조급해지고 또 밤새도록 잠을 이루지 못할까 두려워 온몸이 뻣뻣해지고 무릎 아래는 차갑게 굳어 한밤중이 되어도 따뜻해지지 않는다.

긴긴 밤 동안 잠을 이루지 못해 쉴 새 없이 몸을 뒤척였다. 웨타오는 이번 달에 옷을 몇 벌 만들어야 해서 밤낮으로 쉴 틈이 없으면서도 한편으로 나의 건강까지 걱정해야 했다. 그녀는 항상 새벽으로 넘어가는 시각에야 비로소 침대로 들어오고 그때마다 나는 깊이 잠든 척했다.

매일 밤 웨타오는 자기 얼굴을 자는 척하는 나의 얼굴에 가까이 대고 내가 잠들었는지 살펴보곤 했다. 어떤 때는 내 뺨을 스치는 그녀의 콧김이 느껴지기도 했다.

"칭하오 오빠."

그녀는 속삭이듯 부르고는 혼잣말로 중얼거렸다.

"잠드셨나 보네, 다행이야."

그런 다음 그녀는 내 옆에서 금방 꿈속으로 빠져들었다. 어둠 가득한 침실에는 째깍째깍 알람시계 돌아가는 소리와 웨타오의 부러운 단잠 소리만이 들려왔다. 그녀를 깨우지 않으려고 꼼짝도 않고 있으려니 온몸은 더욱 뻣뻣해졌다. 하지만 잠이 오지 않으니 몸을 뒤척일 수밖에 없었다. 할 수 없이 조심조심 몸을 뒤척이면 그녀가 깨지 않을 때도 있지만 어떤 때는 결국 깨워버리기도 했다.

"칭하오 오빠, 또 잠이 안 와요?"

그녀는 잠에 취한 목소리로 잠꼬대하듯 말했다. 그럴 때마다 나는 잠든 척하며 천천히 깊게 숨을 쉬어 그녀를 안심시켰고, 그녀는 내 베개 위에서 다시 깊은 잠 속으로 빠져들었다. 이럴 때면 나는 항상 서글픔과 고통을 느꼈다. 그녀를 등지고 누워 끝없는 고독과 두려움으로 홀로 눈물을 흘리기도 하였다.

혹시 큰 병에 걸린 것은 아닌지 의심되었다. 가슴이 답답한 지가 1년이 넘었다. 그러나 지난달 심장질환 파트에서 몇 가지 검사를 하고 일주일 후에 결과를 보러 갔을 때, 하얀 얼굴에 콧수염을 기른 젊은 의사는 말했다.

"아무 병도 없습니다. 최소한 심장만은 지극히 정상입니다."

자신만만한 그의 태도가 정말 증오스러웠다.

2

학교의 저우(周) 선생이 나에게 정성껏 명상을 가르쳐준 지 벌써 3주가 지났다. 그는 명상을 하면 불면증 때문에 생기는 불안, 신경쇠약, 무력증 등을 고칠 수 있다고 장담했다. 지난주 웨타오는 문득 뭔가를 깨달은 듯, 맥이 빠지고 힘이 없고 불면증에 이명까지 들리는 건 민간에서 흔히 말하듯 신장이 허하기 때문이라고 했다. 그녀는 단숨에 한약을 몇 첩 지어 와서 재봉 일이 아무리 바빠도 자기가 직접 하루에 두 번씩 약을 달여주었다.

결국 명상도 아무 소용이 없었다. 머릿속은 온통 어지러운 생각들이 끊임없이 이어져 심란한 마음은 안정되지 않고, 어떻게 해도 이 불안한 마음을 잠재울 수 없다는 생각에 다시금 슬프고 두려워졌다. 쓰디쓴 진한 한약도 아무 효과가 없는 듯했다.

그러나 나는 저우 선생과 웨타오에게 숨이 막히고 심장이 빨리 뛸 뿐 아니라, 때로는 알 수 없는 초조와 불안감에 시달리고 있다는 말을 하진 않았다. 나는 이미 죽을병에 걸렸구나 하는 생각이 들었다. 신문의 건강 정보 섹션을 보고, 가슴이 답답하고 심박이 일정치 않고 얼굴이 붉게 되는 건 심근경색에 합병증이 겹친 결과임을 알게 되었다. 다음 달에 실시하는 공동과목의 시험문제를 내가 출제해야 한다는 생각에 마음은 다시 불안해지고 어떻게 해야 할지 도무지 알 수 없었다.

어젯밤 나는 몰래 일어나 조용히 앉아 있다가 앉은 채로 깜박 잠이 들었다. 그러다가 결국 경락이 통하면서 다시 깨어났고, 계속 눈을 감고 앉아 있어도 정신은 맑아지기만 했다. 나는 앉아서 명상을 하며 조심스럽게 나 자신에게 물었다. 왜 나는 두려워하는가, 무엇을 걱정하는가…… 스스로에게 질문을 던지며 천천히 기억을 되살려보았다. 지난 10년 동안 처음으로 내가 공포를 느꼈던 일은 무엇이고, 걱정을 안겨준 건 무엇이었는지……

생각을 거듭한 끝에 몇 해 전 일에 생각이 미쳤다.

지난 몇 해 동안 정부는 K시 사건으로 재판을 받고 복역 중이던 사람들을 차례대로 석방 혹은 가석방시켰다. 당시 우리 정보실은 많은 공을 들여 몇몇 사람의 진술을 토대로 상부의 요구에 따라 범인들을 검거해 억지로 정치사건을 조작했다. 이들을 최소한 10년이나 20년 정도 감옥에서 썩혀 다시는 활개 칠 수 없도록 하는 것이 암묵적인 원칙이었다. 하지만 지금 상부에서는 당시 수단 방법을 가리지 말고 감옥에 처넣으라고 했던 사람들을 모두 석방시켜 사나운 호랑이가 울타리를 뛰쳐나가도록 하고 있었다. 결국 나는 '나쁜 놈' '국민당 프락치'라는 꼬리표가 일생 동안 따라다니게 되었고, 윗사람들은 '깨어 있는' '민주적인' 훌륭한 인물이 되었다. 대체 어떻게 된 일인가? 나는 점차 두려움에 떨기 시작했다.

얼마 지나지 않아 타오웬 공항 사건이 터졌다. 그때 기관은 나에게 타오주먀오(桃竹苗) 지역의 '불순분자' 명단을 주면서 현장으로 가서 녹취를 하고 사람을 붙여 감시하도록 했다. 그날 모인 군중은 아무리 적어도 만 명은 될 것 같았다. 경찰은 물대포를 쏘고 사복을 입고서 곤봉으로 때렸다. 그러나 그들은 생각지도 못했던 새로운 무기인 휴대용 카메라까지 갖고 있었다. 그들은 반박 증거를 확보하기 위하여 사람들을 때리는 경찰들을 찍고, 카메라로 증거를 확보하고 있던 우리 측 정보원을 찍기도 했다. 정보원들이 가장 금기시하는 사항은 자신의 모습이 노출되는 것이다. 나중에 들은 이야기지만, 요원들 중에는 상대의 카메라를 급히 피하다가 군중에게 '국민당 프락치'로 몰려 무작정 도망간 사람도 있고 집단 구타를 당한 사람도 있었다고 한다. 나도 틀림없이 사람들에게 사진이 찍혔을 텐데 누군가 나를 알아보면 어떡하나 하는 생각이 나중에 들었다. 이 때문에 나는 한참 동안 근심에 싸여 우울증에 시달려야 했다.

겨우 두 달 전에는 불순분자들이 하나로 뭉쳐 기습적으로 정당의 성립을 선포하였다. 정당이 결성되기 직전까지 기관은 매우 긴장하고 있었다. 수많은 '내부 정보망' 심지어 '수사 정보망' 요원들까지 부단히 그들의 핵심으로부터 대량의 긴급 정보를 전해와서, 불순분자들이 당을 조직할 날이 코앞에 다가왔음을 우리는 이미 잘 알고 있었다. 기관에서는 쉬지 않고 끊임없이 상부에 보고했지만, 상부에서는 지지부진 타격을 가할 명령도 의지도 보여주지 않았다. 몇십 년을 어떤 대가도 고려하지 않은 채 '공산당에게 이용당할' 우려가 큰 당 조직 결성을 막아왔는데, 결국 그들은 아무 일 없었다는 것처럼 여봐란듯이 당을 만들고 난관을 통과해버렸다. 내가 보기에 그 높고도 높은 상부는 너무나 우유부단한 사람들이었다. 기관 사람들 사이에서는 이해할 수 없다는 듯 이런저런 불만이 터져 나왔다. 나이 많은 한 정보원은 술김에 부국장에게 이렇게 물었다고 한다.

"저희 같은 국민당 앞잡이들이 앞으로도 계속 일을 해야 합니까?"

다음 해 1월, 장징궈(蔣經國) 총통이 세상을 떠났다. 나는 한 시대가 이미 끝나가고 있음을 깨달았다. 전문대학의 교수 자리가 정해지자 나는 딩 비서께 사직하도록 도와달라고 부탁하였다.

곰곰이 생각해보니 바로 그 몇 해 동안 나는 날마다 영혼 깊은 곳의 끝 모를 두려움과 지울 수 없는 근심에 사로잡히기 시작했던 것 같다. 당시의 공포와 두려움은 외부의 구체적 사건에서 기인했지만, 오랜 세월이 흘러가면서 사건의 실체는 희미해져갔고, 구체적 내용도 모두 사라져버렸는데 단지 이유를 알 수 없는 공포와 초조감만이 마음 깊숙이 남아 내 인생을 온통 암흑으로 뒤덮어버렸다.

그러나 돌이켜보면 기관을 떠나 S전문대학에서 강의하던 처음 몇 년은 너무나 행복했었다. 학교 월급은 기관에 비할 바가 아니었어도 나와 웨타오는 독일 레스토랑에서 자주 식사를 하곤 하였다. 웨타오는 레스토랑의 다양한 독일 소시지를 좋아했고, 난 레스토랑의 독일 맥주를 즐겨 마셨다. 우리는 함께 영화도 보고 차를 몰고 스딩샹(石碇鄉)으로 가서 원산차(文山茶)*를 사기도 하였다.

아, 그때 태양은 너무나 찬란했고 새들은 지저귀고 꽃은 향기로웠다.

---

* 타이베이 현 원산에서 나는 차로 타이완 4대 명차 중 하나.

하지만 지금은 하루하루를 음습한 우울 속에서 보내며 천지를 뒤덮은 암흑 같은 절망이 마치 거대한 바다처럼 나를 숨 막히게 한다. 다시 올 수 없는 지난날의 행복이 얼마나 그리운지.

아, 웨타오, 나는 반드시 훌훌 털고 일어나서 그 찬란한 태양을 다시 찾고야 말겠어.

3

오늘은 웨타오가 나를 데리고 스린(士林)에 있는 R병원 신경외과에 가서 진찰을 받았다. 몇 년 동안 시달려온 두통이 최근에는 극심한 돌발성 통증으로 변했기 때문이다. 통증이 오면 구토까지 이어지고 안압(眼壓)이 상승하면서 눈알이 터져버릴 것 같았다.

나는 일찍이 N대학 병원에서 한 달이 넘도록 진료를 받으며 뇌파 검사를 하고 뇌 MRI 촬영을 한 적이 있었다. 하지만 의사는 곤혹스러운 표정으로 아무 병도 없다는 말만 되풀이했다. 한번 발작하면 깨질 듯 머리가 아픈데, 어떻게 뻔히 눈을 뜨고 병이 없다고 말할 수 있는가? 나는 분명 뇌종양인데도 의사가 자세히 말하지 않는 것이라고 의심했다. 그러나 의사는 아무리 작은 초기의 뇌종양도 MRI를 피할 수 없다고 했다. 나는 눈을 크게 뜨고 나의 뇌를 한 층 한 층 갈라서 찍은 두 장의 큰 사진을 슬라이드를 통해 살펴보았다. 그러나 자기 뇌를 수십 개로 나누어 촬영한 사진을 들여다보며 감탄을 금치 못하는 것 외에 새로운 뭔가를 찾아낼 수는 없었다. 병원에서는 나에게 약을 지어주며 진통제, 비타민, 진정제가 주된 성분이라고 설명해주었다. 나는 죽을병인 뇌종양에 걸린 게 분명한

데도 이런 평범한 약을 먹게 하는 의사의 심보를 알 수 없었다. 웨타오는 약을 꼭 먹으라고 나를 달랬다. 내가 약을 먹지 않는 이유를 몇 번이나 말해도 그녀는 애가 타는 듯 울기만 했다.

"오빠는 뇌종양에 걸린 게 아니에요. 오랫동안 불면증에 시달리면 두통이 올 수 있다고 했어요."

그녀가 말했다. 그녀는 내가 정말로 뇌종양이면 자기도 더 이상 살지 않겠다고 말했다. 결국 우리는 유명한 R병원으로 가서 다시 진찰을 받아 보기로 하고, 그녀의 고객을 통해 예약을 해두었다.

이 의사는 뇌 전문가라고 했다. 그는 매우 친절했고 진찰도 훨씬 세심했다. 그는 쪽지를 써주면서 검사 파트로 가서 일정에 따라 네 가지 검사를 하도록 했고, 1주일 정도면 검사 결과가 나올 것이라고 했다.

나는 힘이 났다. 하지만 찬찬히 생각해보니, 만약 또 아무 병도 없다고 결론이 나면 나는 그 결과를 믿지 못해 또 다른 병원을 찾아갈 것이다. 지난 2년 동안 얼마나 많은 병원을 찾아다니며 얼마나 많은 진찰을 받았는지…… 그러나 내가 정말로 뇌종양이라는 결과가 나온다면, 그 고달픈 나날들은 어떻게 보낸단 말인가?

그래서 나는 어렴풋이 죽음에 대한 생각을 하게 되었다. 죽음을 생각하니 그동안의 부끄러운 일들이 하나하나 떠올랐지만 그것들을 다 털어놓을 수는 없었다. 만약 내가 죽으면 상심한 웨타오는 틀림없이 따라 죽으려 할 것이다. 생각할수록 그녀에게 미안한 일 하나가 떠올랐다.

웨타오와 함께 지낸 지 1년이 안 되었을 때, 타이베이 현의 한 '문화거점'에서 우연히 어느 대학 동아리의 메모를 통해 '애국선봉당(愛國先鋒黨) 사건'을 포착해냈다. 대표의 성은 단(單) 씨로 퇴역 소령이었고, 부대표는 내 모교 C대학의 대학원생이었다. 단 소령은 흰 피부에 마르고 키가 큰 사람이었다. 이렇게 문약한 퇴역 '장교'가 대학생, 고등학생과 사회생활을 하거나 군복무 중인 청년들까지 광범위하게 포함된 불법 조직을 결성하였다. 사건의 전모가 드러나자 20여 명의 청년들이 줄줄이 기관으로 연행되어왔다. 그들은 정부에서 장 총통을 제외한 나머지 당정 관료들은 모두 무능하고 부패해 나라와 국민에게 재앙을 불러오는 무리라고 주장했다. 그들은 대학교와 고등학교, 군대와 사회에서 '애국선봉대'를 조직하여 정부를 뒤엎고, 정부에 기생하는 공산당과 타이완 독립파들을 모두 몰아내야 한다고 주장했다. 심지어 그들은 해변가에서 두 차례나 '선봉대'를 '사열'하기도 했다. 프락치가 찍은 사진 열아홉 장이 일찌감치 기관으로 와 있었고 사진을 본 국장은 고개를 저으며 쓴웃음을 지었다.

단 소령은 항전 시기에 번역된 히틀러의 『나의 투쟁』을 읽은 적이 있었다. 그는 조사실에서 부패한 관리와 공산당, 타이완 독립을 주장하는 자들을 제거하지 않으면 정부가 전복되는 건 시간문제라고 눈물을 흘리며 하소연하였다. 기관의 한 전문위원은 즉시 수사 방침을 세웠다. 우리 정보원들은 차례대로 수사를 하며 장 총통 주변 간신배들을 타격하는 데 심혈을 기울이는 단 소령의 활동과 노선이 우리 기관의 주장과 완전히 일치하고, 국가에 대한 단 소령의 근심과 지도자와 나라를 위해 고민하는 청년들에게 크게 감동했다고 한목소리로 말했다. 그때마다 눈물을 보인 단 소령은 마치 가까운 친척이라도 만난 듯, 할 소리 안 할 소리를 모두 털어놓으며 무려 세 권에 달하는 진술서를 거리낌 없이 써 내려갔다.

그러나 이런 유치하고 황당한 사건을 상부에서 그토록 중요하게 생각하리라고는 미처 생각지 못했다. 군법회의 결과 단 소령은 사형을 선고받았고, 나머지 네 명은 무기징역, 여섯 명은 12년 형, 그 외 사람들은 10년, 8년, 훈방 등의 판결이 내려졌다. 이런 결과는 국장조차도 예상치 못했던 것이었다.

어쨌든 부서로서는 큰 공을 세운 것이다. 재판이 끝난 후 우리 부서는 지방의 건축업자 두 명에게 경비를 부담시켜 지방관할구 관리, 당 간부, 경찰서장, 입법위원 등을 초청하여 성대한 축하 자리를 마련하였다. 술과 여자가 부족해 옆 마을에서 데려와야 할 만큼 주색이 난무하였다. 나는 술이 약해 금방 취해버렸다. 흥이 오를 대로 오른 부서 사람들은 여자를 한 명씩 끼고 여관으로 갔다. 그때 나도 담배 냄새를 풍기는 술집 여자와 방으로 들어갔다. 사실 지난 몇 년 동안은 이건 어쩔 수 없는 상황이었고, 그저 부서장과 직원들이 집단으로 미쳐 날뛰는 데 휩쓸렸을 뿐이다,라고 생각하며 별로 마음에 두지 않았다. 기관에 들어온 후 식견이 넓어졌던 것이다.

하지만 요즘 들어서는 웨타오와 함께할 날이 얼마 남지 않았다는 생각이 들자 그때 그 일이 내가 웨타오를 배반하고 속인 것이라는 생각이 들었다. 생각하면 생각할수록 나 스스로가 불안해지고 부끄럽고 비참했다. 어떤 말로도 나 자신의 염치없음을 용서할 수 없어 불면증과 두통은 점점 더 심해져갔다.

4

지난주 목요일에 R의원으로 검사 결과를 보러 갔다. 의사가 뇌에서는 구체적인 질환을 찾을 수 없었지만 고혈압 증상은 있다고 말했다. 의사는 수축압과 확장압의 차이가 커서 자연히 어지러운 증상이 나타난다고 말했다. 그는 내 병의 원인을 심리적인 것에서 찾았고, 심지어 정신과 진찰을 받아보는 것이 어떻겠냐고 건의했다.

이렇게 똑똑한 척하는 의사들은 정말 나를 짜증나게 만든다. 나는 속으로 냉소했다. 머리가 아프고, 혈압은 높고, 위도 쓰리고—이런 생리적 육체적 병증을 심리적 정신적 원인이라고 우기다니.

나는 변호사, 의사, 회계사 들은 타이완 독립사상이 만연해 있다는 조사 결과가 갑자기 떠올랐다. 나는 그들이 내가 과거에 한 일들을 알아차리고, 자신들의 적을 사지로 몰아넣기 위해 일부러 내 치료 시기를 늦추는 건 아닌지 걱정이 되었다. 요즘처럼 그들에 대한 정부의 통제가 느슨해지면, 언젠가 그들은 반드시 우리를 찾아내 보복할 것이다. 그런 다음 세력이 더 커지면, 그들은 전후 유대인이 독일 나치를 색출해 응징했던 것처럼 세상 끝까지 우리를 추적하고 용서하지 않을 것이다.

최근 들어 나는 두통과 어지럼증을 꾹 참으면서 골똘히 생각해보았다. 그들은 정말 유대인이고, 우리는 진정 나치인가?

산장에서 연수할 때 교관은 타이완 사람을 잡으면 정치 사회적으로 어떤 효과가 있을지 생각해야 한다고 우리들에게 가르쳤다.

"이들 타이완 본토인들은, 우리가 만약 한 명을 체포하면 최소한 그들의 부모와 처자식, 나아가 사촌 친척과 동창, 친구들에게까지 미움을 사게 되어…… 결국 모두가 정부에 불만을 품게 될 것이다."

교관은 말했다.

"외성인은 모두 고아나 다름없고, 몇 안 되는 친구들 대부분이 군인이나 공무원, 교사들이라 아무리 반항해도 두려울 것이 없다. 그래서 외성인이 음모를 꾸미면 더욱더 사면받을 수 없다. 하나를 잡으면 곧 하나가 없어지는 것뿐이니까."

그러나 나는 취조실에서 이렇게 범인을 몰아붙이는 소리를 우연히 들은 적이 있다.

"당신 같은 타이완 사람들은 분수를 너무 몰라! 억울해도 어쩔 건데? 당신같이 주제 넘는 타이완 놈에게 누명을 씌운다 한들 어쩔 건데? 참 나……"

이는 교관이 말했던 원칙과 달랐다. 그러나 외성인 범죄자에게는 때로는 거칠게 탁자를 쳐대면서 윽박지르기도 하고……

"너같이 과거도 불분명한 외성인 간첩 따위는 한 놈 죽이면 한 놈 사라지는 것뿐이야. 시체를 수습해서 장사 지내줄 사람도 없지. 살고 싶으면 협력하는 게 좋을 거야."

때로는 부드러운 얼굴로 늙은 병사를 달래기도 하였다.

"타이완에서 우리 같은 외성인은 한 명 죽어봐야 티도 안 납니다. 그러니 보호해주어도 시원찮은 마당에 어떻게 우리가 당신을 곤경에 빠뜨리겠습니까…… 그저 잠깐 현실에 불만을 품고 생각을 잘못했을 뿐이니…… 조사 결과를 보고할 때 석방될 수 있는 방법을 꼭 찾아보겠지만, 어떻게 결판날지는 당신이 어떻게 깨닫고 뉘우치는가에 달려 있습니다."

그러나 결과에는 아무런 차이가 없었다. 수단과 방법을 가리지 않고 한 사건을 엮고 난 후에는, 타이완 사람이건 외성인이건 상관없이 전부 감옥으로 보내 짧게는 7년 길게는 10~12년씩 썩게 만들었다. 아무리 억울하고 잘못된 사건이라도 상관없었다. 좀더 솔직히 말하면, 외성인들은 타이완 사람들에 비해 대개 더 무거운 형량을 받곤 했다.

과연 누가 유대인이고 누가 나치인가?

그들은 도대체 왜 세상 끝까지 나를 쫓아와 죽이겠다는 건가?

도대체 왜?

머리가 너무 아파 죽을 지경이다. 그들은 도대체 왜?

5

어젯밤에 웨타오는 나와 이런저런 이야기를 나누다가 이야기 끝에 아주 완곡하게 정신과에 가보면 어떻겠냐는 말을 하였다. 나는 그따위 잘난 척만 하면서 사실 아무 능력도 없는 의사의 하찮은 의견은 들을 가치도 없다고 그녀에게 말했다.

"흰 가운만 걸치고 청진기만 목에 걸었을 뿐이야."

내가 말했다. 웨타오는 나 때문에 속이 답답한 듯 입술을 지그시 깨물었다.

"당신이 나를 얼마나 위하고 내게 얼마나 잘해주는지 잘 알아요. 하지만 치료를 받는 건 제 생각대로 했으면 좋겠어요."

내가 말했다.

"1년도 넘게 당신은 나를 끌고 곳곳의 의사를 찾아다녔어. 내가 그동안 받은 진찰이 아직도 부족해? 내가 게으르기라도 하단 말이오?"

웨타오가 훌쩍훌쩍 눈물을 흘리기 시작했다. 그녀는 나날이 초췌해지고 말라가고 때로는 창백한 얼굴에 숨을 몰아쉬는 나를 보면서, 자기가 대신 아프지 못해 한스러울 뿐이라고 말했다. 나는 내 인생에 그녀가 있다는 것은 너무나 큰 복이라고 말했다. 내게 정말로 잘해주었다고 그녀에게 말했다. 아픈 동안 그녀가 없었다면 나는 이미 죽었을 것이라고 말했다. 이 말을 들은 웨타오는 울음소리가 점점 커지더니 이내 큰 소리로 울기 시작했다. 조금 지나서야 나는 그녀의 말을 알아들을 수 있었다. 그녀는 어려서부터 팔자가 세 '고된 세월을 보냈다'고 말했다. 그 '객사할 놈'에게 시집가서는 사는 것이 마치 지옥처럼 어떤 때는 칼산에, 어떤 때는 기름 솥에, 어떤 때는 호랑이 머리나 작두 위에 떨어진 것 같았다고 했다.

"바로 당신이, 관세음보살 같은 당신이 저를…… 구해주시고, 이렇게 아껴주시고……"

그녀는 엉엉 울었다.

"지금껏…… 이렇게 저를 아껴준 사람은 없었는데, 오히려 당신은 내가 잘해주었다고 말해주시니……"

웨타오는 내 품에 안긴 채 온몸을 들썩이며 울었다. 그렇다고 내가 언제 죽고 싶다고 생각한 적이 있었던가. 죽고 싶었다면 나는 그렇게 부지런히 의사를 찾지도 진찰을 받지도 않았을 것이다. 하지만 죽고 싶지 않다고 해도, 그들은 결국 나를 찾아와 원수를 갚으려 할 것이다. 그러나 이런 나의 근심과 걱정을 웨타오가 알아서는 절대 안 된다. 사실 나는 정말 두려운데……

가끔 나는, 나도 웨타오처럼 신을 믿을 수 있다면 좋겠다는 생각을 했다. 내가 병에 시달리기 시작하면서 그녀는 기도하고 점을 치기 위해 얼마나 많은 곳을 다니고 얼마나 많은 돈을 썼는지 모른다. 불길한 소리를 들으면 수심이 가득했고, 길한 말을 들으면 몹시 기뻐했다. 하지만 그들은 조만간 보복하기 위해 나를 찾아올 것임에 틀림없다. 이 일은 하루 이틀 생각한 것이 아니다. 만약 정말 신이 있다면, 내 마음속에 묻어둔 모든 것들을 그 신께 털어놓을 텐데.

근 한 달 전쯤의 어느 날 밤 나는 꿈에서 깨어났다. 무슨 까닭인지는 알 수 없으나 꿈에서 나는 물건을 나르고 있는 한 늙은 노파를 보았다. 나는 그 노파를 도와 몹시 무거운 상자 하나를 양손으로 감싸 들고 푸른색 화물차에 실어주었다. 두 팔이 시큰거리며 아팠다. 이후 나는 별로 특별하지도 않은 이 꿈을 금방 잊어버렸다. 그런데 요 며칠 두 팔이 갑자기 시큰거리기 시작하더니 어떤 때는 마치 불로 지지듯 몹시 아팠다.

웨타오는 흔히 말하는 '오십견'인 것 같다며 골절 전문 치료사를 찾아갔다. 그는 오십견이 아니라고 했다. 오십견은 손을 어깨 뒤로 넘기지 못하는 특별한 증상이 있는데, 나는 그렇지 않다는 것이다.

어제는 한밤중까지 잠을 이루지 못하다가 예전에 상자를 나르던 그 꿈이 어렴풋이 기억나고, 꿈속에서 내가 그 노파에게 불만스럽게 물었던 말이 떠올랐다.

"무슨 물건인데 이렇게 무거워요?"

"책이지 뭐겠어?"

꿈속에서 가물가물한 모습의 노파가 말했다.

그 말을 듣자 나는 지난 일 하나가 문득 떠오르며 심장이 두근거리며 온몸이 떨려왔다.

샤오둥과 알고 나서 얼마 지나지 않았을 때, 상부에서 나를 S시의 '문화 거점'으로 파견한다는 명령이 갑자기 내려왔다. 내 전임자는 S시의 몇 개 대학에 심어놓은 학생 명단을 나에게 넘겨주었는데, 그중 T대학 물리학과의 린위칭(林育卿)이 가장 적극적으로 활동하고 있었다. 당시 젊은이들은 할리우드 텔레비전 연속극 「무적신탐(無敵神探, CIA Stories)」에 열광하고 있었다. 주인공은 깃 세운 트렌치코트를 입은 세련되고 멋진 모습으로 신출귀몰하며, 뛰어난 머리에다 싸움도 잘해 음험한 소련 간첩을 연이어 쳐부수며 미국식 민주주의를 지키곤 했다…… 린위칭은 바로 이 연속극에 푹 빠져 있었다.

샤오둥과 결혼하고 몇 년 후였다. 외교의 폭풍우 여파가 채 가라앉기도 전에, 우리 기관은 전국의 문화교육계를 대상으로 사상, 언론, 정치

방면의 불온인사들을 은밀히 처리하라는 명령을 받았다. 나는 각 학교에 심어놓은 학생들과 식사를 하며 임무를 전달했다. 내 말에 가장 적극적으로 반응한 학생은 역시 동부 시골 출신인 린위칭이었다. 그는 한 교양과목 역사학 교수의 은밀한 '친공 발언'에 주목하고 있다고 말했다. 당연히 나는 교수의 수업은 물론 수업 외의 교내 강연까지 모두 참여하고 그 교수에게 더욱 가까이 접근하라고 린위칭에게 지시하였다.

한 달도 지나지 않아 구체적인 정보가 속속 들어왔다. 이 쿤밍(昆明) 출신의 롼(阮) 교수는, 공산당이 10여 년 전에 원자폭탄 실험을 함으로써 중국은 아편전쟁 이후 처음으로 자주국방의 능력을 가지게 되었으며, 공산당이 건설사업을 시작해서 적지 않은 철도를 깔았는데 "사실상 이것은 국부 쑨원(孫文) 선생이 주장한 '건국대강(建國大綱)'의 청사진에 따라 실행한 것이다"라고 말했다는 보고도 들어왔다.

얼마 후 롼 교수는 체포되었다. 이 일은 린위칭이나 나에게 첫번째 경험이어서 뭐라 말하기 힘들게 흥분되면서도 그만큼 두렵기도 했다.

린위칭에게 롼 교수의 집에 어떤 사람들이 드나드는가를 계속 감시, 보고하라고 지시하였다. 하지만 아무도 그 집에 오지 않았고, 심지어 이웃에 사는 교수의 가족들도 행여 연루될까 두려워 알은체도 하지 않는다는 보고만 들어왔다. 롼 교수는 7년 전 아내와 사별하고 의탁할 곳 없는 타이완 출신의 늙은 장모와 함께 살고 있었다. 하지만 지금은 롼 교수가 잡혀가서 노파 혼자 하루 종일 눈물만 흘리고 있다고 했다. 린위칭은 원래 멀찍이 떨어져서 동태만 살폈으나, 나중에는 나의 동의하에 그 노파와 인사하고 그녀의 생활을 가까이서 관찰하기 시작했다.

"롼 교수의 집은 너무 가난합니다."

린위칭이 고개를 떨구며 말하였다. 노파는 나이가 많아서 가택 수색으로 엉망이 된 롼 교수의 서재를 정리하다가도 얼굴 가득 눈물만 흘리며 정리할 엄두도 내지 못한다고 했다. 세탁기는 망가져서 노인 혼자 손으로 빨래를 한다고 했다.

"한두 번 비비고 눈물 훔치느라 옷 몇 벌 빠는 데 한나절이 걸려요."

린위칭이 시무룩해져서 말하였다.

"죽을 끓여놓고도 먹을 생각을 안 해요."

린위칭은 그 노인이 국어를 할 줄 모르며, 그렇게 효성스러운 사위가 어째서 나쁜 사람이냐고 울면서 묻곤 한다고 했다.

하루는 린위칭이 와서 대뜸 말했다.

"형님, 우리가 사람을 잘못 잡아들인 건 아닐까요?"

그는 혼잣말처럼 중얼거렸다. 그가 예전에 롼 교수를 조사해서 보고한 것이 '어쩌면 정확하지 않을 수도 있다'고 말했다. 나는 깔끔한 글씨체로 또박또박 쓴 보고서를 떠올렸다.

'모월 모일, 수업시간에 무슨 말을 했음.'

"예를 들어 롼 교수는 공산당이 원자폭탄 실험은 성공했지만 인민들의 삶은 매우 고달프다고 말했어요. 또 공산당이 '바지 두 벌로 세 사람이 입을망정 핵은 개발해야 한다'고 말했다고 했어요."

린위칭이 말했다.

"형님, 이 부분을 예로 들자면 저는 그중에 맨 뒤의 두 마디는 빼먹고 쓰지 않았어요."

그는 지금의 자신이 너무나 괴롭다며, 당시 잊어버리고 쓰지 않았는지 일부러 쓰지 않은 것인지 잘 모르겠다고 말했다. 린위칭이 목이 메어 말하자 나는 당황스러워 어쩔 줄 몰랐다.

나는 정부는 법률에 따라 공정하게 일을 처리하지 결코 무고한 사람을 억울하게 잡아들이지는 않는다고 서둘러 그를 위로했다. 5개월여가 지난 후 롼 교수는 '공산당을 선전했다'는 죄목으로 7년형을 선고받았다. 린위칭은 거의 제정신이 아니었다. 언젠가는 나에게 와서 성난 눈으로 나를 쳐다보고 눈물만 뚝뚝 흘리며 말없이 앉아 있다가 조용히 가기도 했다. 이후 그는 학교 총장과 내무부, 교육부에 탄원서를 보내, 자신의 보고가 부실했음을 후회하며 롼 교수는 죄가 없으니 정부는 다시 조사하여 정확한 판단을 내려주기 바라며, 자신은 언제든지 증인으로 설 수 있다고 탄원하기 시작했다. 물론, 깔끔하게 쓴 탄원서들은 마치 망망대해에 던진 돌처럼 아무 대답도 들을 수 없었다. 마침내 그는 당시 장징궈 총통에게까지 탄원서를 보내기 시작했다. 처음에는 한 달에 한 번 보내다가 다시 한 주에 한 번씩 보내더니 급기야 매일 편지를 보내는 바람에, 나는 기관으로 불려가 조사를 받고 문책까지 당할 뻔했다가 다행히 딩 비서님이 나서서 변호해준 덕택에 겨우 넘어갈 수 있었다. 린위칭은 이미 제정신이 아니었고 모습도 나날이 초췌해져갔다. 결국 경찰의 주선으로 멀리 타이완 동부에서 농사를 짓는 늙은 부모가 와서 휴학 수속을 하고 그를 집으로 데리고 갔다.

이 일로 나는 기관으로부터 경고를 받았다. 내가 일을 제대로 처리하지 못해서 이런 일이 생겼으며, 만일 이 때문에 시끄러워지기라도 하면 뒷감당을 책임져야 한다고 경고하였다.

하루는 상부에서 나에게 이 문화 거점을 떠나라는 지시와 함께 거점에서의 마지막 임무를 주었다. 롼 교수가 판결이 확정되었으므로 학교에서는 롼 교수가 쓰던 사택을 돌려받아야 했다. 총장은 노부인에게 야박하게 대할 수 없어 이미 기한을 반년이나 연장해주었지만, 결국 학교도 노부인에게 조만간 집을 비워달라고 할 수밖에 없었다. 상부에서 내린 임무는 바로 이사할 때 혹시 수상한 사람이 나타나는지 가까이 가서 살펴보라는 것이었다.

나는 교수 사택 주변 하늘하늘 수염뿌리를 늘어뜨린 용수나무 아래에 서서 백발의 노인이 엉성하게 묶은 짐을 푸른색 트럭에 옮겨 싣는 광경을 보고 있었다. 노인의 모습을 본 운전사는 소매를 걷어붙이고 침대와 탁자, 그릇이 가득 담긴 바구니 두 개를 옮겨주었다. 나는 노부인이 뜨거운 햇빛 아래에서 힘들게 짐을 옮기는 모습을 보다가 나도 모르게 용수나무 그늘에서 걸어 나왔고, 어느새 이사 대열에 합류한 나 자신을 발견하게 되었다. 나는 무거운 종이 상자를 하나씩 옮겼다. 몇 번 옮기지 않았는데도 숨이 차오르고 팔이 시큰시큰 아파왔다.

"뭐가 들었는데 이렇게 무겁습니까?"

나는 짜증을 참고 웃으며 말했다.

"책이지 뭐겠소?"

노부인은 가는 소리로 말했다.

"어떤 책이 필요하고 어떤 책이 필요 없는지 알 수가 있어야지……"

"네."

"전부 옮겨야지 뭐."

별수 없다는 듯 노인이 말했다.

"그러지 않으면 나중에 사위가 돌아와서 책을 못 찾을 테니까…… "

순간 나는 어쩔 줄 몰라 나도 모르게 어물쩍 자리를 피했다.

"……나중에 사위가 돌아와서……"

노부인의 중얼거리는 소리가 귓가에 맴돌았다.

돌이켜보니 나는 그날 이후 사흘째부터 팔이 아프기 시작해 다시 사흘째 되는 날 고통이 최고조에 달했다가 안티프라민 연고를 사서 며칠 바르고 나서야 통증이 점점 가셨다.

지금 나는 두 팔이 아무 이유 없이 떨어져 나갈 듯 아프면서 가슴속 깊이 꼭꼭 감춰두었던 수년 전의 일들이 불현듯 떠오르고, 의지할 곳 없던 그 노부인과 특히 깨끗한 필체로 탄원서를 쓰던 린위칭 생각이 계속 떠올라 너무나 고통스럽다.

만약 그들이 복수를 하기 위해 찾아온다면 나는 조용히 죽음을 받아들여야겠지.

6

웨타오는 요즘 내가 틈만 나면 문을 꼭꼭 잠그자 대체 뭐가 무서워서 그러는지 물었다. 그들이 고양이처럼 살금살금 다가오고 있음을 그녀가 어떻게 알겠는가. 그들은 결국 내 목숨을 달라고 할 것이다. 지금 생각해보니 린 변호사의 저택에서 할머니와 손녀가 살해된 사건이 발생했을 때 신주(新竹) 구역 담당자였던 천(陳) 요원은 냉소를 지으며 "나를 거스르는 자는 죽을 수밖에 없어"라고 말했었다.

사실 나는 진작부터 예상했다고 말해야 할 것이다. 계엄이 해제되고 케이블 텔레비전이 개방된 후, 그들은 'Call-in'이라는 프로그램을 통해 교묘하게 내게 신호를 보내고 있었는지 모른다.

그제 저녁 나는 자오(趙) 위원이 이 프로그램에 나와서 하는 이야기를 들었다. 그는 언제나 "타이완과 중국은 각기 다른 나라입니다"라고 말했다. 그는 이것이 역사적 현실이자 현재의 상황이라고 말했다. 하지만 만약 국민당과 공산당이 연합해서 타이완을 삼켜버리려 한다면…… 자오

위원은 강연을 할 때 항상 입가에 하얀 침이 배어나와 사람들로 하여금 꼭 닦아주고 싶다는 생각을 갖게 했다. 그래서 청중들은 정신이 산만해져 그의 말을 제대로 알아듣지 못하곤 했다.

텔레비전 모니터를 통해 그는 마치 아무 일도 없었다는 듯 곁눈질로 나를 쓱 훑어보곤 했다. 그가 말하는 모습을 내가 보고 있음을 그는 모를 리 없다. 나는 곧 괴로운 생각에 빠지지 않을 수 없었다.

그해, 그는 취조실에서 꼬박 이틀을 버티면서 어떤 위협과 회유에도 입을 열지 않았다. 그러자 신주 출신의 천 요원이 나섰다. 그는 처음에는 부드러운 표정을 짓더니 갑자기 얼굴을 붉히고 성질을 부리며 자오 씨의 두 볼에 따귀를 한 대씩 날렸다.

"불 거야, 말 거야!"

천 요원이 성난 소리로 말했다.

"제기랄! 밥 먹고 할 일이 없어서 너를 붙들고 이러는 줄 알아? 일어나!"

자오는 얼굴이 시뻘게지고 눈에는 두려움과 비분에 찬 감정이 드러났다. 그는 숨을 몰아쉬며 천천히 일어났다.

"어떻게 사람을 때릴 수 있나?"

그는 떨리는 목소리로 애원하듯 말했다.

"오호라!"

천 요원은 전혀 뜻밖이라는 듯 말했다.

"우리가 사람을 때릴 수 있다는 걸 정말로 모르셨어?"

그는 쏜살처럼 자오 씨에게 돌진하더니 발로 차고 주먹으로 때리며 큰 소리로 욕을 퍼부었다.

"시팔! 내가 때려주지, 나라와 민족을 배반한 너 같은 놈은 내가 때려죽이겠어!"

상관이 폭력을 가하자, 한쪽에서 지켜보던 몇몇 조사관들도 어떤 폭력 욕구에 감염된 듯 자신도 모르게 폭행에 가담했다. 당연히 나도 손으로 치고 발길질도 했다.

하지만 자오 위원, 맹세컨대 내 평생 사람을 때린 건 그때가 처음이자 마지막이었고, 나중에 그 일을 후회하지 않은 건 아니었다오. 그러나 바로 몇 대 얻어맞자 자오 씨 당신은 금방 다른 사람으로 변해버렸잖소. 당신은 풀이 죽고, 약하고, 힘없는 사람이 되어버렸지요. 천 요원은 더 이상 나타나지 않았고, 하얀 얼굴에 금테 안경을 쓴, 산장에서 나보다 5기(期) 위인 스(史) 선배가 그 자리를 대신했소. 그는 온화하고 부드러운 사람이었지. 그렇게 공손하고 협조적으로 바뀐 다음, 우리 요구대로 당신이 끌어들인 사람과 사건 경위를 순순히 불어줘 허점투성이였던 조서를 완벽하게 꾸밀 수 있었지. 이렇게 해서 수사는 원만하게 끝이 났소. 마지막으로 스 선배는 말했지.

"윗분들께서는 최근 석 달 동안 당신의 협조적인 태도를 높이 사고 매우 감동하고 계십니다."

그는 타이완과 정부에 대한 자오 선생의 열렬한 사랑과 관심에 대해 "우리는 모두 잘 알고 있습니다. 잘 알고 있기 때문에 자오 선생을 모시고 좀더 분명한 말씀을 듣고자 한 것이지요. 앞으로도 우리에게 협조하여 계속 가르침을 주셨으면 합니다"라고 말한 다음, 간절한 목소리로 다시 말을 이었다. "모두가 나라를 사랑하고 고향을 사랑하기 때문이 아니겠습니까……"

훗날 스 선배는 자오 씨가 '결국 우리를 위해 일한 셈이 되었고' 아마 그래서 상고심에서 감형받았을 것이라고 했다. 물론 2년도 되지 않아 다시 '잘못을 뉘우치고 있다'는 명목으로 일찌감치 석방되었지만 말이다. 지금 나에게 중요한 건 그가 텔레비전에서 나를 노려보며 정치적인 독설을 퍼붓고 있다는 것이다. 만약 그의 말이 모두 진심이라면, 이는 분명 나에게 땅끝까지 찾아가 보복을 하겠다는 말을 전하는 것이다. 만약 거짓이라면, '우리에게 이용당한' 것도 거짓으로 위장한 것임에 틀림없다. 자신들의 당도 만들어졌고 계엄령도 해제되었는데, 그들에게 무서울 것이 뭐가 있겠는가? 지금도 '우리에게 이용당할' 필요가 있겠는가? 그럴 리 없다. 그들은 위장을 하고 있으며, 때를 기다리다가 기회를 봐서 나에게 손을 쓸 것임에 틀림없다.

사실, 그해 산장에서 수업을 하던 교관은 나라의 안위를 위하여 우리 같은 '무명의 영웅'이 각 기관과 단위 곳곳에서 헌신하고 있는데, 섬 전체로 따졌을 때 그 수를 합하면 적어도 10만에서 20만 명은 된다고 했다. 나와 마찬가지로 그들도 아직 건재하다. 나와 크게 다른 점이 있다면, 10만에서 20만이나 되는 이 사람들이 벌써 비밀리에 그들과 한통속이 되진 않았을까 의심스럽다는 것이다. 사실 나도 그들의 사람이 되고 싶지만, 도대체 누구에게 다가가 당시 자오 위원에게 저질렀던 짓을 해명해야 할지 알 수 없었다.

바로 어제, 머리를 검게 염색하고 양복을 단정하게 입은 N교수는 텔레비전 좌담회에 참석해서 오늘날 타이완의 민주화는 몇 대에 걸쳐 사람들이 독재정권에 항거하여 앞사람이 쓰러지면 뒷사람이 이어가며 자신과 가정이 망가지는 희생을 무릅쓴 결과라고 역설했다.

나는 그를 기억하고 있다. 20여 년 전, 기관에서는 전국의 성 곳곳에 심어놓은 사람들을 모두 소집하여 고급 관광버스 두 대를 빌려 헝춘(恒春) 국립공원으로 데리고 가 휴가를 보낸 적이 있었다. 기관에서는 나를 파견하여 그들을 접대하도록 했다. 여기에 포함된 사람들은 기자, 교수, 라이온스클럽 회장, 초중등 교사, 아나운서, 마을 이장 등 다양했다. 당시 나는 그들을 공개된 장소에 한데 모아놓으면 서로 얼굴을 다 알게 될 텐데, 결국 비밀 원칙은 조금도 신경 쓰지 않아도 되는 것인지 알 수 없었다. N교수—당시에는 강사에 불과했지만—는 갓 결혼한 신부까지 데리고 와 여행 내내 두 사람의 애정을 과시했다.

그러나 문제는 결국 마찬가지다. 만약 지금의 N교수가 텔레비전에서 하는 말이 그의 진심이라면, 그는 이미 우리를 배반한 것이다. 그가 하는 말의 의미는 사실 한 가지뿐이었다. 즉, 시대는 곧 변하므로, 우리가 당신을 찾아내는 날, 이전에 당신들이 가져간 것 중 어느 하나도 빠짐없이 모두 되가져오겠다는 것이다. 만약 그들의 말이 허울뿐인 거짓말이라면, 사실 이 역시 위장일 뿐 목적은 결국 기회를 봐서 보복하겠다는 것이다.

10만에서 20만 명 정도의 사람들이 망망한 사람의 물결 속에서 이리저리 떠다니고 있다. 평소 그들은 모두 자오 위원이나 N교수처럼 아무 일도 없었다는 듯한 얼굴을 하고 있다. 그중에 그들에게 전향할 사람은 전향을 했을 것이고, 숨어 지낼 사람은 잘 숨어 있을 것이다. 이제 나 혼자만 남았고 나에게는 아무도 접근하지 않는다…… 10만, 20만의 사람들이 차가운 눈으로 나를 흘겨보며, 어떤 자는 차갑게 웃고, 어떤 자는 내 살을 먹고 내 껍데기 위에서 잠을 자려 하고, 또 어떤 자는 무슨 일이든 자기와는 관계가 없다며 다른 사람에게 몽땅 미뤄버리고…… 10만, 20만의 사람들이여…… 누군가는 지금도 녹음을 하고, 감시하고, 증거를 모으고 있어……

7

웨타오는 요즘 내가 부쩍 의심이 많아졌다고 한다. 내가 열심히 문단속을 하는 이유 중 하나는 그녀의 안전을 염려해서라는 것을 그녀는 모른다. 그들이 내가 예전에 자오 위원에게 무례하게 굴었다는 이유만으로 나를 꼭 없애려 하고, 어쩌면 그녀까지 제거하려 할지도 모른다는 사실을 그녀가 어떻게 알겠는가. 잠을 자지 못하는 상황은 한때 조금 나아지는 듯했지만 얼마 지나지 않아 다시 악화되기 시작했다. 예전에 머리가 아플 때는 갑자기 심하게 아파왔지만, 이제는 만성이 돼버렸는지 하루 종일 머리가 띵하고 귀에서는 이명이 끊이지 않았다. 나는 웨타오에게 되도록 문밖출입을 삼가라고 완곡한 말로 부탁했다. 웨타오는 내 말을 따랐지만, 그녀가 어떻게 내 고민을 이해하겠는가.

나는 C대학에 다니던 시절이 문득 떠올랐다. 당시 나는 하루하루를 얼마나 젊고 단순하게 보냈던가. 3학년 때는 한 동아리 잡지에 내 산문 두 편이 실린 적도 있었다. 나는 사람들 앞에서는 별일 아닌 척했지만, 기숙사로 돌아와서는 혼자 왔다 갔다 하며 잡지에 실린 내 글을 몇 번이나 읽었다.

그런 내가 왜 기관으로 들어가는 시험을 치렀을까?

그러지 않았더라면, 지금 같은 상황이 닥치지는 않았을 텐데.

8

신문을 보고서야 장징궈 총통이 세상을 떠난 지 10년이 지났음을 알게 되었다. 시간은 화살처럼 그렇게 빨리 지나간다. 하지만 신문에는 손바닥만 한 기사가 났을 뿐이다. 그런데 공교롭게도 그제 저녁 갑자기 쓰러졌던 것이 바로 10년 전에 발생한 사건 때문이라니……

"이 우연의 일치인 듯한 10년은 과연 무엇을 의미할까?"

내가 당혹해하며 웨타오에게 물었지만, 웨타오는 빤히 나를 바라보며 눈물만 흘렸다. 그녀는 두 손으로 내 뺨을 어루만졌다.

"칭하오 오빠, 오빠는 병에 걸렸어요. 정말이지 예사 병이 아니에요."

그녀는 다 만든 옷을 몇몇 고객에게 전해주고 집으로 돌아오자 내가 정신을 잃고 침대 옆 바닥에 쓰러져 있었다고 했다.

"돌아오는 길에 구두 가게에서 구두를 구경하지 말았어야 했는데, 한참 보기만 하고 결국 사지도 못했으면서."

그녀는 자신을 책망하면서 중얼거렸다. 그녀는 내가 혼자 집에 있는 것이 마음에 걸렸는데도, 바보같이 돈을 아끼려고 버스를 타고 왔다고 했다.

"다 제가 늦게 돌아온 탓이에요."

그녀는 내 얼굴을 보며 어찌 된 영문인지 물었다.

이번에는 예전처럼 잘 생각이 나지 않았다. 어떻게 된 거지? 그날 일이 어렴풋이 떠올랐다. 온몸이 부들부들 떨리며 온통 식은땀으로 흠뻑 젖었고, 곧바로 눈앞이 캄캄해지면서 정신을 잃었다.

"맞아요, 온몸이 식은땀으로 젖어 있었어요."

웨타오가 말했다.

"수건 두 장이 전부 흥건히 젖을 정도였으니……"

그녀는 또 엉엉 울기 시작했다.

"칭하오 오빠, 오빠는 지금 병에 걸렸어요. 병원에 가봐요…… 정신과에 가보자구요."

그녀가 말했다.

지금 나는 또 한밤중에 깨어나 멍하니 천장을 바라보고 있다. 웨타오는 잠결에 나의 손을 가볍게 잡았다. 나는 그제 발작하기 전후의 상황을 곰곰이 생각하기 시작했다.

그날 웨타오가 옷을 가져다주러 나간 후, 나는 왠지 두렵고 까닭 모를 처연함이 느껴져 곧 눈물이 쏟아지려 했다. 손에 잡히는 대로 리모컨을 들고 텔레비전을 켰다. 텔레비전에서는 「십년연운(十年煙雲)」이라는 다큐멘터리를 방영하고 있었다. 민국 77년(1988년) 1월에 장징궈 총통이 죽고 후임 총통이 뒤를 이어 집무를 시작하는 장면이었다. 2월에 야당은 '2·28 평화촉진회'를 조직하였다. 나는 후임 총통이 집무를 시작하기 바로 1년 전에 사람들을 잡아들였다고 스크린을 보며 중얼거렸다. 3월에 그들은 대대적으로 '국회 전면 재선거 대행진'을 벌였다.

텔레비전의 카메라는 고층 빌딩 꼭대기에서 아래쪽을 찍고 있었다. 자세히 살펴보니 D가와 E거리의 교차로임을 알 수 있었다. 화면 오른쪽 위로는 겹겹의 바리케이드와 사이렌이 달린 죄수용 차, 위용을 자랑하는 거대한 물대포 두 대가 서 있었다. 그때 나는 수많은 군중들 속에 섞여 있었다. 사직서를 이미 제출한 상태였지만, 아직 상부의 비준이 나지 않아 나는 여전히 명령에 따라 사복을 입고 현장에서 물증을 모으고 있었다. 텔레비전에서 들끓는 함성이 전해져왔다. 나는 지상에 서 있었으므로 내 뒤편에 정부가 폭도 진압을 위한 진용(陣容)을 이미 짜놓고 있다는 것을 알지 못했고, 다만 앞뒤좌우 모두 흥분해서 고함을 지르는 군중에 둘러싸여 있는 상황을 두려워하고 있었다. 그때, 저쪽 골목에서 몇몇 사람들이 '타이완과 중국은 각각 다른 나라다'라고 쓴 흰 천을 들고 군중 사이를 헤집고 들어왔다. 무리의 앞쪽에서 회색 잠바를 입은 한 남자가 흰 돼지 한 마리를 꽁꽁 묶어 끌고 왔다. 돼지는 사람들 속에서 놀라 허둥지둥 숨을 곳을 찾았다. 돼지의 몸에는 날카로운 송곳 같은 것으로 '중국 돼지'라는 글자를 삐뚤빼뚤 새겨놓았는데, 그 글자 위로 핏자국이 배어 나오고 있었다. 사람들 사이에서 웃음소리가 흘러나왔다. 돼지는 "꽥꽥" 울어댔다. 곳곳에서 억눌려 있지만 극도로 흥분된 함성이 들려왔다.

"타이완 독립 만세!"

그때 나는 처음으로 대륙 출신인 나 자신이 타이완에서는 증오와 거부의 대상이자 스스로를 지키지 못하는 고립된 존재임을 느꼈다. 한 외성인 2세가 '지하방송국'에 출연해서 한 말이 생각났다. 그가 아버지의 고향인 중국 둥베이 지방을 방문했을 때, 고향 사람들은 그에게 온돌 위에서 "고약한 냄새가 나 토하고 싶을 정도로 더러운" 절인 채소 훠궈*를 대접했다고 한다. 그래서 그는 대륙에 대해서는 조금의 애정도 없다고 말했다.

"저는 속도 겉도 모두 완전한 타이완 사람입니다." 그가 말했다.

한 타이완 사람이 타이완 말로 '하나의 기나(幾拿) 정책'에 반대한다고 했다. 다른 사람에게 물어보고서야 사람들이 중국을 '지나(支那)'라고 부른다는 사실을 알게 되었다.** 갑자기 공허한, 깊은 나락과 같은 공포가 엄

* 火鍋: 중국식 샤브샤브. 육수에 양고기나 소고기를 담가 살짝 익혀 먹는다.

** '지나(支那)'는 일본인들이 경멸의 뜻을 담아 중국을 부를 때 쓰는 단어다. 중국과의 통일을 반대하는 타이완 사람이 중국을 '지나(支那)'라고 불렀는데 대륙 출신 가정에서 성장한 주인공이 그 의미를 알아듣지 못하고 '기나(幾拿)'라고 잘못 들은 것이다.

해왔다. 눈앞의 화면이 전해오는 들끓는 함성은 순식간에 나를 10년 전 그 거리로 돌아가게 했다. 그들은 높은 곳에서 모든 광경을 찍었다. 그들은 틀림없이 컴퓨터로 원근을 조절해서 그 속에 잠복해 있던 나를 찾아낼 것이다. 그동안 사람들이 나를 알아볼지 모른다고 혼자 걱정했던 것보다 더 큰 근심과 불안, 뼛속에서부터 전해져오는 두려움으로 줄줄 식은땀이 흘러내렸다. 이제 나는 죽은 목숨이나 다름 없다는 생각이 들었다. 나는 어떻게든 침실로 들어가 누우려 했지만, 힘이 빠진 팔다리가 말을 듣지 않아 결국 침대 옆에 펄썩 쓰러지고 말았다.

"웨타오, 제발 살려줘."

나는 절망스럽게 외쳤고 정신을 잃었다.

원수를 갚으려는 악귀가 곧 들이닥칠 것이다. 끓는 듯한 함성과 수많은 사람의 행렬 속에서 누가 유대인이고 누가 나치인지를 가려내는 건 결국 불가능하다는 생각도 들었다.

결국 나는 양보했다. 나는 심사숙고 끝에 웨타오에게 함께 R병원 정신과에 가서 진찰을 받겠다고 동의했다…… 그 이유가 이미 끝없는 절망의 바닥에 이르렀기 때문임을 그녀가 어찌 알겠는가.

9

사실 나는 일찌감치 예상하고 있었다. 면도 자국이 마치 일찌감치 수확한 푸른 배추같이 파르스름한 의사가 이것저것 묻다가, 아니나 다를까, 혹시 모종의 '말할 수 없는 억눌려온 속병' 같은 게 있는지, 오래도록 불안하고 걱정해왔던 일이 있는지 물었다.

나는 당연히 없다고 잘라 말했다.

"없습니다. 내가 왜 속병이 있겠어요. 우습군요. 죄의식 같은 거요?"

나는 웃으며 그에게 물었다. 그는 흰 가운을 입은 어깨를 들썩이며 교활하게 말했다.

"그냥 편안하게 말씀하시면 됩니다."

'편안하게 말해보라'는 것은 사실 심문할 때 쓰는 방법 중 하나이다. 일단 허점을 '말하면' 꽉 물고 죄다 토해낼 때까지 절대 놓지 않는다. 이게 바로 내가 받은 전문 훈련인데 그들이 어떻게 나를 속이겠는가? 나는 속으로 냉소를 지었다. 내가 내 발로 그물에 뛰어들자 그들이 의사로 변장해 자백을 받아내려는 것이다. 하늘과 땅 사이에서 이제 나는 더 피할 곳이 없단 말인가?

의사가 이번에는 약을 지을 필요가 없겠다고 했다. 잘 생각한 것이다. 내가 어떻게 그가 지은 약을 먹을 수 있겠는가? 그런데 간호원이 나를 데리고 키, 몸무게 같은 기본적인 사항을 체크하고 있을 때, 의사가 웨타오에게 살며시 귓속말을 하는 모습이 보였다.

만약 웨타오까지 모두…… 나는 그저 받아들여야겠지. 기껏해야 죽기밖에 더하겠어.

웨타오는 노란 약을 보여주며 이틀 저녁마다 한 번에 한 알씩 먹으라고 했다.

"야채시장 쪽에 새로 개업한 약국에서 사왔어요. 독일에서 나온 신약인데 신경 계통에 전문적으로 영양을 공급한대요."

그녀가 말했다.

나는 괜찮을 것 같아 되는대로 삼켜버렸는데, 뜻밖에 깊은 잠에 빠져 다음 날 아침 6시에야 깨어났다.

10

웨타오는 숙면을 취하게 해준 그 노란 약이 사실은 의사의 처방전으로 사온 것이라고 실토했다.

"의사는 당신이 약을 먹지 않을까 봐 걱정했어요."

그녀가 말했다.

"이틀이나 푹 잘 자는 걸 보니 우리가 의사를 제대로 찾은 것 같아요."

웨타오는 얼굴에 희색이 가득했다. 하지만, 웨타오처럼 가까운 사람도 나를 배신하고 그들과 한통속이 될 수 있음을 왜 생각지 못했을까? 나는 절망스럽도록 슬펐다.

사실 나는 자는 동안에도 결코 편안하지 못했다. 나는 밤새 악몽에 시달리다가 필사적으로 벗어나려고 했지만, 도리어 온몸의 힘만 빠지고 눈은 떠지질 않았다.

"의사는 순전히 당신을 위해 처방을 해준 거예요."

웨타오는 나에게 힘을 주려는 듯 말했다.

"이제 당신이 밤에 그렇게 잘 자니, 저도 희망이 보이는 것 같아요."

그녀는 자기에게 '선심 쓰는' 셈치고 의사가 시키는 대로 진료도 받고 약도 먹자고 했다.

솔직히 말하면 며칠 약을 먹고도 병세는 호전되지 않았다. 내 병은 내가 제일 잘 안다. 나는 여전히 불안해 방황하고, 기댈 곳 없어 초조했으며, 기분은 너무나 비참했다. 이프로니아지드* 제제로 만들었다는 그

* Iproniazid: 수용성 염산염으로 우울증 치료에 쓰인다.

노란 알약은 마치 세상만사를 여유롭게 바라볼 수 있게 해주는 것 같지만, 사실은 사람을 더욱 깊고 더욱 철저한 절망 속으로 빠뜨릴 뿐이었다. 그런데도 의사와 웨타오는 내 병세가 호전되고 있다며 기뻐하고 있었다.

지난주 어느 날 웨타오가 말했다.

"의사 선생님 말씀이, 이렇게 종일 집에만 있어선 안 된다고 했어요. 가끔 밖에 나가 햇볕도 쬐고 움직여줘야 한대요."

그녀는 내 수염을 깎고 양복을 입혀주며 몸이 갑자기 너무 말랐다고 안타까워했다. 그런 다음 손님들에게 주문 받은 옷을 가져다주고 갈 테니 12시에 타이베이에서 가장 큰 백화점 정문 앞에서 만나자고 했다.

"식당에 가서 밥도 먹고 거리 구경도 해요."

그녀가 말했다.

나는 일본인이 주인이라는 그 백화점에 도착했다. 백화점의 양쪽 문은 수많은 사람들을 끊임없이 삼키고 토해내고 있었다. 5월의 햇볕은 뜨겁게 내리쬐어 번화가의 높은 건물과 빌딩을 밝게 비추었다. 거리는 오가는 차와 사람의 물결로 넘쳐났다. 시간은 이제 막 11시 30분을 지났다. 그러나 나는 서서히 초조해지기 시작했다. 나는 사람들의 물결을 따라 백화점 문 앞의 공터를 몇 바퀴나 돌았다. 백화점 정문 양쪽으로는 플라스틱으로 만들어 금칠을 한 커다란 용이 서 있었다. 아마 용의 해를 축하해서 만들었다가 아직 치우지 않았나 보다. 어느 집 애들인지 두 아이가 금용의 꼬리를 잡아당기며 시끄럽게 떠들었다. 무료함이 느껴지는 순간, 문득 옆 사람의 말소리가 들려왔다.

"리 선생, 많이 마르셨군요."

고개를 들자 머리가 회백색인 키 큰 노인이 눈에 들어왔다. 나는 전혀 모르는 사람이라고 확신하고는, 주위를 둘러보며 나에게 건넨 말은 아니라고 여겼다.

"여기서 오랫동안 당신을 지켜보고 있었어요."

노인이 어색한 미소를 지으며 낮은 소리로 말했다

"당신이 틀림없더군요, 리 선생."

"사람을 잘못 보신 것 같은데요." 내가 말했다.

"푸젠(福建) 난징(南靖) 사범대학 사건의 장밍(張明)입니다." 노인이 말했다.

"사람은 기억나지 않아도, 그 사건만은 확실히 기억하시겠죠."

나는 배가 아파오기 시작하면서 심장도 격렬히 뛰었다.

막 시험에 통과해서 기관에 근무하기 시작할 때였다. 외교적으로 큰 위기를 맞았던 그해, 타이중(臺中) 소재 한 전문대학의 학장이 스스로 '자아비판'을 했다. 그는 자신이 푸젠의 난징사범대학에서 공부할 때 독서회에 참석한 적이 있다고 털어놓았다. 실마리를 잡고 진상을 밝히기 시작한 상부는 타이완 구석구석을 뒤져 난징 사범대 동기나 선후배 중 타이완으로 피난 온 사람들을 소환한 다음, 한번 '본때를 보여주겠다'고 맘먹고 서로가 서로를 불게 해 '난징 사범대 간첩 사건'의 범인들을 소탕하였다. 당시 한 고급직업학교의 교무주임으로 있던 장밍은 사건에 연루된 사람들 중 제일 마지막으로 소환된 자였다. 그는 겁이 많고 소심했다. 기관에 잡혀온 그는 곧바로 서둘러 짜놓은 각본대로 진술하였다. 그는 매일매일 병중에 있는 아내와 학교에서 해직될까 전전긍긍하며 눈물을 흘리면서 진술서를 써내려갔다. 진술서를 본 상관은 특별히 취조실로 와서 장밍을 만나고, 그가 '대의를 밝히는 데 성실히 협조해주었다'며 칭찬했다. 이 말을 듣고 장밍은 정부가 가벼운 처벌을 내릴 것이라는 믿음을 갖고 군 법정으로 압송되었다. 하지만 장밍은 10년 형에 처해졌다.

"어디 많이 편찮으신 것 같습니다만."

장밍이 걱정스러운 듯 말했다.

"안색이 좋지 않군요."

장밍은 내 어깨를 당기며 오랜 친구처럼 사람들로 붐비는 큰길로 걸어갔다. 어깨가 뻣뻣하게 굳는 느낌이 들었다. 머리와 얼굴에서 식은땀이 나기 시작했다.

"요 몇 년 몸이 좀 안 좋았어요."

나는 우물쭈물 말했다.

"안녕하시죠?"

나는 곧 어리석게도 '안녕하시죠?'라고 인사했다고 후회했다.

장밍은 말이 없었다. 나는 내 오른쪽 어깨를 잡은 그의 손이 가볍게 떨리고 있음을 느꼈다.

"그다음 해에 아내가 죽었습니다."

그는 망연히 말했다.

지금 나는 법정으로 끌려가는 중범죄자 같다. 아, 그들이 마침내 직접 나를 찾아온 것이다.

"딸아이가 지금껏 결혼도 하지 않고 이 쓸모없고 성가시기만 한 늙은이를 부양하느라 고생하고 있지요."

"……"

"아들은 일찌감치 집을 떠났어요. 애비가 간첩이라는 걸 받아들일 수 없었겠지요."

그는 소곤거리듯 말했다.

"하늘에 대고 맹세컨대, 내가 어딜 봐서 간첩 같소? 이건 당신들이

제일 잘 알지 않소?"

나는 급히 몸을 돌리며 그의 손을 뿌리쳤다. 장밍은 금방 나를 좇아와서 옷자락을 움켜잡으며 말했다.

"멈춰요. 나는 그저 확실히 묻고 싶을 뿐이오. 그때 당신들이 왜 두 눈 멀쩡히 뜨고 우리를 간첩으로 몰아세웠는지……"

그의 목소리가 점점 격앙되기 시작했다.

나는 호흡이 가빠지며 끝없는 두려움에 휩싸였다. 심장이 아파왔다. 나는 내 옷소매를 붙잡고 있는 그의 손을 뿌리치고 사람들로 붐비는 백화점 안으로 황급히 걸어 들어갔다.

"여보시오, 도망가지 마시오."

그가 내 뒤에서 소리쳤다.

"당신들 때문에 우리 집안은 풍비박산이 나버렸어."

나는 얼떨결에 화장품 진열대에 몰려 있는 사람들 사이로 끼어들었다. 얼굴 가득 분을 바른 카운터의 점원이 내게 미소를 지으며 말했다.

"사장님, 어버이날 사모님께 피부 보호를 위한 화장품 세트를 선물해 보세요……"

나는 급히 주위를 살펴보았지만 내게 주의를 기울이는 사람은 아무도 없었다. 연인들은 서로 밀담을 나누며 걸어가고 있었고, 중년의 부인들은 둘러서서 화장 전문가가 한 고객에게 화장해주는 광경을 지켜보느라 정신이 팔려 있었다.

"당신들은 어쩜 그리 모질게도 우리 집안을 쑥대밭으로 만들어버릴 수 있소.……"

장밍이 사람들 사이에서 외쳤다. 금색과 남색으로 머리를 물들인 몇몇 여자애들이 소리 나는 쪽으로 고개를 돌려 보더니 입을 가리고 킬킬 웃었다.

나는 2층으로 올라가는 에스컬레이터를 서둘러 탔다. 나는 눈앞에 닥쳐온 대재앙의 두려움을 꾹꾹 참으며 에스컬레이터를 따라 위로 올라갔다. 아래층의 장밍은 두리번거리며 초조하게 나를 찾고 있었다.

"가지 마시오. 난 다만 확실히 물어보고 싶을 뿐이오."

그가 긴 팔을 휘저으며 소리치다가 고개를 들어 나를 발견하고는 재빨리 에스컬레이터 쪽으로 왔다.

"저 사람 좀 잡아줘요."

그가 소리쳤다.

"저 사람한테 물어볼 게 있어요. 우리 집안을 망쳐놨단 말이에요……"

그가 에스컬레이터를 타고 천천히 올라오고 있을 때 나는 이미 2층에 도착해 있었다. 산장에서 미행은 어떻게 하고 미행당할 때는 어떻게 대처해야 하는지 훈련받은 적이 있다. 나는 몸을 돌려 뚱뚱한 아주머니 옆으로 몸을 숨긴 다음, 손님들로 가득한 하행 에스컬레이터를 탔다. 장밍은 머리를 들고 위쪽만 바라보고 있었다. 나는 뚱뚱한 아주머니 옆에 몸을 숨긴 채 얼굴을 들지 않았다.

"저 사람 좀 잡아줘요."

장밍이 큰 소리로 외쳤다. 그가 나를 발견한 것이다.

"저자를 잡아, 저자는 국민당 간첩이야!"

하지만 그는 에스컬레이터를 타고 계속 올라가야 했으므로 나와는 금세 거리가 멀어졌다.

나는 틀림없이 백화점 안에서 누군가에게 잡혀 흠씬 두들겨 맞을 것이라고 생각했다.

"저 사람 미쳤나 봐요."

얼굴에 분을 덕지덕지 바른 뚱뚱한 부인이 웃으면서 나에게 말했다. 나는 비참한 기분으로 미소 지어 보였다. 그러나 백화점을 가득 메운 사람들은 아무 일 아니라는 듯 빵빵한 쇼핑백을 들고 웃고만 있었다. 어느 누구도 장밍의 처연한 외침에 관심을 보이지 않았다. 어떤 사람은 장밍을 보면서 혼잣말로 중얼거리기도 하고, 어떤 사람은 입을 삐죽거리며 비웃기도 했다.

"저자를 잡아! 국민당 간첩이야!"

장밍의 목소리가 조금 쉬어 있었다.

"나는 수십 년간 당원으로서 충성을 바쳤는데, 저자의 모함 때문에…… 온 집안이 박살나버렸다고……"

심장이 거칠게 뛰고 가슴은 꽉 막혀왔다. 모든 것이 명백해져갔다. 이 백화점과 이 도시를 가득 메우고 있는 사람들은 마치 아무것도 모르는 척, 아무 일도 없는 척, 아무런 관심도 없는 척하지만, 사실은 나를 처단하려는 조짐이었던 것이다. 백화점 경비원 세 명이 에스컬레이터 입구에서 고함을 지르는 장밍을 기다리고 있었다. 옆쪽의 상행 에스컬레이터를 탄 사람들은 에스컬레이터가 천천히 그들을 위층으로 데려가주기만을 무심하게 기다리고 있었다.

"저 국민당 간첩을 막아줘! 저 양심도 없는 놈이" 장밍이 소리쳤다.

"온 집안을 망쳐놨어!"

장밍의 쉰 목소리는 마치 도시 전체를 향해 힘껏 소리치는 것 같았다.

그러나 온 도시는 무거운 침묵, 냉담한 무관심, 거북한 비웃음, 평소와 다름없는 일상의 안락함, 욕망과 무감각으로 답하고 있을 뿐이었다. 이것이 바로 그들의 음흉함이다. 예전에는 곳곳에 서 있던 총통의 동상이 하나하나 은밀히 사라졌다. 지금 영화관에서는 영화를 시작할 때 항상 부르던 "삼민주의는 우리 당의 근본이다"*를 더는 부르지 않는다. K시 사건 당시 수단과 방법을 가리지 않고 감옥에 처넣었던 불순분자들이 지금은 대부분 위원이나 대표 혹은 저명한 학자가 되어 있다. 나를 '동지'라고 부르던 10만에서 20만의 사람들은 지금 변절할 사람은 변절하고, 은둔할 사람들은 각자 알아서 모습을 보이지 않으며, 저명한 교수로 변신한 자들은 텔레비전에 나와 허풍을 떠느라 바빴다. 하지만 지금까지 나를 찾아와 내가 살아갈 길을 가르쳐준 자는 아무도 없었다. 나는 줄곧 딩 비서님은 그래도 연락을 해올 것이라고 믿어왔다. 지난날 많은 난관들을 그분의 도움으로 극복할 수 있었다. 6개월 전, 더 이상 앞길이 보이지 않는다고 느낀 나는 그분을 찾아갔다. 그는 다만 "왜 이렇게 많이 말랐어, 어디 아픈가?"라고 묻기만 할 뿐 입을 꽉 다문 채 다른 말은 하지 않았다. 우리는 과거를 되돌려야 하나요? 어디론가 숨어야 하나요……? 마음속으로 끊임없이 물었지만 그분은 묵묵히 아무 말도 하지 않았다.

에스컬레이터가 마침내 나를 1층으로 데려다 주었다.

10만, 20만의 사람들이여! 당신들은 이 도시의 곳곳을 떠다니는 자욱한 밤안개와 같다. 내가 대체 무슨 짓을 했다고 당신들은 나 혼자만 승냥이 굴속에 던져둔 채 철갑처럼 마음을 닫아버리고 나와 연락도 하지 않는가. 아, 당신들은 대도시를 덮고 있는 밤안개. 어디에나 존재하는 음침하고 차가운 백색의 밤안개……

"난 저자를 잡아야 해……" 장밍이 내 뒤에서 외치는 소리가 들렸다. "당신들은 왜 나를 잡아들였어? 저 사람 좀 잡아줘요!"

---

* 타이완 국가의 첫 구절. 국민당가이기도 하다.

나는 백화점 정문을 밀치고 나와 무작정 뛰었다. 얼마 후 급한 걸음으로 쫓아오는 하이힐 소리가 들렸다. 웨타오가 뒤쪽에서 내 팔을 잡았다.

"한참을 기다렸잖아요. 당신 도대체…… 어디에 있었어요?"

웨타오가 숨을 헐떡이며 말했다.

"얼마나 걱정했는데……"

나는 비 오듯 눈물을 흘렸다.

딩스쿠이는 이 열 편의 기록을 세심하게 정리한 다음 치우웨타오에게 전화를 걸었다.

치우웨타오의 말에 따르면, 백화점에서 택시를 타고 집으로 온 후, 리칭하오는 멍하니 아무 말도 하지 않고 하루 종일 벽만 바라보거나 침대 위에 웅크려 있었고, 끼니때마다 아무리 사정을 해도 몇 순갈 뜨다 말았다고 한다. R의원 정신과에서 구급차를 보내 다짜고짜 그의 팔에 주사를 놓아 정신이 혼미해진 틈에 병원으로 옮겼다고 했다.

입원해서 치료를 받으면 확실히 호전되기도 했다. 하지만 표정과 행동은 어눌하고 굼떠졌다. 그는 틈만 나면 잠에 빠져 하루 종일 같은 자세로 침대에서 자다 깨다 하였다. 그러다가 상황이 좋아지면 의사는 집에 가서 좀 머물러도 괜찮다고 했다. 집에서도 리칭하오는 한마디 말도 없이 종일 거실에 앉아 있다가 역시 아무 말없이 식사를 했다. 확실히 그의 얼굴에서는 예전의 알 수 없는 고통과 초조함은 사라졌다. 하지만 몸은 집에 있으면서도 정신은 어디로 가 있는지 알 수 없었다. 묵묵히 앉아 있는 리칭하오 옆에서 치우웨타오는 재봉판 위에 옷감을 놓고 마름질하고, 다림질도 하고, 바느질도 하고, 때로는 깊은 생각에 잠겨 있는 리칭하오를 바라보며 서글픈 행복을 느끼기도 했다.

병세는 호전되기도 하고 악화되기도 했다. 악화되면 리칭하오는 바로 병원으로 실려가고, 조금 나아지면 다시 돌아왔다. 그러나 전체적으로 봐서는 서서히 악화되고 있었다.

그렇게 지낸 지 넉 달이 못 되어 치우웨타오는 마지막으로 리칭하오를 병원에 입원시켰다. 그는 더욱 말이 없어지고 정신은 멍해 보였으며, 망연한 표정 속에서 끝을 알 수 없는 처량함이 배어 나왔다. 의사와 간호사가 뭔가를 물어도 고개를 숙인 채 아무 말도 하지 않았다. 그는 먹겠다는 의욕이 거의 사라진 것 같았다. 다만 간호원이나 특히 병 수발을 하러 온 웨타오가 음식을 먹여줄 때만 입으로 밀어 넣은 음식을 억지로 천천히 삼켰다.

리칭하오는 이처럼 멍한 상태로 3개월을 정신과 병실에서 보냈다. 그리고 큰비가 내리던 어느 날, 리칭하오는 잠옷 바지를 목욕탕 커튼 걸이에 거꾸로 걸고 바짓가랑이에 목을 집어넣은 다음, 그대로 무릎을 꿇고 목을 매 자살했다.

치우웨타오와 통화한 다음 날, 딩스쿠이는 병원에 근무하는 사람을 통해 병원에서 주치의와 만날 약속을 했다.

"그는 우울하고 초조하고 걱정이 많아 보였죠."

의사가 말했다. 이런 정신병증은 환자의 무의식 속에 잠재해 있는 멍에나 죄의식에 원인이 있다고 했다. 의사는 리칭하오의 병력을 뒤적이며, 이런 경우에는 약물치료와 심리치료를 병행하는 것이 가장 좋다고 말했다.

"우리는 그런 식으로 치료를 했어요. 그가 천천히 마음속 멍에를 밖으로 드러내주길 바랐죠."

의사가 한숨을 내쉬었다.

"하지만 그는 벙어리처럼·아무 말도 하지 않더군요."

의사가 말했다.

"아무 말도 하지 않았나요?"

딩스쿠이가 물었다.

"이런 환자들도 가끔은 있습니다."

의사가 말했다.

"시간이 많이 필요한 환자들이지요."

"그는 아무 말도 하지 않았군요."

딩스쿠이는 크게 한숨을 내쉬었다.

"네, 완전히 입을 다물어버렸어요."

의사가 말했다.

병원을 나온 딩스쿠이는 버스를 몇 차례 갈아타고 늙은 녹나무 정원이 있는 집으로 돌아와 바로 에어컨을 켰다. 이제야 그는 리칭하오의 기록을 하나의 파일로 만들어 보관할 수 있게 되었다.

"그는 아무 말도 하지 않았어, 믿을 수 있는 사람이야."

그는 조용히 중얼거렸다.

하지만 그날 이후 딩스쿠이는 갑자기 원인 모를 고혈압에 시달려 다섯 달이나 병치레를 했다. 병이 나은 후 그는 리칭하오가 남긴 문건에 덧붙일 보고서를 쓰기 시작했다. 이 보고서는 기관으로 보내져 연구가 끝나면 봉인된 후 보관될 것이다.

딩스쿠이는 시대가 급변하여 정보공작의 3대 기둥—지도자, 국가, 주의(主義)—이 이미 전면적인 변화의 국면에 접어들었으며, 이에 따른 강력한 도전을 받고 있다고 쓸 생각이다. 그는 민국 39년(1950년) 이후 몇 년간 공산주의자들을 대대적으로 숙청하던 때가 생각났다. 그는 서슬 퍼런 숙청의 과정에서 수많은 공산당원들에게 온갖 고문을 가하고, 그들을 형장으로 보내고 감옥으로 집어넣어 결국 국민당의 강산을 보존할 수 있었다. 당시 그가 의지했던 건 바로 지도자와 국가 그리고 주의에 대한 흔들림 없는 믿음이었다. 오늘날의 도전이 정보 공작에 커다란 충격을 주고 있음은 바로 리칭하오의 극심한 심리적 갈등이 선명하게 말해주고 있다.

그러나 겨울이 지나고 몇 개월 동안 새 총통을 뽑는 선거 상황이 엎치락뒤치락 반복되다 진정 국면에 들어설 때까지 기관의 업무 분위기는 그야말로 위아래로 요동치는 혼란의 상태였다. 딩스쿠이는 은퇴해서 미국 동부의 아들에게 갈 계획을 진지하게 고려하기 시작했다. 그래서 리칭하오에 관한 보고서도 잠시 한쪽으로 밀어두었다.

그러던 어느 날, 딩스쿠이는 화장실에서 손을 씻고 나와 얼마나 오랫동안 울렸을지 모를 전화기를 힘없이 집어 들었다.

"낮잠을 방해했나 봅니다."

전화기 저쪽에서 상대가 말했다.

딩스쿠이의 첫 학생이자 지금은 중앙정부의 국(局)급 안전기관에서 일하는 쉬(許) 처장이었다.

"낮잠 자는 습관은 옛날에 버렸다네."

그가 웃으며 말했다. 자이(嘉義) 출신으로 1년 내내 머리를 반듯하게 깎아 성실하게 보였던 이 학생은 겸손하고 능력도 뛰어나 좋은 평가를 받았었다.

"딩 교수님……"

"교수라니 당치 않네."

"신정부가 되었습니다."

그가 말했다.

"그들이 저에게 옛날 동지들을 모아 상의를 해보라고 했습니다."

"음."

"국가의 안전은 잠시도 소홀히 할 수 없습니다."

쉬 처장이 말했다.

"저는 이미 교수님을 중앙정부에 추천했습니다. 같이 한번 일을 해봤으면 합니다."

"하지만 시대가 이렇게 변했는데……"

딩스쿠이가 잠시 침묵해 있다가 말했다. 심장이 어느새 흥분한 듯 뛰고 있었다.

"딩 교수님, 아무리 시대가 변하고, 누가 정권을 잡아도 반공과 국가의 안전 문제는 우리에게 의지하지 않을 수 없습니다."

"그건 그렇지."

그는 기쁨을 억누르며 무덤덤한 척 말했다.

딩스쿠이는 전화를 끊고서야 언제부터 내리기 시작했는지, 넓고 커다란 거실 창문 밖으로 소나기가 쏴쏴 소리를 내며 작은 정원의 녹나무 잎에 부딪히고 있음을 알았다.

충효공원

忠孝公園

1

마정타오(馬正濤)는 주방 싱크대 앞에서 약한 불에 뭉근히 끓고 있는 주석 냄비 안의 고기를 보고 있었다. 그는 토마토를 넣고 푹 삶은 갈비를 좋아해서, 2~3일에 한 번은 작은 솥에 갈비를 끓여두고 시큼하면서도 향기 좋은 고기 국물에 밥을 말아 연하게 익은 고기와 함께 먹곤 했다. 환풍기가 웅웅거리며 돌아가고 있었다. 그는 가끔씩 깨끗한 행주를 꺼내서 가스레인지 옆의 스테인리스 싱크대를 닦았다.

마정타오는 깨끗한 것을 좋아했다. 둥베이(東北) 사람들이 목욕을 잘하지 않는다고 사람들은 말하지만, 둥베이 출신 노인 마정타오는 목욕하기를 아주 좋아했다. 그는 민국 68년(1979년)에 당뇨병 때문에 다니던 기관에서 조기 퇴직하고, 아는 사람을 통해 은행에서 약간의 돈을 대출받아 허전(和鎭)의 옛 거리에 있는 오래된 집을 한 채 구입했다. 강화벽돌로 짓긴 했지만 이미 20년이 다 된 터라 볼품없고 낡아빠진 집이었다. 하지만 마정타오는 그 집이 독채여서 이웃과 마주칠 일 없이 혼자 지낼 수 있다는 점이 마음에 들었다. 집이 낡고 오래되었지만, 마정타오는 사람을 사서 깨끗이 청소하고 새로 페인트칠을 한 것 외에 더 이상 손을 대지 않았다. 그러면서도 낡은 욕실은 완전히 부숴버리고 제법 큰 외국제 타일과 욕조로 새 욕실을 꾸미는 일은 주저하지 않았다.

마정타오는 전형적인 중국 북방 사람이다. 벌써 나이가 여든이었지만, 나이 때문에 특별히 기운이 빠지거나 약해지진 않았다. 타이완에 온 이후 수십 년을 홀로 지냈으므로 혼자 밥 먹는 건 이미 습관이 되어 있었다. 그에게는 복숭아나무로 만든 낡은 사각형 식탁이 있었다. 그는 고기가 담긴 솥을 식탁 가운데에 놓고 혼자서 묵묵히 밥을 먹기 시작했다. 그의 큰 몸집이 식탁의 한쪽을 꽉 채우고 있었으므로, 다른 세 자리가 비어 있어도 식탁 위로 드리운 따뜻한 전등 아래가 텅 비어 적막하다는 느낌은 전혀 들지 않았다.

마정타오는 미식가였다. 그는 타이완에 온 후로 예전 둥베이 지방에 있을 때처럼 먹는 일에 탐닉할 수 없다고 틈만 나면 한숨짓곤 하였다. 설거지를 하다가 그는 문득 일본이 패배하던 그해가 떠올랐다. 그때 둥베이 지방은 온통 수많은 군중의 환호성으로 가득했지만, 어딜 가나 살기가 힘들기는 마찬가지였다. 그럼에도 불구하고 상인들과 만주국 시대의 특무 관료들은 쓰촨(四川)의 중앙에서 온 관리들과 매일 거나하게 잔치판을 벌이곤 했다. 새끼돼지 구이, 대하 튀김, 거위 발바닥 요리 등, 전쟁 중인 둥베이 지방에서 일본인들도 본 적이 없는 산해진미를 지방 유지와 관리, 상인들은 요술이라도 부리듯 펼쳐놓곤 했다. 마정타오는 옛일을 생각하며 웃기 시작하다가 소리 없이 그들을 저주했다. 일본인들이 전국을 유린할 때는 후방보다 더 후방에 꼭꼭 숨었던 장군, 위원, 감찰관 등 중앙 관원들이 수복되었다는 소문을 듣자마자 군인들도 미처 도착하기 전에 먼저 모여 연일 호사스러운 연회를 베풀었다.

"에이, 빌어먹을 놈들……"

마정타오는 가볍게 머리를 가로저으며 입을 벌리고 웃으며 혼자 말했다. 마정타오는 원래가 웃는 얼굴이었다. 그의 얼굴은 말할 때나 남의 말을 들을 때도 언제나 웃음을 띠고 있었다. 심지어 다른 사람과 다툴 때도 '국(國)' 자 같은 넓적한 얼굴에 음침한 미소가 서려 있었다. 길을 걸을 때나 혼자 집에 있을 때, 기분 좋지 않은 일이 떠오를 때도 그는 언제나 입을 벌리고 웃었다. 둥베이 지방에 있을 때 그의 별명은 '웃는 호랑이'였다.

사실 마정타오가 방금 밥을 먹을 때 연골을 발라먹으며 소리 없이 웃었던 건 린(林) 노인이 생각났기 때문이다. 그는 지금 자기 집 거실의 등나무 흔들의자에 앉아 가볍게 부채를 흔들며 아침에 보았던 린 영감의 모습을 떠올리고 있었다.

마정타오는 집 근처의 작은 공원에서 린뱌오(林標)라는 노인을 알게 되었다. 그는 린뱌오를 '린 영감'이라고 불렀다. 충효로에 있어서 '충효공원'으로 이름 지어진 작은 공원은, 작다고는 하지만 그렇게 작은 건 아니었고, 공원 안에는 녹나무 열여섯 그루와 목면화나무 여섯 그루가 심겨 있었다. 녹나무는 줄기가 곧지 않고 갈라진 나무껍질에 옹이가 박혀 있어 얼핏 소나무처럼 보이기도 했지만, 산들거리는 나뭇잎은 연녹색으로 싹트는 봄과 잎이 무성해지는 여름에는 꽤 예쁘게 변했다. 아열대인 타이완의 무성한 나무들 사이에서 목면화나무가 여름에 꽃을 피울 때면, 잎이 다 떨어진 앙상한 가지 끝에 주홍색의 큼직한 꽃들이 피어났다. 그 모습이 마치 누군가가 가짜 나무에 종이로 만든 조화를 매달아놓은 듯했다. 마정타오는 매년 오뉴월 옷 벗은 나뭇가지 끝에 매달린 목면화꽃을 바라보며,

온통 눈으로 뒤덮인 둥베이 지역 농촌에 이파리도 없이 깡말라 세찬 눈보라 속에서 앙상한 가지를 떨고 있는 백양나무를 떠올리곤 했다.

충효공원에서는 항상 일찍 일어나는 노인들이 모여 태극권과 체조를 하곤 했다. 그러나 최근 5~6년 사이 충효공원 근처에 자가용이 갈수록 많아지더니 공원 주변을 에워싸고 마침내 입구까지 막아버렸다. 공원에 나와 운동하는 노인들은 점차 줄어들었고, 2년 전부터는 손을 앞뒤로 흔들거리기나 하는 마정타오, 유연체조를 끝까지 꼭 마치고 돌아가는 린 영감, 그리고 몇 안 되는 태극권 동아리만 남게 되었다. 모두 합해도 열 명도 되지 않는 사람들이 매일 만나 인사를 하다 보니 자연스레 서로 알게 된 것이다.

오늘 아침이었다. 한 시간가량 손을 앞뒤로 흔들자 마정타오의 손바닥에서 열이 나고 몸에서는 땀이 나기 시작했다. 그는 늘 그렇듯 충효공원을 나와 작은 골목을 걸었다. 그러다가 건너편 버스 정류장에서 일본 해군 전투복에 전투모를 쓰고 서 있는 린 영감의 모습이 눈에 들어왔다. 남색 띠가 둘린 흰색 전투모에 흰색 반팔 셔츠와 흰색 반바지였다. 누렇고 앙상한 두 다리에는 흰색 면양말과 먼지 가득한 낡은 구두를 단정하게 신고 있었다.

마정타오는 중앙목 가로수 뒤에 숨어 길 건너편에서 오른쪽의 버스를 기다리는 린 영감을 눈을 크게 뜨고 지켜보았다. 마정타오는 전에 언젠가 일본 해군 전투복을 입었던 린 영감의 모습이 떠올랐다. 아마 10여 년은 되었을 것이다. 그때 마정타오는 일 때문에 가오슝(高雄)에 갔었다. 가오슝 시 동구의 대로에서 우연히 고개를 들다가, 린 영감과 역시 일본 해군 전투복을 입은 서너 명의 노인들이 오는 차를 막고 횡단보도를 건너고 있는 것을 보았다. 마정타오는 물끄러미 그 모습을 바라보았다. 무슨 일이

지? 마정타오는 혼자 중얼거렸다. 만약 만주국이 망한 후에 누군가가 만주국의 군복을 입고 선양(瀋陽)의 대로를 활보한다면 절대 살아남지 못할 것이라고 그는 생각했다.

오늘 아침, 마정타오는 중앙목 가로수 뒤에서 버스가 계속 오가는데도 여전히 버스 정류장에 서서 두리번거리기만 하는 린 영감을 보았다. 차에서 내린 사람들 중에 린 영감의 복장에 신경 쓰는 사람은 거의 없었다. 린 영감은 10여 년 전 가오슝에서 보았던 모습보다 훨씬 늙어 있었다. 당시 린 영감은 지금처럼 구부정하지도 않았고 두 다리도 그렇게 마르고 힘없어 보이지 않았다. 일본 통치하의 둥베이 지방에 있던 몇 년 동안, 전쟁 막바지에 일본인 군사가 부족해서 일본의 늙은 농민들이 관동군으로 충당되던 시절에도 둥베이 지역 전체에서 린 영감처럼 늙고 약하고 심지어 우스꽝스럽기까지 한 일본군을 본 적이 없었다. 얼마 후 서로 다른 노선의 버스 석 대가 잇달아 정류장에 도착했다. 석 대의 버스가 모두 지나간 다음 정류장에 린 영감의 모습은 보이지 않았다. 이번에도 가오슝으로 갔을 것이라고 마정타오는 생각했다.

지금 마정타오는 그다지 크지 않은 거실에 앉아 있다. 하늘이 이제야 저물어가고 있었지만, 마정타오는 거실과 응접실 심지어 주방까지 모든 전등을 켜두었다. 마정타오는 밝게 빛나는 등을 좋아해서 심지어 잠잘 때에도 작은 등 하나는 켜두었다.

돌이켜보면, 10여 년 전 가요슝 시 동구에서 일본 군복을 입고 있던 린 영감을 보았을 때부터 린 영감에 대해 무척 궁금했지만 터놓고 물어볼 수는 없었다. 다음 날도 그다음 날도 마정타오는 충효공원에서 아무 일 없었던 듯 새벽마다 유연체조를 하는 린 영감을 볼 수 있었다. 그는 옛 만주국 시절에 일본인이 조직한 '협화청년단(協和青年團)'의 둥베이 청년들이 썰렁하고 차가운 운동장에서 유연체조를 하던 광경을 문득 떠올렸다.

사흘째 되던 날, 마정타오는 쌓이는 호기심을 누르지 못하고 충효공원에서 허리 굽히기 체조를 하는 린 영감에게 다가가 여전히 웃는 얼굴을 하고 스스럼없이 일본어로 말을 건넸다.

"안녕하십니까."

순간 린 영감은 마치 감전이라도 된 듯 체조 동작을 멈추고 멍하니 입을 벌린 채 물끄러미 마정타오를 바라보았다.

"당신이, 어떻게, 일본어를, 할 줄 아시오?"

린 영감은 사뭇 진지하면서도 웃는 얼굴을 지으며 일본어로 말했다.

"대륙에서 온 사람이, 어떻게, 일본어를……"

마정타오의 일본어가 등잔의 심지에 불을 댕기기라도 한 듯 린 영감의 얼굴빛은 금세 밝아졌다. 마정타오는 '구 만주'에서 자랄 때 일본 책을 배운 적이 있다고 말했다.

"아, 구 만주."

린 영감이 재빨리 대답했다.

"맞아요. 구 만주."

"내 이름은 린뱌오요. '뱌오'는 '뱌오준(標準)'의 '뱌오'라오."

린 영감은 일본어로 말하며 힘차게 손을 내밀어 마정타오에게 악수를 청했다. 마정타오가 손을 거두기도 전에 린 영감은 갑자기 차렷 자세를 취하더니 옛 일본식 어조로 뭔가를 읊기 시작했다.

"……천조대신(天照大神)의 그늘과 천황폐하의 비호에 의지해…… 나라의 근본이 유신(唯神)의 도에 따라 세워지고, 나라의 기강이 충효의 가르침에 따라 펼쳐지며……"

마정타오는 얼굴에 미소를 지으면서도 속으로는 어처구니가 없었다. 40여 년이나 지난 지금, 뜻하지도 않게 타이완의 한 작은 공원에서 구 만주국의 황제 푸이(溥儀)가 소화 15년(1940년)에 '우방 일본'으로 건너가 일본 개국 '기원 2600주년'을 축하하고 만주로 돌아와 선포한 「나라의 근본 확립을 위한 칙서(國本奠定御詔書)」를 다시 들어야 했기 때문이다.

"아직 기억하시지요?"

린 영감은 득의양양하게 웃으며 일본어로 말했다.

"분명히 기억나실 겁니다."

"음. 기억이 나는군요."

마정타오는 한숨을 내뱉듯 말했다.

그해에 마정타오는 일본인들이 만주에서 인재를 기르던 '젠궈(建國) 대학'의 법학부를 졸업했다. 푸이의 「나라의 근본 확립을 위한 칙서」는 춥고 광활한 둥베이 지방의 모든 기관과 학교에서 낭송되었다. 마정타오는 적, 황, 녹, 백, 흑, 5색이 어우러진 만주국 국기 아래로 푸이의 초상이 걸린 대강당에서 천 명 가까운 선생님과 학생들이 큰 소리로 함께 낭송했던 소리가 지금도 귓전에 들리는 듯했다. 마정타오는 지금도 푸이의 모습을 또렷하게 기억할 수 있다. 문약한 얼굴에 금테 안경을 썼으며, 야윈 몸에는 갖가지 훈장들을 달고 있었다. 가슴의 대수(大綬)*는 기생(寄生) 황제의 영화를 말해주고 있었다. 왼손은 허리를 감싸듯 칼을 어루만지고 있었으며, 옷깃과 어깨와 소매는 화려하고 복잡한 금색 자수로 장식되어 있고, 두 어깨 위에는 휘황한 견장이 얹혀 있었다.

린뱌오 노인이 마정타오에게 '구 만주'에서 무슨 일을 했는지 물었다.

---

* 어깨에서 허리에 걸쳐 드리우는 큰 수(綬). 선거 유세에서 정치인들이 매는 것 같은 어깨끈.

“조그만 장사를 했습니다.” 마정타오는 유창한 일본어로 말하며 웃음을 띠었지만, 쉴 새 없이 지껄이는 린 영감의 어설픈 일본어에는 점점 짜증이 나기 시작했다. “콩 장사요.” 그는 작은 소리로 말했다.

마정타오의 머릿속에 일본인이 독점했던 ‘흥농조합(興農組合)’이 순간 떠올랐다. ‘구 만주’에서 모든 농산물의 매매는 일본 회사가 독점했던 ‘흥농합작사’의 관리하에서만 가능했다. 농민들은 큰 자루에 넣은 노란 콩을 리어카와 마차, 짐꾼을 통해 일본인과 친일파 둥베이 상사가 독점하는 교역장으로 날랐다. 꽃샘추위가 지나간 후, 흙벽돌로 담장을 두른 거대한 ‘입하장’은 농민의 체취와 당나귀의 똥과 콩을 부릴 때 이는 먼지 냄새로 가득했다. 마정타오의 부친 마쉬제(馬碩傑)──사람들은 마산예(馬三爺)*라 불렀다──는 바로 이 교역장의 부책임자였다. 여기저기 누덕누덕 기운 면 저고리에 면바지를 입은 농민들이 끌고 온 수레의 콩들은 먼저 교역장을 통과할 때 일정량을 도둑맞고, 다시 수매 가격을 떨어뜨린 다음에야 마산예와 친일 상인이 고용한 일꾼의 까다로운 선별을 거쳐 일본으로의 수출을 담당하는 일본 상사에 공급되었다. 당시 마정타오는 세상 무서울 것 없이 제멋대로 활개 치며 다니는 열여덟의 애송이었다. 그는 아버지의 둥베이 지역 재력에 의지해 베이핑(北平)**의 루밍(鹿鳴) 호텔에 머물며 역시 귀하게 자란 다른 집 자제들과 함께 가무와 여색을 즐기고 있었다.

다음 해 여름 일본군은 느닷없이 베이핑 교외의 노구교(蘆溝橋)를 무력으로 점령해버렸다. 그로부터 한 달이 안 된 어느 날 아침, 루밍 호텔 2층 마정타오의 방문을 누군가가 열어젖혔는데, 문 앞에는 얇은 비단 장삼에 서양식 털모자를 쓴 마산예가 서 있었다. 아직도 잠에 빠져 있는 벌거벗

---

* 마씨의 여러 형제 중 셋째를 칭하는 말.

** 베이징(北京).

은 여자 한 명, 아편 담뱃대 두 개, 땅바닥에 널려 있는 빈 술병과 도박 기구들이 마쉬제의 눈에 들어왔다. 마정타오는 그때를 돌이키며 한숨을 내쉬었다.

린 영감과 마정타오는 충효공원에서 둥글게 원을 그리며 걸었다. 린 영감은 계속 재잘재잘 일본 말을 지껄이고 있었다. 마정타오가 들어보니 린 영감의 일본어는 너무나 서툴러서 틀리기 쉬운 조사는 물론 죄다 틀렸고, 틀려서는 안 될 조사까지도 엉터리로 말하고 있었다. 그의 말을 듣다 보니 마정타오는 마음이 심란해졌다.

"며칠 전에 당신이 일본 군복을 입고 있는 모습을 보았는데……"

마정타오가 웃으며 말했다.

마정타오는 이제 중국어로 말하기 시작했다. 린 영감은 그제야 자기가 전시에 일본군에 징병되어 남양(南洋) 군도*에 끌려갔던 일을 말하기 시작했다. 오랜 세월이 지나긴 했지만 당시 일본군이었던 타이완 사람들이 일본에 배상을 요구하고 있다고 했다.

"가오슝에 가서 전우회를 조직하고 배상 조건을 협상하느라……"

린 영감이 말했다.

창밖은 어느새 완전히 어두워졌다. 입이 심심해진 마정타오는 노르웨이에서 수입한 게살 통조림을 안주 삼아 차갑게 얼린 독일산 맥주를 마셨다. 개 같은 린 영감 생각이 떠올랐다. 마정타오는 그가 일본 해군복을 입고 배상을 요구하러 갔다는 사실을 알고 나서 다시는 그와 상종하고 싶

---

* 적도 부근 남태평양에 여러 섬들이 흩어져 있는 지역으로, 이곳의 나라들은 1, 2차 세계대전 중 일본이 점령하고 통제했다.

지 않았다. 그때 린 영감은 많은 말을 했다. 젊었을 때 만주국의 '왕도예교, 민족협화(王道禮教, 民族協和)'에 대해 들어본 적이 있다고 해도 마정타오가 웃기만 할 뿐 별 반응을 보이지 않자 그는 곧 새로운 화제를 꺼냈다. 린 영감…… 이 빌어먹을 놈. 그는 소리 없이 욕을 했다. 그는 맥주를 따르며 루밍 호텔을 떠올렸다. 당시 마정타오는 핏기 가신 얼굴로 거의 벌거벗은 채 마쉬제 앞에서 온몸을 부들부들 떨며 제대로 서 있지도 못했다.

"아무짝에도 쓸모없는 놈."

마쉬제가 느리지도 빠르지도 않게 말했다. 화를 내진 않았지만 위엄이 있었다. 마정타오는 아버지의 음흉하고 잔인한 성격을 잘 알고 있었다. 다음 날, 그는 도박 빚을 청산하고 아편 담뱃대를 분지르고 여자를 쫓아버린 다음, 숙박비를 지불하고 순순히 둥베이로 돌아갔다.

집으로 돌아온 후 마쉬제는 베이핑 루밍 호텔에서의 방탕한 생활에 대해서도, 물처럼 퍼다 써버린 수많은 돈에 대해서도 단 한마디도 묻지 않았다. 중추절이 지나고 나서 마쉬제는 아들을 불렀다.

"세상이 바뀌고 있다."

마쉬제는 생각에 잠긴 듯 말했다.

"일본이 상하이를 공격했어."

마정타오는 극장에서 틀어주던 홍보용 뉴스가 생각났다. 일본 군대가 일장기를 치켜들고 말을 타고 상하이 성으로 진격해 들어가는 모습이었다. 길가에 늘어선 중국인들은 힘없이 일장기를 들고 무표정한 얼굴로 일본군의 장엄한 행렬을 보고 있었다.

"일본인이 중국에서 세상을 다스리려면 중국인의 도움이 필요하다."

마쉬제가 말했다.

"푸이가 '정권을 잡던' 그해, 길 양편에는 장삼(長衫)에 마고자를 입고 선글라스를 끼고 수염을 기른 둥베이 지역의 많은 유지와 상인들이 군복을 입은 일본인들 옆에 달라붙어 서 있었다."

"……"

"가세를 키우려면 일본인들의 비호 아래 장사하는 것만으로는 부족하다."

마쉬제는 잠시 침묵하다가 팔을 늘어뜨리고 서 있는 마정타오에게 시선을 옮겼다.

"일본의 기관으로 들어가서 일본의 관리가 되어야 해."

마쉬제가 말했다.

며칠 후 마쉬제는 둥근 얼굴에 차갑게 생긴 의사를 불러와 마정타오의 진맥을 보고 침을 놓고 약을 달이도록 했다. 그는 아들을 저택에 머물게 하면서 아편을 끊도록 했다. 마쉬제는 자기만 보면 항상 깊숙이 허리 굽혀 인사하는 차오양(朝陽) 대학 출신의 중학교 교사를 마정타오의 과외 선생으로 붙여주고, 또 일본 상인의 아들 한 명을 불러다가 일본어를 배우게 했다. 오래지 않아 마쉬제는 일본 사람과의 연줄을 동원해 뇌물을 써서 마정타오를 젠궈 대학 법률학부에 집어넣었다.

마정타오가 대학을 졸업하던 해에 공산당이 이끄는 둥베이 항일 유격 동맹군 제1군의 대장 양징위(楊靖宇)가 장백산 전투에서 전사하였다. 신문에는 눈길을 끄는 사진이 한 장 실렸다. 시커먼 수염으로 뒤덮인 얼굴에 두꺼운 외투를 입은 비대한 몸집의 양 장군 시체 주변에 군용 외투를 입고 허리에 긴 일본도를 찬 일본 군관들이 둘러서 있었다.

마정타오는 건장하고 거칠지만 천성적으로 말재주가 뛰어나 젠궈 대학에 다니던 몇 년 사이에 일본어를 아주 유창하게 할 수 있게 되었다. 게다가 마쉬제는 유명한 친일파 유지였으므로, 일본 헌병대의 부토 소좌는 마정타오가 졸업 후 가을이 되기도 전에 그를 불러 일본 말로 몇 마디 물어보더니 바로 다음 날 헌병대 정탐조의 수사 업무와 통역을 맡겼다. 그때부터 마정타오는 현장에서 배우며 단련을 했고, 몇 년 지나지 않아 고문과 납치, 체포와 살해의 각종 기술들을 익히게 되었다.

"개 같은 영감탱이……"

마정타오는 입을 삐죽이며 적막한 응접실을 향해 욕을 퍼부었다.

개 같은 영감탱이. 마정타오는 말없이 쓴웃음을 지었다. 너는 일본의 정규군이 아닌 하찮은 '부역 군인'일 뿐이었잖아. 관동군의 꽁무니만 쫓아다니던 부역 군인이나 군속은 둥베이 지역에서 얼마든지 볼 수 있었지. 마 정타오는 혼잣말로 중얼거렸다. 그런데도 린 영감은 백주 대낮에 일본 해군 전투복을 입고 한껏 뽐을 내며 엉터리 일본어까지 지껄이고 있으니 대체 어찌 된 일이지? 마정타오는 생각에 잠겼다. 그가 일본 헌병대에 있을 때 일본인 병사들이 자기에게 차렷 자세로 경례를 붙였던 일이 떠올랐다. 둥베이 군벌의 잡동사니 군대가 대충 편성해놓은 만주국 국군과 경찰들은 말할 필요도 없었다. 그런데 지금은 일개 일본 부역 군인이 일본 헌병대보다 더 우쭐대고 있는 꼴이었다.

흥! 개 같은 자식. 마정타오는 자기도 모르게 웃음이 나왔다.

둥베이 지역에 있을 때 마정타오는 그저 '으스대고' 다닌 것만이 아니었다. 일본 헌병들이 칼날을 꽂은 소총을 들고 길 입구와 성안 곳곳에 초소를 설치해두고 지나가는 중국인들을 검문할 때, 그는 결코 즐거워 보이진 않았지만 웃음을 머금은 뭔가 음험한 얼굴로 그 옆에 서 있었다. 초소의 일본 헌병과 '협조 경찰'들은 지나가는 중국 시민과 농민들의 물건을 하나하나 살펴보고, 때로는 직접 몸수색을 하거나 바구니와 보따리를 열어보기도 하였다. 그때 마정타오는 웃음을 머금은 얼굴로 두려움에 떨며 지나가는 사람들을 매섭게 바라보기만 했다. 마정타오가 일본어로 가볍게 "이 사람" 하고 말을 툭 던지면 즉시 검문을 받았는데 이 사람들 중 십중팔구에서 무언가가 나왔고, 헌병은 그 사람을 체포하여 육중한 경찰차로 그들을 실어가버렸다. 경찰차가 급히 떠난 자리에는 흩날리는 황색 먼지와 거리를 뒤덮는 무거운 공포만이 남았다.

민국 31년(1942년)과 32년(1943년)에 헌병대의 트럭은 둥베이 전 지역을 휩쓸고 다니며 어디선지 모르게 끊임없이 자생하는 항일반만(抗日反滿) 분자들을 잡아들였다. 마정타오는 하루 종일 취조실에서 자기의 지휘 아래 사람들이 펄펄 끓는 물을 뒤집어쓰고, 뼈에서 발라낸 것 같은 살이 피와 곤죽이 되도록 얻어맞는 모습을 지켜보았다. 어떤 사람이 벌벌 떨며 자백을 하면, 곧바로 그 자백에 따라 다른 사람을 잡아들여 피와 살이 범벅이 되도록 구타하여 울부짖게 만들었다. 그러나 흔히 자백의 반은 거짓이었다. 어떤 사람은 끝까지 불지 않아 처형을 당하기도 했는데, 이런 사람은 대단한 항일 열사도 아니고 차라리 죽는 것이 낫겠다고 생각한 파산 농민들인 경우가 많았다. 그런데도 마정타오는 황량하고 차가운 침묵의 둥베이 지방 대지 곳곳에서 '불길한' 징조들이 갈수록 늘어난다고 느꼈다. 이 불길함은 귀신처럼 흐느적거리며 천천히 그를 에워싸고 있었다.

마정타오가 지금까지 줄곧 굳게 잠가두었던 기억의 문을 조금 느슨하게 열기만 하면 오래도록 꾹 눌려 있던 기억들이 어두운 기억의 동굴 속에서 시체 썩는 냄새를 풍기며 스멀스멀 기어 나오곤 했다. 꿈속에서 그는 공산당을 막기 위해 농민들을 모조리 이주시켜버린 '무인지대'의 무너진 농가에서 동사한 불구자 노인을 보았고, 집안이 풍비박산 나 고아가 돼버린 아이들이 다 떨어진 옷을 입고 기차역의 철길을 돌아다니다 역을 지나던 군용 열차의 일본 병사들이 던져주는 짬밥으로 주린 배를 채우는 모습을 보았다.

최근 5년간 이런 악몽은 벌써 여든이 넘은 마정타오를 더욱 괴롭게 했다. 무더운 집 안에서 색 바랜 부채를 흔들며 우두커니 앉아 있자니 과거의 기억들이 주마등처럼 그의 눈앞을 스쳐갔다. 일본 군대와 헌병대가 강제로 징발해 압송해온 수백 명의 둥베이 지역 농민과 나귀, 말, 수레와 멜대가 일본군의 식량과 탄약을 운반하느라 엄동설한에 돌처럼 얼어붙은 갈색의 땅 위에 길게 늘어서 있었다. 그때 마정타오는 압송부대 대열의 끝에서 한바탕 소동이 일더니 곧 한 발의 총성이 울리는 것을 들었다. 노역을 견디다 못 해 도망치려는 농민을 일본군이 쏴 죽인 것이었다. 마정타오는 상황을 살피러 그곳으로 갔다. 땀수건을 머리에 두른 회색빛 얼굴의 농민이 하늘을 보고 널브러져 있었다. 두 눈은 동그랗게 뜨고 입은 크게 벌리고 누런 이를 드러낸 모습이 무척 괴기스러웠다. 검붉은 피가 머리에 뚫린 두 구멍에서 콸콸 흘러나와 기름때 묻은 더러운 옷을 흠뻑 적시고 있었다.

당시 마정타오는 군용 모직 외투를 입고 오른팔에는 '헌병'이라고 쓴 하얀 천을 두르고 무장한 군경과 함께 항일 총살범들을 형장으로 압송하곤 하였다. 형장은 인적 없는 텅 빈 들판이었다. 사형수들은 모두 두 손이 뒤로 묶여 있었고 목에는 '항일분자 자오산시(趙善璽)' '국민당 앞잡이 저우치(周啓)' '저항분자 양슈더(楊樹德)' '공산주의자 리우지츠(劉驥馳)'라고 각자의 이름이 적힌 팻말이 걸려 있었다. 그들은 모두 일제 군용 트럭에 태워졌다. 트럭의 짐칸 양쪽으로 걸린 흰 천에는 서투른 글씨체로 '총살범'이라는 글자가 크게 씌어 있었다. 트럭이 대로를 쌩쌩 지나가자, 길 양쪽의 행인들은 발을 멈추고 원한과 슬픔을 애써 감춘 망연한 얼굴로 죄수들을 압송해 가는 차량을 눈으로 전송했다. 마정타오는 죄수 차량 위에서 행인들을 눈여겨보고 있었다. 몇 차례 오가는 동안 둥베이 지방 농민들의 맥빠진 무수한 눈빛들이 사형수와 그들의 목에 걸린 명패만 주시하고 있음을 알 수 있었다. 군복을 입거나 사복을 입은 트럭 위의 헌병과 경찰들은 보고도 못 본 척했다.

형장의 공허함과 아득함이 주변의 온도를 더욱 냉랭하게 만들었다. 삭풍이 예리한 칼날처럼 몰아쳤다. 일본 헌병들은 전투모 위의 털 귀마개를 아래로 내려 감쌌다. 그러나 손이 뒤로 묶인 사형수들은 삭풍에 머리 위의 해진 모자가 날아가도 달리 손을 쓸 수가 없었다. 소대장이 거친 수염이 더부룩한 열여덟 명의 사형수들에게 담배를 건넸으나 그중 세 명만 대담하게 목을 뻗어 입으로 담배를 받아 물었다. 헌병이 그들에게 불을 붙여주었다. 그들은 무표정한 얼굴로 담배를 피우기 시작했다. 사람들은 찬바람에 덜덜 떨었다. 어떤 사람은 고개를 숙이고 있었고, 어떤 사람은 짙은 회색빛 하늘만 멍하니 바라보고 있었다. 담배 한 개비를 다 피울 만한 시간이 지난 후 그들은 조금 낮은 평지로 끌려갔다. 칼을 차고 장화를 신은 몇몇 일본 군관들이 멀리서 그들을 지켜보고 있었다. 카키색 군용 외투가 삭풍에 흩날리자 긴 칼이 허리춤에서 흔들렸다. 처형할 반만주 항일분자들을 일렬로 늘여 앉혔다. 각 사형수들의 두 걸음 정도 뒤에는 만주국 헌병들이 한 명씩 총을 들고 뒤통수를 겨누고 있었다. 명령이 떨어지자 들쭉날쭉 권총 소리가 울려 퍼졌고, 손이 뒤로 묶인 사람들은 밭에 풀어준 개구리처럼 앞쪽으로 솟구친 후 꽁꽁 언 대지 위에 매우 불편한 모습으로 고꾸라졌다.

곧이어 만주국 헌병들은 일본 헌병 분대장의 지휘 아래 시체를 하나하나 뒤집어 일렬로 눕혔다. 집행관인 가와이 소위가 '검증'을 시작했다.

마정타오는 가와이 소위의 뒤에서 시체를 하나하나 검시했다. 대부분은 눈을 감고 편히 자는 것 같았지만, 어떤 시체는 눈을 부릅뜬 채 혀가 꼬여 있었고, 어떤 시체는 깨어나려고 애쓰는 듯 눈을 반쯤 뜨고 있었다. 콧구멍과 입과 으스러진 턱에서는 피가 철철 흘러내렸다. 눈이 많이 내리던 날, 흘러내린 피가 백설의 땅 위에서 곧바로 굳어 검게 변하던 장면을 마정타오는 선명하게 기억하고 있다.

마정타오는 이런 기억들이 괴로웠다. 전혀 즐겁지 않은 기억이었다. 그가 늙지 않았다면, 기억을 꾹꾹 밀봉해놓은 뚜껑이 헐거워져 시체 냄새와 피비린내를 풍기는 어두운 기억들이 마정타오가 방심한 틈에 제멋대로 피어오르게 하지는 않았을 것이다.

그런데 일본의 일개 '부역 군인'으로 전쟁터의 후방에서 관동군을 따라 고작 취사병 노릇이나 하고, 땅을 개간해 농사나 짓고, 공사를 거들고, 차와 배를 몰고 짐이나 날랐을 린뱌오 영감이 오늘 아침에는 왜 온몸에 해군 전투 복장을 걸치고 가오슝에 갔단 말인가? 마정타오는 조용히 생각에 잠겼다. 그의 기억 속에서 모직 군복에 허리띠를 꽉 죄고, 견장을 비스듬히 걸고, 긴 가죽장화를 신고, 흰 장갑을 끼고, 손으로는 오른쪽 허리에 찬 일본도를 잡고 둥베이 지방 전역을 휩쓸고 다니던 일본 군관의 모습이 어느새 늙고 구부정하고 비참하고 우스꽝스럽기까지 한 린 영감의 모습과 겹쳐졌다. 마정타오는 눈 하나 깜짝하지 않고 사람을 죽였던 자신의 과거에 대해 수십 년 동안 굳게 입을 다물고 있었다. 그런데 그 망할 놈의 린 영감이…… 마정타오는 비웃듯 저주를 퍼부으며 노르웨이산 게살을 안주로 맥주를 두 캔째 비우고 있었다.

2

린바오 노인이 가오슝에서 돌아와 충효공원을 에돌아 집에 도착한 때는 이미 오후 5시가 다 되어가고 있었다. 하루 종일 땀을 흘리고 나서 그는 체력이 예전 같지 않음을 절실히 느꼈다. 그는 일본 해군 전투복을 벗고 전투모를 침실 벽에 걸었다. 욕실로 가서 샤워를 하다가 늙고 말라비틀어진 자기 몸을 보며, 이번에 천옌레이(陳炎雷) 위원이 앞장서서 일본 정부에 요구한 미지급 급료와 군인우체국 저금에 대한 배상이 다시 거절당한다면 근 20년 동안 갈망해왔던 배상금을 살아서는 받지 못할 것이라고 생각했다.

그는 깨끗한 옷으로 갈아입고 응접실의 모조 가죽 소파에 앉고서야 우체부가 문틈에 끼워둔 편지를 발견했다. 봉투의 글씨만 봐도 손녀 린웨즈(林月枝)가 보낸 편지임을 알 수 있었다.

'할아버지께: 오랫동안 연락드리지 못했지만, 언제나 할아버지의 건강과 장수를 빌고 있습니다.'

편지에는 이렇게 씌어 있었다. 웨즈는 다음 주에 집으로 돌아가 할아버지를 뵐 계획인데 '아마 친구 한 명을 데리고 갈 것 같다'고 썼다.

10여 년 전, 언제나 상냥하고 효성스럽던 손녀 웨즈가 열일곱 살이 되던 해에 외지에서 온 이발사와 몰래 도망쳐버렸을 때 린바오 노인은 피가 뚝뚝 떨어지는 생살을 잘라내듯 고통스러웠다.

그때 린바오는 화난(華南)*과 남양 군도의 전쟁터에서 살아 돌아온 전(前)

---

* 중국 남동부의 하이난(海南) 성, 광둥(廣東) 성, 광시좡쭈(廣西壯族) 자치구가 포함되는 지역의 총칭. 중국에서 가장 온도가 높고 습한 아열대 기후 지역이다.

일본군 타이완 사람들과 사훌이 멀다 하고 가오슝을 들락거리고 있었다. 남양의 전장에 함께 있었던 미야자키 소대장이 30여 년이 지나 느닷없이 타이베이를 찾아와 타이베이에 사는 쩡진하이(曾金海)를 통해 사방으로 연락을 취하자, 타이완 각지에 흩어져 살며 몇십 년 동안 아무 소식도 없던 타이완 출신 일본군들 사이에 한바탕 소동이 벌어졌다. 민국 60년대(1970년대) 초에 집 장사로 큰돈을 번 쩡진하이는 민국 68년(1979년)쯤 일본으로 여행을 갔다가 역시 일본 '부역 군인'으로 대륙의 둥베이 지방에 끌려가 징용을 살았던 소학교 친구를 만났다고 한다. 그 친구는 일본이 패망하자 소련군에 의해 시베리아로 끌려가 강제노동을 하고, 1950년대에 일본으로 보내진 후로 다시는 타이완으로 돌아오지 않았다. 쩡진하이는 그를 통해 남태평양 전쟁 참전 군인들이 조직한 '전우회'와 연락이 닿았고, 우연찮게도 옛날 같은 중대의 상관이었던 미야자키 소대장을 만나게 된 것이다. 재력이 충분한 쩡진하이는 흔쾌히 비용을 부담해서 옛 일본군 중대의 늙고 초라해진 미야자키 소대장을 타이완으로 초대했다.

타이베이의 유명 일식집 커다란 다다미방에서 쩡진하이는 각지에서 모인 예닐곱 명의 전 일본군 타이완 노인들과 함께 미야자키 소대장 앞에 일렬횡대로 섰다. 그들은 같은 중대이긴 했지만 같은 소대는 아니었다. 쩡진하이는 대열이 정리되자 '차렷!' 하고 구령을 외쳤다. 몇몇 노인들은 엄숙한 표정으로 가슴을 펴고 차렷 자세를 취하였다. 쩡진하이는 힘차게 앞으로 한 발 나아가, 양복에 노란 별 배지가 달린 전투모를 단정하게 눌러쓴 미야자키 소대장에게 배 속에서 우러나오는 우렁찬 일본어로 외쳤다.

"○○중대 제3소대 쩡진하이, 보고합니다……"

늙은 미야자키는 눈시울이 붉어지고 답례하는 손은 부들부들 떨렸다. 일본식 다다미에 함께 앉아 음식을 먹기 시작할 때 미야자키는 눈물을 흘리고 있었다.

"남방에서 싸울 때 다들 정말 고생 많았습니다……"

미야자키는 앉은 채로 사람들에게 깊이 고개를 숙였다. 쩡진하이가 꽤 유창한 일본어로 끼어들었다.

"우리 모두 남방에서의 생활을 무척 그리워합니다."

몇몇 노인들이 앞다투어 고개를 끄덕였다.

"그때는 여러분에게 너무 엄격했던 것 같습니다."

미야자키는 부끄러운 듯 다시금 그들을 향해 고개를 숙였다.

그때 린뱌오 노인은 문득 운전병을 했던 당시의 일이 떠올랐다. 한 번은 임무를 마치고 늦게 돌아오게 되어 저녁 식사 시간이 이미 지나 있었다. 그는 주방에 들어가 남은 밥을 찾아 먹다가 미야자키 소대장에게 발각되었다. 미야자키 소대장은 군화를 벗어 신발 뒤꿈치로 린뱌오를 때려 어금니 두 대를 부러뜨렸다. 그는 얼굴과 입술이 부어올라 네댓새 동안 쌀알 하나 삼키지 못했다.

그러나 타이베이의 일본 음식점은 지난날에 대한 추억과 다시 만난 즐거움으로 가득했고, 미야자키와 다른 타이완 사람 일본 노병들은 모두 린뱌오의 부러진 어금니 따위는 깨끗이 잊어버린 듯했다. 술이 몇 순배 돌자 모두들 술기운에 취해 거의 잃어버린 일본어로 말할 용기가 생겼는지, 작은 방은 타이완 말투의 일본어로 더듬더듬 떠들어대는 소리로 시끌벅적했다. 그러나 미야자키의 귀에는 더듬더듬 부정확하게 말하는 일본어가 얼마나 듣기 좋은지 마치 식민지 타이완이 모국 일본에 깊은 존경과 그리움의 정을 표현하고 있는 듯했다. 미야자키는 감동했다. 어느새 미야자키는 전후 국가의 '연금'으로 연명하는 초라한 늙은이가 아니라 다시 제국 군대의 소대장이 되어 있었다. 그래서 미야자키는 점점 처음의 진중함은 사라지고 거리낌 없이 술을 마시기 시작했다. 콧수염을 기른 주름진 얼굴이 술기운에 붉어지자 듬성듬성 난 머리카락과 콧수염은 더욱 생기 없어 보였다.

"이봐, 쩡 군!"

늙은 미야자키의 혀가 조금 꼬였다.

"옛!"

쩡진하이가 앉은 채로 허리를 꼿꼿이 펴며 대답했다.

"이 사람들한테 말해주게. 일본은…… 타이완에 있는 일본의 충성스러운 신민을 결코 잊지 않았다고!"

미야자키는 일본어로 마치 군인처럼 말했다. 땀과 기름이 스민 그의 붉은 얼굴이 등불 아래서 더욱 번들거렸다.

"이것이 바로 나 미야자키 소대장이 타이완에 온 이유가 아니겠는가……"

"예!" 쩡진하이가 답했다.

쩡진하이는 꽤 유창한 일본어로 정중하게 말을 이어갔다. 전쟁이 끝나고 30년이 지난 '소화 49년(1974년)', 일본이름 나카무라 데루인 타이완 가오사(高砂) 의용대의 아미족 일본 부역 군인이 필리핀 모로타이 섬의 깊은 산속에서 뛰쳐나왔다고 쩡진하이가 말했다. 그래서 다음 해에 일본의 '지식인'들이 '타이완 출신 일본군 보상문제 연구 모임'을 만들었다고 쩡진하이는 덧붙였다.

쩡진하이는 일본 정부도 결국 입장을 표명할 수밖에 없었다고 계속 말했다. "전쟁 중에 사망하거나 부상당한 이들을 위해 제정된 '지원법'과 '연금법'은 일본 국적자에게만 적용된다." 이것이 바로 일본 정부의 입장이라고 쩡진하이는 말했다.

이때 여종업원이 장난감 같은 큰 나무배를 받쳐 들고 들어왔다. 나무배 위는 갖가지 먹음직스러운 회로 가득했다. 옆방에서 타이완식 가위바위보를 외치는 소리가 갑자기 들려왔다. 쩡진하이는 일본 말로 힘주어 말했다.

"제군들! 남방의 전쟁터에서, 우리, 한 사람 한 사람은 모두가 일본의 국민으로서, 충성스럽고 용감한 제국의 군인으로서 전투에 임하지 않았습니까?"

자리가 소란스러워지기 시작했다.

"맞아, 맞아."

노인들은 일본 청주에 취해 중얼거렸다.

"제군들, 우리 '필리핀 파병군 전우회'는 타이완 병사를 일본인처럼 대우하고 타이완 전우를 위해 정당한 보상을 하자는 운동을 시작했소." 미야자키가 말했다.

"전쟁터에서 함께 피 흘리며 싸운 전우들만이 타이완의 전우가 일말의 부끄러움도 없는 일본 황군의 일원으로서 천황폐하를 위해 목숨을 바쳤음을 알 수 있을 것입니다."

쩡진하이가 더욱 흥분한 어조로 말하였다.

"소대장님은 우리가 빨리 전우회 분회를 조직해서 타이완의 제국 병사가 정당한 보상을 받을 수 있도록 함께 투쟁하기 위해 이곳에 오셨습니다."

쩡진하이는 보상을 위해 싸우는 의미가 금전상의 문제만은 아니라고 말했다.

"보상운동은 바로 우리가 일본인이 되기 위한, 천황의 적자가 되기 위한 운동입니다……"

쩡진하이가 말했다. 몇몇 노인들은 이제야 뭔가를 깨달은 듯했다. 상상할 수 없을 정도로 많은 일본국의 '보상금'을 받아 말년을 편안하게 보내는 것이다. 왜냐하면 원래 그들은 30여 년 전에 출정할 때 일본인들이 말했던 것처럼, 부끄럽지 않은 일본 황군의 일원이기 때문이다.

침몰하지 않는, 강철로 된 성루
수비와 공격이 모두 의지하는 곳
침몰하지 않는 성루
일본의 사방 강토를 지켜준다네
강철로 된 성루
일본의 적국을 무찌른다네……

누가 먼저 시작했는지 알 수 없으나 노인들은 「군함 행진곡」을 일본어로 부르기 시작했다. 여종업원이 웃으면서 창호지 문을 열고 들어와 따뜻하게 데운 한 되짜리 일본 청주를 한 병 더 가져왔다. 노인들은 손뼉을 치며 노래를 불렀다.

그날 이후 노인들의 마음속에서 거액의 엔화 '보상금'은 사람을 흥분시키는 빛이 되었다. 쩡진하이의 지휘로 노인들은 타이완 전우회의 중심이 되어 남양에서 일본을 위해 부역 군인이나 군속으로 근무했던 타이완 각처의 '전우'에게 연락을 취하였다. 린뱌오는 일본 해군 전투복을 입고 사흘이 멀다 하고 가오숑 시, 난 시(南市), 지아 시(嘉市) 심지어는 타이베이까지 오가기 시작하면서 며칠씩 집에도 돌아오지 않았다. 손녀 웨즈가 외지에서 온 젊은 이발사와 함께 도망쳐서 종적을 감춘 것도 바로 그때였다.

타이완의 '전우회'를 조직해서 일본 정부가 일본군에게 발급한 것보다 후한 '보상금'과 '은급'*을 쟁취하는 일은 마치 식지 않는 열병과도 같아서, 손녀 웨즈를 잃은 회한과 부끄러움이 뒤섞인 린뱌오의 고통을 마비시켰다. 모조가죽 소파에 앉은 린뱌오 노인은 손녀 웨즈의 편지를 텔레비전대 위에 던져버렸다. 문득 웨즈의 아버지이자 자기 아들인 린신무(林欣木) 생각이 떠올랐다.

열아홉 살이던 어느 날, 린뱌오는 그해 봄에 시집 온 신부 아뉘(阿女)**와 함께 무더운 여름의 밭일을 끝내고 집으로 돌아왔다. 온몸은 땀으로 젖어 있었다. 늙은 소작농인 아버지 리훠옌(林火炎)은 어두운 토방에 멍하니 앉아 있었다.

"아버지."

린뱌오는 아버지를 부르고 나서야 그가 들고 있던 붉은색 징병 영장을 보았다. 이제 막 아이를 가진 새색시 아뉘가 울기 시작했다.

봄이 지나고 얼마 되지 않아 훠옌 할아버지의 아들 아뱌오(阿標)는 '국방복'을 입고 전투모를 쓰고 각반을 차고 눈물로 얼룩진 신부 아뉘와 함께 2리 밖 마을 부역소로 가서 도착 보고를 했다. 하얀 천에 검은 글자로 '린뱌오 군의 출정을 축하합니다'라고 쓴 깃발과 다른 사람의 이름을 쓴 깃발이 마을 부역소 앞 광장에서 뜨거운 바람에 휘날리고 있었다. 린뱌오는 검은색 일본 기와를 깐 마을 부역소 지붕에 무리 지어 날아다니는 수많은 노란 잠자리를 보고 있었지만, 속으로는 임신한 아내와 어떻게 이별을 해야 할지 몰라 초조하고 걱정되었다.

---

* 恩給: 일제 강점기에 정부 기관에서 일정한 연한(年限)을 일하고 퇴직한 사람에게 주던 연금.

** 주로 중국의 남방 사람들이 상대방을 친근하게 부를 때 이름 마지막 자 앞에 '아(阿)' 자를 붙여 부른다.

"제군의 가족은 국가에서 잘 돌봐줄 것이니 뒷일은 걱정하지 않아도 된다."

검은 경관복을 입고 단검을 찬 일본 상관이 제문을 읽는 듯한 어조로 훈화했다.

"제군들은 충성스러운 일본 국민으로, 대일본 황군의 일원으로, 천황 폐하의 신성하고 막강한 방패가 되어야 한다……"

통역하는 사람이 민난어로 말해주었다. 린뱌오와 일고여덟 명의 마을 청년들은 이런 식으로 '지원'을 해서 군대에 보내져 단기 훈련을 받고, 다시 무더운 남양의 전선으로 보내졌다.

돌이켜보면 10여 년 전에 미야자키 소대장이 한 말은 일리가 있었다.

"……제군들은 조금도 부끄럽지 않은 대일본제국 황군의 일원이다!"

린뱌오는 미야자키가 술기운을 더해 말했던 군인투의 일본어가 다시 들리는 듯했다. 미군과 필리핀 유격대가 타이완 출신 군속과 부역 군인을 원수 같은 일본인으로 여겨 폭탄으로 사지를 찢어놓고 총알로 머리통을 날려버린 건 분명한 사실이었다. 타이완 병사가 길을 가면 상점의 화교들은 겉으로는 아부하듯 웃지만 눈 속 깊은 곳에서는 타이완 출신 일본군을 진짜 일본인으로 보며 두려움과 원한과 증오를 드러냈다.

린뱌오는 일본이 전쟁에 패해 포로가 되어 송환되기 전에 미군 군용 열차를 타고 집결지로 옮겨지던 그해 여름을 떠올렸다. 일본군과 타이완 사람 일본군은 다 떨어진 군복에 수염 가득한 얼굴로 지붕도 없는 낡은 화물칸 속에서 피곤에 지친 채 서로를 비집고 앉아 있었다. 기차는 열대의 산자락 아래를 헐떡거리며 달려갔다. 철도 양쪽은 야자나무와 제멋대로 자라는 빈랑나무, 크고 무성한 갖가지 열대 나무들로 빽빽했다. 질주하는 기차가 일으키는 강풍 때문에 열차는 끊임없이 흔들리고 삐걱댔으며, 일본군 포로들은 화물칸 안에서 입을 벌리고 침을 흘리며 깊은 잠에 빠져 있었다. 그때 갑자기 우르릉 쾅쾅 소리와 함께 산비탈에서 거대한 돌덩어리가 줄지어 떨어지고, 철도변으로 필리핀 농민들이 무리지어 나타나 열차를 향해 돌을 던지고 분노에 찬 목소리로 욕을 퍼부었다. 열차 칸마다 뭔가에 부딪히는 소리가 날카롭게 이어지고 사람들의 비명 소리와 신음 소리가 들려왔다. 열차를 호송하던 미군이 삑삑 호루라기를 불고 하늘을 향해 총을 쏘며 원주민들의 습격을 막았다. 나중에 하나하나 살펴보니 깔려 죽은 사람이 아홉 명, 중경상자가 마흔아홉 명이었다. 분노로 가득 찬 돌멩이는 일본인이나 타이완 사람을 구별하지 않았다. 원주민들은 타이완 사람도 일본군으로 간주했다고 린뱌오는 생각했다. 린뱌오도 날아온 돌에 어깨를 맞아 부상을 당했다. 오른쪽 어깨에서는 붉은 피가 흠뻑 배어나왔다.

사실 일본인들은 남양 군도의 전쟁터에서 일본을 위해 목숨 바쳐 싸울 타이완 사람이 필요했으면서도, 한편으로는 그들이 진정한 일본인이 될 수 없다는 점도 수시로 깨우쳐주곤 했다. 린뱌오는 소대장 미야자키의 구두에 맞아 어금니 두 대가 부러지던 날, 펄쩍펄쩍 뛰며 그에게 '청나라 놈'이라고 욕했던 미야자키의 모습이 떠올랐다. 일본에서 중학교를 다닌 적이 있다는 한 타이완 출신 커자인도 군속*으로 필리핀에 왔다. 그는 피부가 하얗고 예쁜 눈을 가지고 있었으며 머릿속은 완전히 '일본 정신'으로 무장하고 있었다.

"저는 자원해서 온 지원병입니다."

---

* 군무원(軍務員)을 이르는 옛말.

어느 날 그가 린뱌오의 차를 타고 몇 리 밖의 연대 본부에 문서를 전달하러 가면서 작은 소리로 말했다. '우메무라'라는 일본 이름을 썼는데도 군 당국에서는 타이완 사람이라는 것을 알자 그를 '영광스러운 황군 병사'가 아닌, 대대에서 비(非)기밀성 문서를 취급하는 1종 군속으로 분류하여 파견했다고, 그렇게 하리라고는 생각지 못했다고 그가 말했다.

"열심히 노력해서 내가 우수한 일본인임을 증명해 보일 겁니다."

우메무라가 말을 건네며 차에서 내려 연대 본부로 들어갈 때, 린뱌오는 그에게서 얼핏 여성스러운 분위기를 느꼈다. 그로부터 얼마 지나지 않아 린뱌오는 술 취한 일본 병사가 우메무라를 강간한 후 손으로 때리고 발길로 차며 "짐승 같은 청나라 놈"이라고 욕했다는 소문을 들었다. 타이완 출신 우메무라는 결국 허리띠로 목을 매고 죽었다. 그의 시체는 삐죽 튀어나온 야자나무 가지에 조용히 매달려 무더운 열대림 속에서 이틀 동안 푹푹 삶아지고 나서야 발견되었다. 사람들은 썩은 시체 냄새에 코를 막아야 했다.

필리핀의 전장으로 온 지 2년째 되던 해, 군 우체부는 린뱌오에게 집에서 온 짧은 편지 한 통을 전해주었다. 다른 사람에게 부탁하여 일본어로 쓴 편지였다. 편지에는 아내 아뉘가 아들을 낳았으며, '집안은 모두 무고하니 나라를 위해 최선을 다하라'고 씌어 있었다. 바로 그다음 해 1월부터 전세가 완전히 역전되어 미군이 필리핀의 각 섬에 상륙하기 시작했다. 하늘에서 폭우처럼 쏟아지는 폭탄과 총알과 함대의 포탄으로 일본 군대는 전선마다 낙엽처럼 쓰러졌다. 린뱌오가 소속된 사단은 해산되었다. 두 연대가 모여 깊은 산으로 도망치자 일본 교포의 부인과 아이들까지 부대를 따라 열대의 삼림을 배회해야 했다.

산속을 행군하면서 사람들은 이것이 절망적인 죽음의 행군임을 점점 깨닫게 되었다. 깊은 산속에서 살다 보니 시간과 날짜 감각이 사라져갔다. 산속을 헤매고 다니는 상황에서 농사를 지어본 적이 있는 타이완 부역 군인이 중요한 역할을 했다. 그들은 산속에서 야생 토란, 감자, 콩, 산초를 캐고 함정을 만들어 짐승을 잡았다. 무성한 열대우림 속에서 국가기관의 권위는 점차 사라지고 군대의 명령 체계도 자연히 무너져갔다. 언제부터인지 모르지만 상관에 대한 군례도 완전히 없어져버렸다. 행군의 대오는 점차 흩어져서 몇몇 사람들끼리 대오를 이탈해 더 안전하다고 생각되는 방향으로 떠나갔다. 깊은 산속의 우림으로 도망친 수천의 일본 군인들은 하루하루의 생존과 배고픔을 면하기 위해 주린 배를 움켜잡고 산속을 이리저리 헤매는 짐승들로 변해 있었다.

산속으로 도망을 다니던 중에도 린뱌오는 한 번도 본 적 없는 타이완의 아들을 늘 생각했다. 골육인 아들에 대한 알 수 없는 사랑이 그의 마음속에 어떻게든 살아야 한다는 강렬한 욕망의 불을 지폈고, 그럴수록 도망치는 발걸음은 더욱 힘이 들어가고 조심스러워졌다. 린뱌오가 아들이 두 살 남짓 되었을 거라고 짐작한 어느 우기에 하늘에서 쏟아붓듯 큰비가 내렸다. 숲 속은 열대림의 넓은 이파리에 떨어지는 빗소리로 귀가 멍멍해질 지경이었다. 빗물은 산속을 헤매는 병사들의 옷과 무기와 더러운 머리칼과 수염을 금방 흠뻑 적셔버렸다.

큰비가 내리는 밀림 속에서 울퉁불퉁한 산길을 힘겹게 가던 대오가 점차 걸음을 멈추었다. 그들은 깊은 산속의 황폐해진 일본군 방어 거점에 다다랐다. 갱도의 입구 몇 곳에는 미군의 포화에 검게 그을린 흔적이 남아 있었다. 갱도 곳곳마다 타버린 일본 군복 속의 해골이 빗물에 잠겨 있었다. 일본군 철모가 두개골에 엉성하게 걸려 있었다. 여기저기 총기도 널려 있었다. 어느 시체 옆에는 막 녹슬기 시작한 일본도 한 자루가 떨어져 있었다.

백여 명의 남루한 관병들은 침통한 표정으로 참호의 둔덕에 둘러서서, 오래전에 전사한 시체가 어지럽게 널린 옛 전장을 호우 속에서 조용히 바라보았다. 엉켜 있는 시체들의 부대 번호를 확인하기 위해, 퀭한 눈으로 아무 말도 하지 않던 고이즈미 대대장이 옆에 서 있는 린뱌오에게 옷이 온전히 남아 있는 한 시체의 주머니를 뒤져 무슨 문건이 있는지 찾아보라고 했다. 백여 쌍의 눈이 타이완 출신 부역 군인인 린뱌오가 시체의 주머니와 배낭을 뒤진 후 고이즈미 대대장에게 다가가 진흙탕 속에서 차렷하고 거수경례를 올리는 모습을 묵묵히 바라보고 있었다.

"됐다."

고이즈미 대대장이 불안한 목소리로 가볍게 말하고는 손을 뻗어 린뱌오가 찾아온 문건을 받았다.

비가 쏴쏴 쏟아지고 있었다. 고이즈미 대대장은 빗속에서 말없이 문건을 살펴보았다. 훑어본 것들은 모두 땅바닥에 버렸지만, 색깔이 들어간 전단지 몇 장은 한참을 자세히 보고 있었다. 빗소리는 포효에 가까워졌으나 그럴수록 백여 명의 죽은 듯 숨죽인 침묵은 더욱 깊어갔다. 얼마나 지났을까, 고이즈미 대대장이 담담하게 말했다.

"일본은 이미 패전했다."

아무도 고이즈미 대대장의 말을 곧바로 알아듣지 못했다. 그러나 뜻밖에도 린뱌오는 살아 돌아가 꿈에도 그리던 아이와 아내 아뉘를 만날 수 있겠다는 생각이 들었다.

"대대장님! 무슨 말씀이십니까?"

누군가가 소리쳤다.

"일본이 이미 패망했다고."

침묵이 흐른 후 고이즈미 대대장이 떨리는 소리로 말했다.

"전단에 그렇게 씌어 있다."

그는 쥐고 있던 전단을 들어 올렸다. 미군이 공중에서 뿌린 흰색, 연붉은색, 노란색의 전단이 빗속에서 반짝였다.

"거짓말이야!"

또 다른 누군가가 절망적인 목소리로 외쳤다.

"말도 안 되는 소리야!"

고이즈미는 고개를 숙였다. 빗물이 수염을 따라 한 방울 한 방울 떨어져 내렸다.

"천황폐하의 조서와 국방성의 명령이 모두…… 거짓이란 말인가?"

그가 조용히 말했다.

"전단에 그렇게 씌어 있다."

대대장 고이즈미는 밀림의 빗속에서 외롭게 서 있었다. 그의 허리춤에는 일본도가 흐트러짐 없이 드리워 있었다. 일본 관병의 울음소리가 사방에서 들려오기 시작했다. 어떤 사람이 근처의 시체 주머니에서 전단을 찾아냈다. 고이즈미의 말은 사실이었다. 린뱌오는 손 위의 전단지를 보며 생각했다. 무조건 항복한다는 천황의 조서와 국방성이 각 전선의 일본군에게 보내는 명령이었다. 그러나 린뱌오를 가장 놀라게 한 것은 전후의 방침에 대한 결정이었다.

'조선은 일본으로부터 독립한다. 타이완과 팽호 열도는 중국에 반환한다.'

일본은 패전했다. 린뱌오를 포함한 타이완 출신 일본군 중에 일본의 패망을 기뻐하는 이는 아무도 없는 것 같았다.

"어떻게 패배할 수가 있어? 절대 받아들일 수 없어!"

타이완 출신 군속 하나가 일본인을 따라 울음을 삼키며 말했다. 전단을 본 타이완 사람들의 심정은 복잡했다. 고이즈미 대대장은 병사들에게 방치된 거점을 정리하고 유골들을 수습하라고 지시하고, 연대 지휘소였던 널찍한 동굴을 임시 군영으로 쓰겠다고 했다. 고이즈미는 20여 명의 타이완 출신 일본 군속과 부역 군인을 모두 모아놓고 옷을 말리기 위해 모닥불을 피운 후 부드럽게 말했다.

"이제부터 너희들은 중국인이 된 것이다."

린뱌오를 포함한 10여 명의 타이완 병사들은 아무 말도 하지 않았다. 고이즈미는 이제부터 타이완 출신 군인과 일본군은 따로따로 생활하며, 타이완 출신 군인이 일본군에게 행했던 일체의 군사 예절을 모두 폐지한다고 했다.

"그대들은 모두 승전국의 국민이다. 산을 내려가라."

고이즈미가 말했다.

"이건 투항이 아니다. 너희 승전국의 동맹군에게 도착 보고를 하는 것뿐이다."

다음 날 비가 그쳤다. 열대림의 넓은 잎에 남아 있던 빗물이 구슬처럼 모여 땅에 떨어졌다. 한 국가의 국민이 어떻게 하루아침에 다른 국가의 국민으로 '바뀔' 수 있는가? 린뱌오는 이 대답할 수 없는 문제로 고심했다. 갱도 뒤쪽 나무숲으로 가서 자살하는 일본 군관이 생겨나기 시작했다. 칼을 자기 가슴에 찔러 흘러내린 선혈이 낙엽들에 엉겨 붙어 있었다. 군대를 따라 이리저리 도망 다니다가 온 가족이 모두 자살한 일본 교포도 있었다. 부대를 떠나고 싶지 않은 타이완 사람들은 막막함과 슬픔과 고통을 함께 느꼈다. 그러나 일단 '승전국 국민'이라는 이름으로 일본인과 분리되자, 린뱌오는 일본군과 함께 일본의 패전을 통곡할 수 있는 입장이 한순간에 사라져버렸음을 느꼈다. 그렇다고 영문도 모르고 하늘에서 뚝 떨어진 '승전국 국민'이라는 신분도 '승리'의 기쁨과 자부심을 가져다주지는 못했다.

그로부터 나흘 후, 연일 침묵만을 지키던 고이즈미 대대장도 자살해 버렸다. 날카로운 일본도가 그의 배를 통과해 있었다. 숲 속은 무더워지기 시작했다. 린뱌오와 몇몇 타이완 군은 무리 지어 조용히 산속을 떠나기로 합의했다. 그런데 고이즈미 대대장이 죽은 후 누구에게 떠난다고 보고를 해야 할지 알 수 없었다. 결국 아무 보고도 하지 않은 채 침묵 속에서 대오를 떠나자 알 수 없는 고뇌와 함께 뭔가 잘못되고 있다는 느낌이 들었다.

산에서 내려온 린뱌오와 다른 타이완 사람 일본군들은 미군과 필리핀 유격대가 총을 메고 지키는 포로수용소에 일본군 포로와 함께 수용되어 뜨거운 폭염 아래에서 군 비행장을 닦는 고된 노동을 했다. 두 달이 지나서야 타이완 군은 미군의 선별하에 작은 군영으로 옮겨져 귀국을 기다리게 되었다. 숙영지에서 50미터쯤 떨어진 곳에는 작은 교회당을 개조한 구치소가 있었다. 까무잡잡한 피부에 키가 작은 필리핀 군인 두 명이 얼룩무늬 미군 전투복에 권총과 수통을 차고서 낡은 교회당 문 앞을 지키고 있었다. 얼마 후 린뱌오는 구치소에 일본을 위해 미군 포로를 감시하고 잔혹하게 학대했던 타이완 출신 일본군이 일본인 전범들과 함께 갇혀 있다는 사실을 들었다. 일본군과 구별되어 수용된 타이완 군인들이 고국으로 돌아갈 날을 기약하지 못하고 있던 어느 날 저녁 무렵, 작은 교회의 문이 열렸다. 수갑을 차고 일본군 전투복을 입은 20여 명의 타이완 출신 군인들은 미군 헌병의 감시하에 대형 군용 트럭에 태워졌다. 린뱌오는 어느 밤 교회당에서 조용히 흘러나오던 일본 군가가 생각났다.

하늘을 대신해 정의를 행하여 원수를 쳐부수자.
우리의 군대는 누구보다도 용감하구나.

"빌어먹을 놈. 무슨 노래를 부르는 거야!"
교회당에서 누군가가 타이완 말로 욕을 퍼부었다.

환호 속에서 출정에 오르고……

군가는 마치 독백처럼 열대의 밤에 깊은 원망을 싣고 전해졌다. 그해 징병군의 대오로 들어가 마을 광장에서 불렀던 힘차고 용감한 노랫소리는 이미 아니었다.

"부르지 말라고 했지……"

노랫소리가 멈췄다. 노래하던 병사는 타이완 말로 말했다.

"일본인들은 타이완 사람도 일본 사람이니 함께 미군을 쳐부수자고 했어……"

"……"

"지금 미국 사람들도 우리를 일본인 취급하고 있잖아. 돌아가는 꼴을 보니 우리를 범죄자로 몰아 과녁으로 쓸 것 같단 말이야."

린뱌오는 밤중에 들려오는 대화에 귀 기울이며 미군이 나눠준 담배를 조용히 피우고 있었다. 그는 부역 군인으로 운전병이 되어 몇 번이나 미군 포로를 모아둔 수용소로 가서 미군의 시체를 운송했던 기억이 떠올랐다. 시체는 수용소를 감시하는 타이완 출신 군인의 손에 의해 한 구 한 구 줄지어졌다. 필리핀의 무더운 날씨에 시체는 금방 부풀어 오르고 검게 변하며 악취를 풍겼다. 깊은 눈언저리 속에서 다양한 색깔의 속눈썹이 자라난 눈은 어떤 것은 꼭 감긴 채로 어떤 것은 부릅뜬 채로 있었다. 몸이 곯을 대로 곯아서인지 팔꿈치와 다리의 관절과 두 손바닥이 유난히도 커 보였다. 린뱌오는 수용소를 관리하는 일본인과 타이완 사람이 곤봉과 개머리판으로 미국과 캐나다 포로를 때리고, 심지어 총으로 쏴 죽인다는 말을 진작 들었다. 린뱌오는 숲 속에 파둔 큰 구덩이로 시체를 가져가 다른 수용소에서 먼저 와서 버려놓은 백인 포로의 시체 더미 위에 함께 던지고 썩은 낙엽이 섞인 검은 흙을 한 삽 한 삽 떠서 시체들을 묻었다. 짧은 바지에 일본 전투모를 쓴 채, 총을 든 일본군의 호위를 받으며 시체를 들어서 매장하던 사람들은 바로 포로수용소에서 일하던 타이완 출신의 일본군이었다.

린뱌오가 전혀 예상치 못했던 일은, 바로 등에 배낭을 메고 크고 작은 보따리를 든 일본 패잔병들이 미군의 군함을 타고 한 팀 한 팀 먼저 귀국한 후 몇 달이 지나서야 타이완 군은 낡아빠진 석탄 운송선을 타고 타이완으로 귀국했다는 것이다. 린뱌오와 다른 동포들이 천신만고 끝에 살아남아 가오슝 항구에 도착했지만, 그들을 위로하거나 환영하러 나온 사람은 아무도 없었다. 환영 행렬은커녕, 심지어 가족들에게조차 마중 나오라는 연락을 하지 않았기 때문이다. 그때가 '소화 23년'인 민국 37년(1948년) 가을이었다. 고향으로 돌아가 보니, 아내 아눠는 1년 전에 이미 가난과 병으로 죽고 없었고, 네 살이 된 아들 신무만 남아 낯이 설어서인지 주름 가득한 얼굴로 눈물을 글썽이는 이모부의 뒤에 숨어 그를 맞이했다.

린뱌오는 억지로 끌어다 붙이면 먼 친척 어른이라 할 수 있는 지주에게 닭 두 마리를 들고 찾아가 전시에 일본인들이 강제로 피마자 밭으로 만들어버린 2천여 평의 땅에 소작을 부칠 수 있게 해달라고 간곡히 부탁했다. 그는 어린 아들을 데리고 죽을힘을 다해 피마자 밭을 갈아엎어 논으로 만들었다. 신무가 아홉 살이 되고 자신은 농지개혁으로 작은 논의 주인이 되던 그해, 린뱌오는 너무나 기뻐서 집 뒤쪽에 용안(龍眼)나무 묘목 두 그루를 심었다. 아침저녁으로 린뱌오는 깨진 대야에 물을 담아 뿌려주었다. 용안나무는 더디게 자라긴 했지만, 황토색의 어린잎이 돋아 녹색의 큰 잎으로 변하며 하루가 다르게 위로 뻗어갔다. 처마를 훌쩍 넘긴 용안나무는 매년 여름마다 짙푸른 지붕이 되어 서쪽 담장에 비치는 햇살을 막아주고 시원한 그늘까지 만들어주었다. 용안나무 한 그루에서 노란색의 작은 꽃들이 피기 시작하던 그해 여름, 벌써 스무 살이 넘은 신무는 난랴오(南寮) 지방에서 아내를 맞아들였다. 그리고 이듬해 두번째로 수확한 용안을 먹고 나자 손녀 웨즈가 태어났다.

린뱌오는 지난날을 돌아보며 한숨을 내쉬었다. 몸을 일으켜 냉장고에서 고깃국을 꺼내 끓이고 쌀밥 한 그릇을 데우고 텔레비전을 켜서 모조 가죽 소파에 앉아 입을 크게 벌리고 밥을 떠먹었다. 일흔이 훌쩍 넘었지만 린뱌오의 식사량은 여전히 줄지 않았다. 멍하게 텔레비전 뉴스를 보던 린뱌오가 화면에서 나오는 영상을 보고 깜짝 놀랐다. 그건 바로 아침에 핑 시(屛市)에서 거행된 '남양 전몰 타이완병 위령비(南洋戰歿臺灣兵慰靈碑)'의 낙성식이었다.

캔버스 천으로 휘장을 친 단상에는 60~70세는 되어 보이는 신사 숙녀들이 단정한 옷차림으로 앉아 있었다. 단상 앞에는 풀을 먹여 다린 일본 해군 전투복에 전투모를 쓴 노인들이 석 줄로 정렬해 있었다. 맨 앞줄 오른쪽 끝의 키 크고 마른 노병은 가슴 앞쪽에 일본 해군의 군기를 두 손으로 받쳐 들고 있었다. 거대한 군기가 지나가는 바람에 펄럭였다. 떠오르는 태양의 붉은빛이 사방팔방으로 퍼지는 일본 해군 군기가 펄럭이자 깃발을 들고 있던 키 크고 마른 노인의 몸이 휘청거렸다.

석 줄로 늘어선 전 타이완 출신의 일본군들 중에는 이미 등이 굽어버린 사람들도 있었다. 클로즈업된 그들은 한결같이 아무런 표정이 없었다. 일본 해군 전투모 아래의 얼굴에 햇볕이 내리쬐고 있었다. 린뱌오는 빠르게 움직이는 카메라 속에서 눈 아래가 튀어나오고 입은 꼭 다물어 진지하고 엄숙하게 보이면서도 이미 기력은 다하고 정신은 나간 듯한 표정들을 보았다.

잠시 후, 장례의장대의 악대가 연주하는 일본 「군함 행진곡」이 작은 마을에 갑자기 울려 퍼졌다. 해군 전투복을 입고 손에는 흰 장갑을 낀 쩡진하이가 양복에 구두를 신은 친엔레이 위원을 모시고 식장으로 들어왔다. 그때 키 크고 마른 노인이 일본 해군기를 '휙' 하고 내리며 경의를 표했다. 경례 구령이 크게 울리자 노인들은 고개를 들고 들쑥날쑥 손을 올려 경례를 했다.

줌인: 천엔레이 위원의 연설.

클로즈업: 단상의 신사 숙녀들이 앞쪽의 위령비에 경례를 한다. 영광스럽고 자긍심이 가득한 표정이다.

줌아웃: 일본 해군 군기가 펄럭이고, 깃발의 붉은 욱일이 눈부시다.

클로즈업: 위령비에 새겨진 해서체 글자, '남양 전몰 타이완병 위령비'.

린뱌오는 숨을 죽이고 텔레비전를 응시했다. 전부 해봐야 1~2분에 지나지 않는 텔레비전 뉴스이므로, 사람들에게 가려 잘 보이지 않는 자신을 알아보는 사람이 자기 말고는 없을 것이라고 생각했다. 그는 카메라에 비친 늙고 얼빠지고 피곤에 지친 '군대의 위용'을 처음으로 보고 놀라움을 금치 못했다. 자신을 포함한 여러 노인들이 말할 수 없는 조롱 속에서 바보 취급을 받고 있는 듯한 느낌이 천천히 들었다. 오늘 아침 일찍 기차를 타고 핑 시로 가면서 린뱌오는 최근 서너 달 동안 일본에 배상금을 요구하는 일에 열정이 살아난 쩡진하이를 떠올렸다. 웨즈가 몰래 도망친 후 25~26세가 되었을 그해, 일본 도쿄 지방법원은 두번째로 타이완 군의 보상금 청구를 기각하였다. 그 노인들은 이미 '일본 국민의 신분을 이미 상실'했기 때문이라는 것이 이유였다.

"일본 놈들은 피도 눈물도 없어."

도쿄에 가서 판결을 직접 듣고 온 쩡진하이는 이렇게 말했다. 쩡진하이는 배상을 요구하는 각 단체의 대표와 함께 일본 국민에게 직접 호소하기로 결정하고, 도쿄 현지에서 임시로 전단을 찍어 예전에 그들이 '충직한 일본인으로 화난과 남양 군도의 전쟁터에 배치되었으며……'라고 설명해주었다. 그들은 전단을 받은 일본인이라면 틀림없이 열정적으로 악수를 청하며 위로하고 감사와 지지를 표할 것이라고 생각했다. 하지만 그렇게 큰 도쿄 시의 거미줄 같은 도쿄 역을 지나는 사람 중에 늙은 사람이든 젊은 사람이든 전단을 받으려는 일본인은 아무도 없었고, 오히려 귀찮다는 표정을 차갑게 지으며 코끝으로 노인들이 나눠주는 전단을 받기를 거부해버렸다.

"망할 놈들, 일본인들은 정말 피도 눈물도 없어!"

쩡진하이가 말했다. 얼마 전까지 이렇던 쩡진하이가 최근 반년 사이에 다시 활동을 시작했다.

"예전에 타이완 사람들이 일본에 가서 배상을 요구할 때 국민당 정부는 얼굴도 내밀지 않았소."

쩡진하이가 말했다.

"일본인을 도와 중국과 싸웠던 우리들을 위해 이 정부가 나서주겠냐고 천엔레이 위원이 말하더군요."

또 쩡진하이는 '타이완 사람 스스로의 정부'로 바꿀 기회인 지금, 정부를 바꿔야만 타이완 사람들이 일본 정부에 배상을 요구할 때 누군가가 나서줄 것이라고 했다. 쩡진하이는 체면이 서는 천 위원을 모시고 곳곳으로 타이완 출신의 일본군을 찾아다니며 '정부를 바꾸기' 위해 열심히 표를 긁어모았다.

내년 3월에 정말로 정권이 바뀌면 위상이 올라갈 천엔레이의 지위로 더 큰일을 할 수 있을 것이며, 천 위원은 이번 위령비 설립을 주도하면서 "일본 참의원 몇 명과 자위대 장교도 위령비 낙성식에 참석하도록 부탁했네. 우선은 일본 정계나 군부와 좋은 관계를 유지해야 하니까"라고 하였다. 쩡진하이는 린뱌오에게 반드시 군복을 단정하게 입고 낙성식에 참석해야 한다고 당부했다.

낙성식장에 와서 린뱌오는 옛 지인들을 많이 만났고 다른 타이완 출신의 일본군들도 여러 명 알게 되었다. 위령비 낙성식장의 신사 숙녀와 노병들 사이에서 유창한 일본어와 서투른 일본어가 뒤섞여 흘러 나왔다. 식이 끝난 후 쩡진하이가 흰 장갑을 벗으며 속상한 듯 린뱌오 노인에게 말했다.

"천 위원이 일본인을 몇 명 초청했다는데…… 왜 한 명도 오지 않았을까?"

낙성식 한쪽에 주차되어 있던, 주위의 나무 그림자가 선명히 비칠 만큼 깨끗이 창문을 닦은 검은 세단들이 일본어를 능숙히 하거나 일본어를 하지 못하는 신사 숙녀들을 태우고 하나하나 식장을 빠져나갔다. 린뱌오는 차 주인이 차 옆에서 이야기를 나누느라 아직 떠나지 않은 두 대 외에 잔디 위의 차들이 모두 빠져나가는 모습을 지켜보았다. 린뱌오는 쩡진하이가 옆에 서서 하는 말을 들었다.

"우리는 하루가 다르게 늙어가고 있소. 다음에도 이렇게 모일 수 있을지는 모르는 일이지요."

쩡진하이는 앞으로 새 정부가 들어서면 타이완 군을 위해 힘을 써주길 바란다는 말도 잊지 않았다.

"참, 보시오. 이 노인들은 각자 알아서 집으로 돌아가야 하는데, 천 위원은 도시락 같은 것도 하나 나눠주지 않았어요."

쩡진하이가 원망스럽게 말하였다.

핑 시에서 허전으로 돌아오는 열차에서 린뱌오는 아들 신무를 떠올렸다. 신무는 아주 부지런한 젊은이라 농사일을 하면서도 전혀 피곤해하지 않았다. 린뱌오는 아들을 보면서 옛날 소작농 생활을 할 때의 자기 모습을 보는 것 같아 기분이 좋았다. 그러나 신무는 자기와 달리 농촌을 떠나 집안을 일으켜보겠다는 생각을 했다. 린뱌오는 항상 아들에게 예전에 농민들이 얼마나 힘들고 가난하게 살았는지를 얘기해주곤 하였다.

"사람은 분수를 알아야 해, 본분을 지켜야지."

린뱌오가 말했다.

아마 며느리 바오구이(寶貴)가 머리맡에서 부추겼을 것이다. 린뱌오는 열차 안에서 생각했다. 신무가 스물네 살쯤 되던 그해, 농사를 지어 번 돈으로는 비료나 농약은 물론 일용품을 사기도 턱없이 부족해서 마을의 젊은이들은 막노동을 하려고 하나 둘 도시로 나가기 시작했다. 그러나 신무는 달랐다.

"아버지, 객지로 나가 친구와 철공소를 열어볼까 해요."

신무가 말했다. 그의 친구 쿤웬(坤源)은 타이베이의 산충(三重)에 있는 스테인리스 가공 공장에서 몇 년 동안 일을 하고 있었다.

"무역회사와 먼저 계약하고 물건을 판매하니까 돈 벌기가 쉬워요."

신무가 말했다. 린뱌오는 무거운 얼굴을 지으며 허락하려 하지 않았다. 결국 농사를 지어서는 도저히 생활을 유지할 수 없는 상황이 되자, 린뱌오는 다른 사람을 통해 타이베이에서 온 '리 사장'이라는 사람에게 집을 지을 용도로 땅을 팔아버렸다. 신무는 땅값의 3분의 1과 아내와 세 살 된 딸 웨즈를 데리고 타이베이의 산충 시로 멀리 떠나가버렸다……

3

다음 날 아침, 마정타오는 평소보다 일찍 일어나 먼저 충효공원의 두 그루 녹나무 아래로 가 기마 자세로 서서 눈을 감고 손을 앞뒤로 흔들었다. 아침에 마정타오는 타이베이에 갈 준비를 하고 집을 나섰다. 그래서 손을 흔드는 운동을 마친 다음 작은 가방을 들고 공원을 나왔다. 그는 도로에서 낡은 군용차 한 대가 지나가기를 기다렸다가 이쪽저쪽을 잘 살핀 후 조심스럽게 길을 건너 다시 버스 정류장 표지판을 따라 걸었다. 그러던 중 갑자기 자동차 브레이크 소리가 날카롭게 들려왔다. 마정타오가 소리 나는 쪽으로 고개를 돌리자 운전병이 크게 욕하는 소리가 들렸다.

"제기랄! 죽으려고 환장했어?"

마정타오의 노화된 눈에 트럭 옆에서 운전병을 올려다보며 욕을 하고 싸우는 사람의 그림자가 비쳤다. 군용차는 지나갔고 별다른 사고는 나지 않았다. 마정타오는 모퉁이를 돌아 떠우장 기게로 들어갔다.

마정타오는 타이완 사람이 주인인 이 떠우장 가게를 좋아했다. 다른 가게의 샤오빙은 너무 바삭하게 구워 먹을 때면 샤오빙 부스러기로 식탁이 금방 어질러지지만 이 집에서 굽는 샤오빙은 달랐다. 이 집 샤오빙은 씹는 맛이 꽤 있어서 씹으면 샤오빙 껍질과 요타오(油條)*의 향이 함께 느껴졌다. 마정타오는 샤오빙, 요타오와 달걀을 넣은 뜨거운 떠우장 한 그릇을 시켰다. 그때 옆자리에서 갑자기 대륙의 군인 출신인 듯한 노인들의 소리가 들렸다. 그들은 어제 나온 텔레비전 뉴스에 대해 이야기하는 것 같았다.

"하나같이 일본군 복장을 입고 있더라니까."

남색 체크 무늬 셔츠를 입은 삐쩍 마르고 작은 노인이 말했다.

"손에는 큼지막한 일본 해군 군기까지 들고 있더군. 허 참!"

"모두 매국노들이야."

쓰촨(四川) 사투리를 쓰는 사람이 분노에 찬 소리로 말했다. 마정타오는 그가 누군지 알고 있었다. 그 늙고 깡마른 영감이 충효공원에서 태극권을 단련하는 모습을 항상 보아왔기 때문이다. 그는 태극권 동작을 끝까지 전부 마치기 전까지는 감은 눈을 뜨지 않았다.

"그 일본 해군기를 보고 있자니까 속이 영 상하더군."

남색 체크 무늬 셔츠를 입은 말라깽이가 말했다.

"그해에도 일본 해군의 육상 전투 부대가 바로 그 깃발을 들고 상하이로 쳐들어왔지. 내 눈으로 직접 봤다니까."

펄럭이는 일본 깃발 아래에서 일본인들은 상하이와 전 중국을 누비며 살육에 방화에 노략질을 했다고 그는 말했다.

---

* 油條: 밀가루 반죽을 길게 늘여 기름에 튀긴 것.

"정말 잊을 수가 없어!"

깡마른 노인이 말했다.

"모두 매국노들이야!"

쓰촨 영감이 말했다. 그는 자기가 이제 너무 늙었다고 말하면서, 만약 20년만 젊었어도 그곳으로 가서 정정당당하게 그놈들을 깨끗이 손봐줬을 것이라고 말했다.

"정말 못 봐주겠더라고."

남색 체크무늬 셔츠를 입은 마른 영감이 말했다.

"그 시뻘건 욱일기에 얼마나 많은 중국인의 선혈이 물들었는데……"

"그러게 말이야. 하나같이 쳐 죽일 매국노들이지. 그런데 도대체 어디서 굴러온 매국노들인지 알 수가 없단 말이야!"

쓰촨 사람이 말했다.

마정타오는 조용히 아침을 먹은 후 버스를 타고 기차역으로 가서 타이베이로 가는 급행열차에 몸을 실었다. '모두 매국노들이야!' 쓰촨 사람의 저주가 달리는 기차의 시끄러운 소리 속에서 계속 맴돌았다. 그는 창밖을 바라보았다. 회색 승용차 한 대가 밭 사이의 작은 길을 달리고 있었다. 마정타오는 남만주의 철도를 떠올렸다.

일본이 패전을 선포하기 일주일 전, 리한성(李漢笙) 선생이 헌병대로 전화를 걸어 즉시 선양으로 자기를 만나러 오라고 했다.

"급한 일이니 한번 왔다 가게."

리한성 선생은 짧고 간결하게 말했다. 마정타오는 곧 열차를 타고 광활한 둥베이의 평원을 달렸다. 반(反)제국주의 항일 유격대 '항련(抗聯)'이 매복해 있다가 열차를 공격하지 못하도록 일본인들이 철로 양쪽에 빽빽하게 심어놓은 수수밭이 보였다. 철도 양쪽으로 열다섯 걸음 정도 넓이의 수수밭은 마치 일본인이 이발 기구로 밀어버린 듯 줄기가 모두 잘려서 회황색의 진흙이 그대로 드러났다. 당시 일본군은 광활한 화베이(華北), 화난 지방과 아득한 남양의 열도에서 이미 죽음의 늪에 빠진 상태였다. 태평양전쟁 중에 영미 연합군의 막강한 전력과 궁색하고 무기력한 일본의 전력은 확실히 차이가 났다. 한동안 조용하던 항련 유격대의 기습이 다시 시작되었다. 리한성 선생이 검은색 세단을 타고 헌병대로 와서 회의를 연 것은 겨우 석 달 전이었다. 차가 정원으로 들어와 멈춰 서자, 일본 헌병이 앞으로 다가가 차 문을 열어준 후 회색 중절모에 양모로 안감을 댄 가죽 외투를 입고 얼굴에는 진한 선글라스를 쓴 리한성 선생에게 경례를 올렸다. 오전 내내 회의를 하고 부대 내의 고관 식당에서 식사를 한 후, 리한성 선생은 마정타오를 불러 상황 보고를 하도록 했다.

"항련의 활동을 억제하기가 어렵습니다. 오히려 곳곳에서 더욱 활개를 치고 있습니다."

마정타오가 소리를 낮춰 말했다. 리한성 선생은 아무 말이 없었다. 그의 검은 안경이 마정타오를 더욱 초조하게 했다. 마정타오는 헌병대가 '의심스러운' 시민과 농민 그리고 항일과 반만(反滿)의 경향이 조금이라도 보이는 청년과 학생들을 잡아들일 수 있을 만큼 잡아들이고 또 죽일 놈들은 죽였다고 말했다.

"그토록 여러 해 동안 그렇게 많은 사람들을 잡아들이고 죽였더니 그들은 더욱 교활하고 지능적으로 변했습니다."

마정타오가 말했다. 리한성 선생은 여전히 아무 말도 없이 파이프 담배만 피우고 있었다.

"내가 자네를 정보부에서 빼라고 했네."

그가 말했다.

"총무부로 가게. 각 부서와 사무국의 재정이 상당하니 자네가 그것을 관리하게."

리한성 선생이 창밖을 바라보며 말했다. 창밖의 은행나무 두 그루가 겨울의 태양 아래에서 온몸 가득 햇빛을 받고 있었다.

리한성 선생은 일본에서 유학을 한 청년으로, 일찍이 마정타오의 부친 마쉬제를 도와 대두 사업을 관리하면서 일본 상인과 군부를 둥베이 지역의 친일 상인들과 연결해주는 일을 했었다. 리한성 선생은 유창한 일본어와 능숙한 일처리 덕분에 일본 군부와 특무 관료와 상인들의 눈에 들었고, 머리 회전이 빠른 마쉬제는 곧바로 그를 일본인들에게 추천해주었다. 그로부터 10년도 되지 않아 리한성 선생은 만주 일본 당국의 신임을 받아 만주국 경찰서의 '고문'으로 임명되었다. 만주의 특무관료 체계에서 대단히 권위가 높은 중국인 중 한 명이 된 것이다.

그때 마정타오는 선양을 향해 달리는 열차의 일등칸 차 문이 열리면서 차장과 일본 헌병 한 명과 만주국 경찰 한 명이 들어와 승객들의 신분증과 차표를 검사하는 모습을 보았다. 유격대의 항일 활동이 더욱 활발해지자 승객에 대한 검문은 더욱 엄격해졌다. 마정타오는 정세가 갈수록 불안해지면서 '불길한 항일 활동'에 '매국노를 타도하자'는 구호까지 나오고 있다는 최근의 치안 보고서가 생각났다. 친일파 관료와 문화계 인사, 유명인과 상인들을 암살하는 사건이 많지는 않았지만 점점 자주 들려오고 있었다. 차창 밖으로는 수수밭이 끝없이 펼쳐져 있었다. '중국에서의 일본인 운명이 이처럼 단명하리라고 누가 예상했겠는가?' 마정타오는 생각했다.

리한성 선생은 독일 상인이 남기고 간, 정원이 딸린 서양식 저택에 살고 있었다. 담장 안팎으로는 정복과 사복을 입은 경비병들이 서 있었다. 마정타오가 큰 철문 옆의 작은 문을 통해 리한성 선생의 저택으로 들어가자, 철망에 갇혀 있던 큰 늑대 개 세 마리가 앞발을 꼿꼿이 세운 채 철망에 매달려 날카로운 이빨을 무섭게 드러내고 미친 듯 짖어댔다. 권총을 찬 수위가 맹렬히 짖어대는 짐승들을 가볍게 꾸짖고는 벽난로에서 활활 불꽃이 타오르는 집 안으로 마정타오를 안내했다.

리한성 선생이 응접실로 들어서자, 마정타오는 이즈음 초조하고 방황하는 만주국의 모든 관리에게서는 결코 볼 수 없었던 여유와 침착함을 느낄 수 있었다. 리한성 선생은 마정타오에게 총무부의 업무 상황을 자세히 묻고, 헌병대의 재산과 무기, 집, 토지 등 각 항목의 세부사항에 대해 물었다.

"충칭(重慶)에서 연락이 왔네."

리한성 선생이 가볍게 말했다. 마정타오는 너무 놀라 아무 말도 못하고 앉아 있었다.

"충칭은 둥베이에서 한참 멀어. 지금 그들에게는 전쟁이 끝난 후 소련군과 팔로군*이 일본 만주국으로부터 둥베이 지방을 접수하는 것을 막을 힘이 없네."

리한성 선생이 무표정한 얼굴로 말했다.

"그들은 우리에게 뭔가를 바라고 있어."

마정타오는 여전히 눈만 크게 뜨고 아무 말도 하지 못하고 있었다. '전쟁이 끝나서…… 이런 상황에 이른 것인가?' 그는 멍하니 생각하고 있었다.

---

* 항일전쟁 때 화베이(華北)에서 활약한 중국 공산당 주력군의 명칭.

"일본 헌병대의 모든 재산과 자원을 완전히 장악하고 있어야 하네."

리한성 선생이 명령하듯 말했다.

"난 진작 예상하고 있었네. 그래서 자네를 살인과 방화가 주된 업무인 정보부에서 빼낸 것이지."

순간 마정타오는 모든 것이 분명해지는 느낌이었다. 일본이 정식으로 항복을 선포한 지 얼마 되지 않아 충칭에서는 사람을 보내 중앙정부의 도장이 찍힌 정식 임명장을 리한성 선생에게 전달했다. 일본이 패전하고 모든 사람들이 기쁨에 들떠 있을 때, 리한성 선생은 뜻밖에도 충칭에서 둥베이 지방으로 잠입 활동한 국민당 지하 공작원의 신분이 되어 '화베이 지방 위로사절'의 수장으로 정식 임명된 것이다. 교환 조건은 일본과 만주국이 둥베이 지역에서 소유하고 있던 일체의 재산과 무기, 정보, 특무 관료와 경찰과 헌병의 체계, 자원과 안전 관련 공문서 및 그동안 감옥에 구속되어 있던 공산당계 반만 항일분자의 명단 일체를 이후 국민당 정부에 넘기는 것이었다. '일본에 달라붙어 협조했던' 문인과 경찰들이 매국노가 되어 사람들에게 욕을 먹고, 새로운 권력에게 체포되어 심문을 받고 심지어는 투옥되어 처형을 당하기도 했지만, 마정타오는 리한성 선생과의 관계 덕분에 둥베이 쪽 적지에 장기로 잠복해 있던 '애국' 지하 공작원으로 변신하여 '국민당 군의 둥베이 지역 통수작업'에 참여하게 되었다. 이후 리한성 선생은 국민당에서 선발대로 파견한 사람들을 뇌물로 매수하여, 매국 행위로 감옥에 수감되어 있던 친일 관료와 인사들에게 둥베이로 잠입한 국민당 지하 공작원임을 증명하는 문건을 발급해주었다. 그들 모두가 지하의 감옥에서 지상의 옥좌로 탈출하게 된 것이다.

"중국의 대세를 보건대, 앞으로 몇십 년간은 반공이 가장 중요한 임무가 될 것입니다."

리한성 선생은 구 만주국 때부터 수족으로 부려오던 새로운 정보 요원들을 초대한 자리에서 이렇게 말했다.

"우리는…… 구 만주국 시대를 돌이켜봐도, 그때 주로 한 일이 바로 공산당을 반대하고 막는 것이었습니다. 지금 당국에서 시행하는 반공(反共)과 방공(防共)의 임무는 여러분과 같은 무명의 영웅들에게 의지할 수밖에 없습니다."

끝자리에 앉아 있던 마정타오는 연회장의 휘황찬란한 조명과 좋은 음식과 술, 열렬한 박수 소리를 여전히 기억하고 있다. 벽에 걸려 있던 푸이의 거대한 초상화는 위원장의 초상으로 일찌감치 바뀌어 있었다. 두 사람의 생김새는 달랐지만, 온몸에 달린 훈장과 견장의 무늬는 거의 다를 바가 없었다. 당시 마정타오는 이런 생각을 하고 있었다.

리한성 선생에 따르면, 충칭은 신속하게 전후 일본의 관동군부와 아무런 장애 없이 연락할 수 있었다고 한다. 수백만 관동군과 헌병대는 국민당 정부만을 인정하고 투항하라는 명령을 받고, 중앙 군정기관이 도착하기 전까지는 각자의 자리를 굳게 지키며 총 한 자루, 총알 하나도 절대 소련의 괴뢰 점령군이나 팔로군에게 내주어서는 안 된다는 명령도 받았다. 또 국민당 정부에서 선발로 파견한 인사들의 지휘하에, 뤼다(旅大)*에 있는 미군과 협조하여 소련군이 남하해 둥베이 지방을 점령하지 못하도록 지키라는 명령도 받았다. 리한성 선생은 충칭의 최고위 당국이 미국과 소련의 충돌로 발발할 수 있는 제3차 세계대전의 상황에 전략의 중점을 두고 있다고 마정타오에게 알려주었다.

"위원장께서는 미국과 중국 두 나라가 연합하여 소련과 공산당에 대

---

* 지금의 다롄(大連).

적하는 상황을 예견하셨네. 멀리 바라본다는 건 바로 이를 두고 하는 말이야. 어제의 적이 오늘의 친구가 되는 것이지."

리한성 선생이 말했다. 그의 말에 따르면, 국민당 정부는 일본 관동군 고위층과 소통하는 임무를 이미 그에게 맡겼다고 한다.

"일본이 전후 둥베이 지방에서 공산당을 막을 수 있게 협조하는 조건으로, 우리는 첫째, 오카무라 야스지*를 위시한 몇몇 전범을 처벌하지 않고, 둘째, 2백여만에 달하는 관동군과 일본 교포의 안전한 귀국을 보장해주기로 했지."

리한성 선생이 말했다. 책상 위의 큰 스탠드가 그의 왼쪽 얼굴에 비치자, 순간 음침해진 오른쪽 얼굴의 눈이 반짝 빛을 발했다.

"하물며 오카무라 야스지도 쓸모가 있는데, 우리가, 두려울 게 뭐가 있나…… "

리한성 선생이 미소를 띠며 말했다.

타이베이로 향하는 급행열차에 앉아 마정타오는 여전히 차가운 얼굴로 미소 짓고 있었다. 창밖으로 보이는 논에는 이제 막 벼가 꽃을 피우기 시작했다. 빠르게 달리는 열차에서 창밖을 보니, 꽃이 피어나고 있는 논은 마치 엷은 안개로 뒤덮인 듯 보였다. '전부 매국노들이야!' 마정타오는 아침에 떠우장 가게에서 들었던 말들이 떠올랐다. 수십 년이 지나도록 누가 '매국노'라고 다른 사람을 욕하는 소리를 들어본 적이 없었다. 세상일이 모두 그런 거친 사람들이 생각하는 것처럼 간단해져버린다고 마정타오는 생각했다. 그는 일본 사람들이 전쟁에서 패하고 만주국이 무너진 그해

---

* 岡村 寧次: 일본군의 중국 파견 총사령관.

8월을 기억하고 있다. 10월 초에 미국인들은 하늘과 땅과 바다를 통해 충칭의 대원과 소수의 군경들을 광활한 둥베이 지방으로 데려다주었다. 리한성 선생은 계산이 빠르고 철저한 사람이었다. 그는 마정타오와 몇몇 간부들을 데리고 중앙에서 온 대원들을 위해 그럴싸한 임시 사무실을 구해주고, 과거 일본에 붙어먹던 지방의 유지와 상인들을 시켜 날마다 풍성한 음식으로 연회를 마련하여 밤낮을 가리지 않고 노래 부르고 춤을 추며 충칭에서 온 새로운 주인의 비위를 맞춰주었다.

"산해진미와 좋은 술과 아름다운 여자는 하루도 거를 수 없지."

리한성 선생이 말했다. 그는 중앙에서 먼저 파견한 관원의 신임을 금방 얻었다. 그의 비호 아래 영민한 마정타오는 일본인이 남긴 방대한 '적산가옥과 재산' 중 호화주택과 차량을 규모에 따라 나누어 관직의 고하에 맞게 관원들에게 안배해주었다. 물론 구 만주 시절 일본에 빌붙어 큰 재산을 모은 지방 유지와 상인들도 주도면밀하게 나서서 그들을 소홀히 대하지 않았다.

그들은 금실과 은실로 물샐틈없는 그물을 짜서 마정타오가 연결해놓은 바늘과 실을 사용해 아편 밀수로 얻은 이익을 서로 분배하고, 뇌물을 주고 여자를 바쳐 위로 사절 부서나 군 사령부의 전문위원, 참모, 비서 같은 직함을 얻어 하루아침에 애국지사가 되었다.

대담한 신문과 잡지들은 그들이 피폐해진 전후 화베이의 대지에서 '봉쇄된 성루를 관리하며 주지육림의 호화스럽고 사치스러운 생활을 보내고 있다'고 비판하기 시작했다. 성루는 안전하고 견고했다. 그해 봄 난징에서 갑자기 전해 온 다이리*의 비행기 사고 사망 소식도 그 은밀한 성

---

* 戴笠: 국민당 특무부대 정보부 출신으로 1946년 3월 17일 난징으로 가는 도중 비행기 사고로 사망했다.

루를 흔들어놓지는 못했다. 리한성 선생은 둥베이 각 성에 '다이 선생'을 위한 고별식을 거행하도록 명령하였다. 정부, 군대, 정보국의 각 인사들은 진심이든 아니든 모두 만장을 보내고 친히 고별식에 참석하였다. 여름이 되어 군통국은 간판을 내렸지만, 리한성 선생은 군통국의 임무를 그대로 계승한 중앙정보국 소속 창춘(長春) 감찰지국의 국장으로 임명되었다.

그로부터 한 달 후, 국민당 군은 갑자기 전국의 주요 중국 공산당 근거지를 공격하기 시작했다. 감찰국의 1차 간부회의에서 리한성 선생은 두꺼운 공문서 위에 손을 올려놓으며, 상하이와 난징에서는 학생과 노동자, 공산주의자들이 들고 일어났지만 둥베이 지방만은 아직 조용하다고 말했다.

"상부에서 칭찬이 대단합니다."

그가 말했다.

"이런 현상은 결코 우연이 아닙니다."

리한성 선생은 자리에서 일어나 벽에 걸려 있는 전국 지도에서 둥베이 3성 지역 대부분을 손바닥으로 가렸다.

"둥베이 지방은 내륙에서 한참 떨어진 또 다른 세계입니다. 내륙의 폭풍우가 둥베이 지방까지 몰아칠 수는 없습니다."

그가 말했다.

"다시 말하지만, 일본 만주국 시대에 우리가 얼마나 많은 공비들을 체포하고 죽였습니까? 지금 둥베이 지방이 조용한 건 그때 미리 해두었던 일 덕분입니다."

그러나 리한성 선생의 입은 너무 빨랐다. 결국 그 말이 맞지 않았다고 마정타오는 생각했다. 겨울에 큰 눈이 내려 창춘 시가 꽉 막혀버렸을 때, 둥베이 지방의 남쪽에 인접한 베이핑에서는 선충(沈祟) 사건*이 터지자 베이징 대학에서부터 시작된 중국 주둔 미군 철수 요구는 일파만파 번져나갔다. 감찰국은 긴장하기 시작했다. 베이핑의 부처로 끊임없이 전화를 걸어본 후에야 선충 사건이 심안림(興安嶺)의 삼림에서 일어났던 산불의 뜨거운 바람처럼 하늘까지 닿을 연기와 불을 감싸 안은 채 중국 전역으로 번져가고 있음을 비로소 알게 되었다.

감찰국은 연이어 회의를 여느라 사무실 불이 꺼질 틈이 없었다. 새벽이나 밤에는 일본인이 남기고 간 육중한 군용차와 미국식 신형 지프가 감찰국의 넓은 뜰에서 서둘러 빠져나가 '공비 혐의자'와 중국민주동맹 분자들을 잡아들였다. 일본인들이 남겨놓은 '정원(靜園)' '우원(雨園)' '이원(怡園)' 같은 작은 돌 간판을 단 수많은 관저가 모두 철문으로 굳게 잠긴 채 삼엄하게 경비를 서는 비밀 감호소와 조사실로 쓰였다. 마정타오는 밤낮을 가리지 않고 비밀리에 진행하는 체포와 납치, 고문과 심문을 지휘했다. 그는 예전부터 알고 지내던 평론가 저우수(周恕)가 잡혀 들어온 것을 보고 깜짝 놀랐다. 저우수는 일본 만주국 시대 때 정부 '홍보처'에 협조하고, 반(半)관방 잡지 『만주공론(滿洲公論)』과 『대동보(大同報)』의 문화면 '야초(夜哨)'에 친일 문장을 쓰기도 하고, 일본인이 주최한 '대동아문학회의'에 출석한 적도 있었기 때문이다.

"나보고 어떻게 된 일이냐고 묻지 말게. 자네도 일본 헌병에서 군통국으로 변신하지 않았나?"

저우수는 만두처럼 부어올라 찢어진 입술로 고문실의 마정타오에게 말했다. 그에게서 영웅다운 모습은 전혀 볼 수 없었다. 그의 몸은 온통 피멍과 상처투성이였다. 그는 고통스럽게 신음하고 두려움에 온몸을 떨었

---

* 1946년 주중 미군이 베이징 여대생을 강간 살해한 사건.

다. 그러나 고춧가루 물을 먹이고 밧줄로 매달아놓고 두들겨 패도 핏물이 낭자한 그의 찢어진 입에서는 어떤 이름이나 주소, 기관에 대한 말을 들을 수가 없었다. 마정타오는 직업적인 본능으로 그가 쇼크사할 수 있음을 깨닫고 가까이 다가가 살펴보았다. 순간 저우수는 마정타오의 온몸에 선혈을 토한 후 눈을 꼭 감고 죽고 말았다. 마정타오가 목욕에 집착하게 된 것은 바로 그때부터였다.

그러나 마정타오는 차츰 마음 깊은 곳에서부터 지울 수 없는 불안과 근심을 느끼기 시작했다. 특무경찰들이 쳐놓은 정보망은 일본 만주국시대보다 오히려 더 치밀해지고, 고문 기술도 일본 만주국 시대보다 더욱 독하고 잔인해졌다. 하지만 오랜 전쟁에 지칠 대로 지친 이 민족은 평화와 안녕의 날을 갈망하다가 어느새 분노의 경지까지 이른 것 같았다. 여름과 가을이 지나자 내전을 반대하고 평화로운 건국과 민주개혁을 요구하는 외침과 함께 둥베이 지방의 상황도 역전이 되고, 전국적으로 수업 거부와 노동자 파업, 상인의 동맹 파업 풍조가 중국의 전 대지를 뒤흔들었다.

다음 해 여름, 중앙정보국의 지휘하에 신속하게 전국적인 체포령이 내려지자, 창춘의 감찰국도 밤낮을 가리지 않고 수많은 교사와 대학생, 편집인, 노동조합원, 민주인사들을 잡아들였다. 둥베이 지역의 비밀감옥, 감호소, 취조실은 모두 미어터질 지경이었다. 둥베이 지방의 상황은 심각했다. 수천수만의 사람들이 들고 일어나 맨손으로 권총과 채찍에 대항해 저항했다. 마정타오는 언제든 사람들을 벌벌 떨게 할 수 있는 특무부의 권력도 뜨거운 태양 아래의 얼음처럼 금방 녹아 증발해버릴 수 있음을 그때 처음으로 깨달았다. 구치소와 취조실에는 제대로 심문도 할 수 없을 정도로 많은 수천 명의 '공비 혐의자'들이 잡혀 들어왔다. 나뭇잎은 나날이 붉게 물들고, 서쪽에서 불어오는 가을바람이 하루가 다르게 차가워지던 8월 말, 국민당과 공산당의 대군은 광활한 둥베이 대지의 랴오선(遼瀋), 화하이(淮海), 핑진(平津) 세 지역*에서 목숨을 건 결전을 벌이고 있었다. 9월에 창춘은 공산군에게 포위되었고 리한성 선생은 하루 전에 전용열차로 그곳을 빠져나갔다. 마정타오도 변장을 하고 포위망을 뚫었지만, 중간에 해방군과 민병대에 가로막혀 다른 국민당 간부, 경찰들과 함께 지린(吉林)의 수용소로 압송되었다.

기차가 타이중(臺中) 시를 지나 다시 몇 개의 역을 스쳐갔다. 타이베이가 멀지 않았다. 오늘은 리한성 선생의 기일이다. 리한성 선생은 그보다 거의 1년 먼저 타이완으로 왔다. 타이완에도 정보부는 여전히 있었지만, 전국 각 성과 시의 정보부 직계 간부들이 물밀 듯 타이완으로 들어왔으므로 리한성 선생처럼 '괴뢰 만주'에 빌붙었던 특무관리에게까지 돌아갈 자리는 없었다. 세상 돌아가는 이치를 잘 알았던 리한성 선생은 일찌감치 은퇴했고, 그로부터 몇 년이 지나 노민총의원(勞民總醫院) 특실에서 노환으로 눈을 감았다. 매년 이맘때면 마정타오는 꼭 타이베이로 올라와 차오산(草山)의 오래된 공원묘지에 있는 리한성 선생의 묘에 향을 피웠다.

'육군 소장 리한성의 묘'

마정타오는 외롭게 서 있는 묘비를 떠올렸다. 묘비의 글자는 마오(毛) 국장이 친히 쓴 것이다. 리한성 선생은 마정타오의 인생에서 가장 큰 보

---

* 중국 공산당과 국민당이 1948년 9월에서 12월 사이에 벌였던 3대 전투.

살핌과 가르침과 영향을 준 사람이었는데……

마정타오의 기억은 국민당 군정의 경찰과 특무원을 전문적으로 수용했던 지린 공안부 '해방단'의 담장에 이르렀다.

해방단은 대웅전의 진흙 관음상이 두꺼운 먼지를 뒤집어쓰고 있는 지린 시 교외의 오래되고 허름한 암자에 설치되었다. 하지만 이 암자는 채소밭까지 모두 합치면 6천 평도 넘는 크기였다. 암자에는 선방과 식당, 주방이 모두 갖추어져 있었다. 암자의 흙담은 높지 않았고 새로 설치한 철조망도 그다지 조밀하지 않았다. 해방단의 감시도 느슨했다. 갖고 있던 현금이나 귀중품 따위를 몰수하지도 않았으며, 짐이나 소지품을 검사하지도 않았다. 마정타오는 매우 의아해하면서도 분명히 다른 의도가 있을 것이라는 생각에 언제나 불안했다. 그나마 다행인 것은 암자에 수용된 자들 대부분이 국민당군의 군관이라는 점이었다. 그들은 아직도 다림질 자국이 선명한 미제 모직 군복을 입고 이리저리 오갔지만, 그들 중에 마정타오를 알아보는 사람은 거의 없었다.

10월의 어느 날 아침, 마정타오는 세면대에서 세수를 하고 있었고, 그 옆에서는 통통하고 앞머리가 벗겨진 어떤 사람이 고개를 숙인 채 바쁘게 이를 닦고 있었다.

"마 선생님, 마 소장님, 당신도 오셨군요."

그는 머리도 들지 않고 말했다. 마정타오가 보니 그는 창춘시 경찰국 보안대의 분대장 중 한 명이었다. 당시 마정타오는 임시로 조직된 특훈반에서 수업을 하고 있었다.

"소장님이라고 부르지 마시오."

마정타오는 입을 벌리고 웃으며 수건으로 얼굴을 닦았다.

"지금 나는 리우안(劉安)이라 불리고, 제5군 후방지원 연대의 소위로 소대장이었소."

그가 소리를 낮춰 말했다.

"여기 오기 전에 우리는 모르는 사이였소."

"알겠습니다."

분대장은 힘주어 이를 닦고 양칫물을 세면대에 뱉었다.

"안녕하십니까."

그가 마정타오에게 큰 소리로 인사하며 웃어 보였다.

"날씨가 추워졌네요."

마정타오가 수건을 비틀어 짜며 말했다.

"그러게요. 듣자 하니 진저우(錦州)도 해방이 되었다는군요."

분대장이 말했다.

"음."

마정타오가 말했다.

"또 얘기합시다."

그는 분대장에게 무척 예의 바르고 선량한 미소를 지은 후 눈짓을 한 번 하고 자리를 떴다.

진저우를 이렇게 금방 잃다니! 마정타오는 상황을 생각하며 크게 놀랐다. 진저우가 함락되었다면 선양의 국민당 군대는 '독안에 든 쥐'나 다름없었다. 창춘이 해방되면 공산당은 창춘의 해방군을 다시 선양으로 보낼 것이고……라고 마정타오는 생각했다. 그의 속은 빠작빠작 타들어갔다.

"지금 내 몸이 지린의 해방단에 갇혀 있는 건 엄연한 사실이고, 설령 공산당이 곧 나를 내보내준다고 해도 내가 도망치는 것보다 전쟁의 형세가 훨씬 빨리 무너지겠지."

마정타오는 혼자 중얼거렸다.

"그럼 내게는 더 이상 빠져나갈 구멍이 없다는 것인가?"

세번째 날 아침, 암자의 담장 안 사람들이 둘셋씩 무리를 지어 뜰을 따라 돌았다. 마정타오는 예전에 자기가 잡아들였던 정치범들도 지금처럼 감옥 담장 아래를 빙빙 돌던 기억이 떠올랐다. 암자 안에 늘어선 백양나무는 잎이 거의 다 떨어지고 없었다. 마정타오는 발걸음을 좀더 빠르게 재촉하며 이름이 자오다강(趙大剛)이라 기억되는 그 분대장을 옆 눈으로 바라보았다. 마정타오가 멀찍이서 자오다강에게 손을 흔들었다.

"안녕하시오."

마정타오가 말했다. 두 사람이 이제 처음 알게 된 것처럼 자오다강도 그에게 손을 흔들어 보였다. 자오다강이 걸음을 늦추자 마정타오가 곧 그를 따라잡았다.

"어제 등록표가 발급되었다오."

마정타오가 말했다.

"어떻게 써넣어야 하겠소?"

"정말 골치 아픕니다."

자오다강이 말했다.

속일 만한 꺼리가 없는 사람들이나, 미국식 군복을 입고 건들건들 다니는 자들이나, 기가 꺾여 의기소침해 있는 국민당 장교를 제외하고는 대부분 사람들 모두가 그럴듯한 경력을 잘 꾸며내야 할 것이라고 자오다강은 말했다.

"앞으로 어떤 양식을 기입하거나 어떤 자술서를 쓰더라도…… 처음에 꾸며낸 것에 따라 써야 합니다."

그가 말했다.

"앞뒤 말이 다르지 않도록 말이지요."

마정타오가 말했다.

"사실 가끔 앞뒤가 맞지 않는다 해도 그렇게 시시콜콜 따지지는 않는다고 합니다만."

자오다강이 한숨을 푹 내쉬며 말했다.

"그들이 일망타진하겠다고 나서면 우리는 결국 어떻게 해도 숨을 수가 없습니다."

마정타오는 말이 없었다.

"솔직히 부는 게 좋아. 우린 네놈들에 대해 알 만큼 알고 있으니까!"

그는 취조실에서 초조함와 두려움에 떨고 있는 대학생에게 자기가 몇 번이나 했던 협박조의 말이 떠올랐다.

"나도 당신 말대로 일단 초고를 하나 만들어놔야겠소."

그가 자오다강에게 말했다.

"그래야 뒤탈이 없으니까요." 자오다강이 말했다. "앞으로 문서를 채우거나 경력 따위를 써야 할 때 말입니다."

"음."

"양식을 보내면 정치보위부 간사가 찾아와서 몇 가지 질문을 하기도 합니다."

마정타오는 얼굴을 찌푸렸다.

"그럼 원고를 외우는 게 좋겠소?"

"뭐 그렇게까지 신경 쓰진 않아도 될 것 같습니다."

자오다강이 말을 하자 차가운 바람 속으로 하얀 입김이 뿜어져 나왔다.

"그렇지만 신분이 우리 같은 사람들은 철저하게 해놓지 않으면 안 됩니다. 유비무환이니까요."

그날 저녁 마정타오는 등불을 밝히고 원고를 썼다. 일찍이 일본 헌병대와 군통국에 있어봤던 그로서는 가명, 거짓 신분, 거짓 경력을 꾸며내는 것이 그다지 어려운 일은 아니었다. 그러나 써 내려갈수록 마음은 더 공허하고 두려워지는 느낌이었다. 마정타오는 그의 손에 붙잡혔던 젊은이들이 생각났다. 그들이 고문 때문에 퉁퉁 부은 손으로 힘들여 쓴 진술서에서 마정타오가 잘못된 부분을 찾아내 윽박지르며 찢어버릴 때, 두려움과 절망으로 하얗게 질리던 그들의 얼굴이 이제 등잔불꽃 속에서 하나하나 피어올랐다. 그는 자기가 아무리 머리를 짜내 쓴다고 해도 일개 조직원의 철저한 검사를 넘어서지 못한다는 사실을 너무나 잘 알고 있었다. 쓰고 찢어버리고 다시 찢어버리기를 반복하며 마정타오의 마음은 혼란하고 초조해져만 갔다.

바로 그때 마정타오는 리한성 선생이 갑자기 떠올랐다. 해방군이 도시를 포위하기 전날 밤, 깊은 어둠 속에 차 한 대가 리한성 선생의 저택 정원에서 헤드라이트를 끄고 대기하고 있었다. 리한성 선생은 중요한 문건을 자기 손으로 태워버린 후 차를 타고 탈출할 준비를 했다. 널찍한 응접실에는 마정타오와 리한성 선생 두 사람뿐이었다. 리한성 선생이 문득 마정타오에게 말했다.

"국민당 손에 잡히면 솔직히 진술해도 거의 살아남기가 힘들지." 그가 말했다.

"그러나 공산당의 수중에 떨어져서 모든 것을 솔직하게 불면 대부분 죽음은 면할 수 있을걸세."

마정타오는 헤드라이트를 끈 채 시동을 걸고 있던 차로 리한성 선생을 모셨다. 공관의 대문이 조용히 열렸다. 헤드라이트가 갑자기 밝아지면서 잘 다듬어진 정원의 측백나무와 사복 경찰관들의 어두운 그림자가 흔들리는 모습이 보였다. 차는 조용히 정원을 돌아서 신속하게 대문을 빠져나가 온 땅이 서리로 뒤덮인 칠흑 같은 어둠 속으로 사라져버렸다.

마치 신의 계시라도 받은 듯 마정타오는 갑자기 자수를 결정했다. 그는 해방단에 잡혀왔을 때 각자에게 나눠주었던 인쇄물인 '포용정책' 설명서에 한번도 관심을 두지 않았다. 그러나 선양의 위기가 코앞에 닥치고 둥베이 지방의 주인이 바뀌고 화베이 지역 전체가 점령당했다는 생각이 들자, 그는 리한성 선생의 말이 떠오르며 자기도 모르게 자수만이 살아남을 수 있는 유일한 길이라는…… 이런 확신이 들게 되었다.

찾아온 이유를 말하자 해방단은 곧 전용차로 마정타오를 지린의 공안처로 보냈다. 낡은 해방군 군복에 얼굴은 삐죽삐죽한 수염으로 지저분해 보이는 류(劉) 처장이 옳은 결정을 내렸다고 마정타오에게 말했다.

"우리는 당신을 알고 있었소."

그가 말했다.

"당신이 스스로 나선 건 당신 자신에게도 좋지만, 더욱 중요한 건 모든 인민들에게 큰 이익이 된다는 점이오."

마정타오는 리한성 선생이 자신을 일본 헌병대에서 군통국으로 보냈던 일이 떠올랐다. 그는 '만약 리한성 선생이 팔로군에게 잡혔다면 어떻게 했을까?'라고 생각했다. 그는 젠궈 대학을 졸업하고 일본 헌병대에 들어간 일을 기점으로 류 처장에게 진술을 하기 시작했다.

"이런 자료들은 나중에 천천히 진술해도 되오."

류 처장이 그에게 담배 한 대를 권하며 자기도 한 대를 물었다.

"그럼 제가 창춘 감찰국 산하 선양 지부에서 했던 일을 말하지요."

마정타오가 말했다. 그는 자신의 지휘하에 170~180명 정도의 사람들을 죽였다고 말했다.

"그중에는 당신들의 지하 공작원이 다수를 차지하고 있었습니다."

마정타오가 말을 하며 고개를 숙였다.

"큰 죄를 저질렀습니다."

"이것도 천천히 말하면 됩니다."

잠시 침묵이 흐른 후 류 처장이 다시 말했다.

"우리에게 어떤 정보가 급히 필요한지 잘 알고 있을 것이오. 망설이지 말고 솔직히 말해보시오."

오후 내내 마정타오는 정보부가 선양에 배치해둔 잠복조에 대해 남김없이 진술하고, 지하에 묻어둔 무선통신 장비, 선양에서 창춘에 이르기까지 아직 철수하지 않고 상업계와 문화계에 잠복하고 있는 군통국 분자와 숨겨놓은 무기와 총탄들도 모두 알려주었다.

그로부터 2주일이 지난 어느 날 류 처장이 그를 불러 말했다.

"당신이 말해준 내용에 조금도 거짓이 없었소."

류 처장이 친절하게 말했다.

"잡아야 할 놈들을 모조리 잡아들였다오."

그때는 11월 초의 아침이었다.

"이참에 알려주는데, 선양은 이미 해방되었소. 수많은 난민들이 지린으로 몰려들고 있다오."

류 처장이 말했다.

"어쩌면 잘 아는 사람들을 만날 수도 있을 게요."

마정타오는 무슨 뜻인지 금방 알아차렸다.

'전쟁으로 세상이 어수선했으니 내가 이미 체포되어 항복했다는 소식을 아는 사람은 없을 것이고' 마정타오는 생각했다. '결국 나를 미끼로 쓰려는 속셈이구나.'

그는 군통국 시절에 자기가 썼던 낡은 방법들이 생각났다. 이제는 돌이킬 수 없음을 그는 너무나 잘 알고 있었다.

마정타오는 사람이 많이 몰려 있는 지린 시의 한 지점으로 갔다. 공안 세 명이 그의 앞뒤로 열 걸음 정도 떨어진 곳에서 행인인 척 걷고 있었다. 마정타오는 창춘 경찰서의 감찰국장과 마주쳤다.

"마 부장, 선양에서 잡혔다고 들었는데 어찌 된 거요?"

감찰국장이 소리를 죽여 말했다.

"헛소문입니다. 언제 떠나십니까?"

"며칠 안으로 떠나오." 그가 말했다. "내가 묵는 곳에 사람들이 너무 많아서 좀 깨끗한 곳을 찾고 있소만."

"제가 있는 곳은 조용합니다. 그런데 하루이틀은 괜찮지만 오래 묵기엔 불편합니다."

마정타오는 이런저런 이야기를 하며 주소를 하나 건네주었다. 그날 밤 국장은 짐을 들고 찾아왔다가 곧바로 체포되었다. 마정타오는 길에서 마주치는 사람들에게 주소를 주기도 하고 사는 곳을 묻기도 했다. 며칠 만에 10여 명이 체포되었다. 마정타오는 철저히 협조하기로 결심했고 공안국의 절대적인 신임을 얻어냈다.

"선양이 해방되었소. 거기서 또 당신에게 부탁할 일들이 있을 것이오."

어느 날 류 처장이 마정타오와 간단한 만찬을 하며 말했다. 선양은 익숙한 곳이고 창춘은 더 잘 안다고 마정타오는 말했다.

"내일 바로 떠나겠습니다."

마정타오가 말했다.

다음 날 마정타오는 말수가 적은 젊은 간부 한 명과 함께 선양으로 향했다. 지린 역으로 가는 길에 마정타오가 낡은 회색 해방군복을 입고 있던 그 젊은이에게 말을 걸어보았지만, 그에게 돌아온 것은 벽과 같은 침묵뿐이었다. 마정타오는 사람들 소리로 시끄러운 기차역에서 느려터진 기차를 기다리다가, 자기도 모르게 예전에 정보국 취조실에서 만났던, 침묵 속에 원한을 품고 있던 한 젊은 공산당 지하 조직원이 생각났다.

'결국 나는 그들이 말하는 계급의 적일 뿐이야.' 마정타오는 뭔가 깨달은 듯 얼굴이 어두워졌다.

"화장실 좀 다녀오겠습니다."

젊은이가 말했다.

"내가 함께 가지."

마정타오가 얼른 말했다.

"화장실 앞에서 기다리겠네."

젊은이는 마치 무거운 짐을 내려놓은 듯했다. 화장실은 사람들로 득실거렸다. 그들은 변기 앞에 길게 늘어서 있었다. 젊은 간부는 몇 차례 고개를 돌려 입구에 서있는 마정타오를 확인했다. 마정타오가 그에게 웃음을 짓자 젊은이도 계면쩍은 미소를 지어 보였다. 젊은이가 고개를 숙이고 볼일을 보기 시작하자, 마정타오는 거의 본능적으로 걸음을 재촉해 수많은 난민들의 무리 속으로 휩쓸려 들어가버렸다.

4

어제 한밤중에 린뱌오는 전화 소리에 놀라 잠을 깼다. 린뱌오를 '할아버지'라고 부르는 친척이 가오슝의 옌청(鹽埕) 지구에서 걸어온 전화였다. 그는 전화에서 린뱌오의 아들 린신무를 찾았다고 말했다.

"제가 며칠을 눈여겨봤어요. 얼굴에 수염이 가득했지만 저는 아무(阿木) 삼촌의 두 눈을 분명히 기억하고 있거든요."

신무의 눈은 어려서부터 조금 튀어나온 편이었지만, 칼로 새긴 듯 선명하게 쌍꺼풀이 진 그의 큰 눈은 결연하면서도 우울해 보였다. 바로 이 일 때문이었다. 곧 74살이 되는 린뱌오는 아침 일찍 충효공원에서 태극권을 한바탕하고 나서 고속버스터미널로 가 가오슝으로 떠날 채비를 했다.

가는 길에 린뱌오는 손아래 친척이 한 말을 떠올렸다. 수염이 더부룩하고 마른 린신무는 하루걸러 말레이시아 식당으로 와서 주방 배수구를 청소해주고 수고비를 받으며 탁자에 남은 음식까지 싸간다고 했다.

"삼촌은 말을 잘 하지 않는 것 같았어요. 옷도 거리의 다른 '노숙자'처럼 그렇게 꾀죄죄하지는 않았습니다."

친척이 말했다.

"손과 발도 여느 '노숙자'처럼 그렇게 더럽지는 않았어요."

린뱌오는 그 말을 듣고 잠시 침묵하다 말했다.

"내가 얼마나 오랫동안 그놈을 찾았는데. 불효자식 같으니."

친척은 린신무의 뒤를 밟아 자는 곳을 알아두었다고 말했다.

"가오슝 사범학원 옆 골목의 고압선 받침대 아래입니다. 오시면 제가 모시고 가겠습니다."

린뱌오는 마음이 쓰렸다. 신무 부부가 집을 떠나 북쪽으로 가기 전날 밤 며느리 바오구이는 정성스레 술과 음식을 준비했다.

"우리 린씨 집안의 땅이 375 토지개혁*으로 얻은 것이긴 하지만, 저는 아버지를 따라 수년 동안 이 땅에서 열심히 일하고 땀을 흘렸습니다."

---

* 1950년 6월에 공포한 타이완의 토지개혁법.

신무는 말을 하면서 미세하게 떨리는 두 손으로 린뱌오를 향해 눈썹 높이까지 술잔을 받쳐 들었다.

"땅을 판 것은 제 살점을 떼버린 것이나 마찬가지였어요."

원래 술을 마시지 않는 신무의 튀어나온 눈 주위가 이미 술기운으로 붉어졌고, 크게 뜬 눈에서는 결심의 뜻을 엿볼 수 있었다.

"사업이 잘 안 돼 땅값을 채우지 못하거나 돈을 더 벌지 못하면 절대 고향으로 돌아오지 않을 겁니다."

신무가 말했다.

린뱌오는 여전히 아무 말없이 있다가 고개를 들어 술잔의 황주를 모두 비웠다. 그는 그 '리 사장'이라는 사람에게 절대 땅을 팔고 싶지 않았다. 그러나 어찌 자기 집 신무만 그랬겠는가. 당시 마을의 젊은 사람들은 논에 뚫어놓은 도랑을 따라 흘러가는 물처럼 모두들 외지로 떠나가고 있었다. '내가 어떻게 널 붙잡아두겠느냐. 땅을 팔지 않았으면 땅을 남겨주었을 테지만, 이미 땅을 팔았으니 그 돈을 주는 게다. 모두가 네 장래를 위한 것이다. 돌아와도 길은 있다는 걸 잊지 말고', 린뱌오는 마음속으로 신무에게 말했다. 지금 그는 이 말을 확실히 해주지 않았던 것을 후회하고 있다. 그때 말해주었다면 책임감 있고 근면했던 한 청년이 이런 지경에까지 이르지는 않았을 것이라고 그는 생각했다.

다음 날 린신무는 아버지에게서 돈뭉치를 받아 신문지로 단단히 쌌다. 그런 다음 낡은 침대보를 여러 가닥으로 찢어서 돈뭉치를 허리춤에 꽉 묶고 그 위에 웃옷을 입었다. 이른 새벽에 그는 아내와 아이를 데리고 눈시울을 붉히며 소규모 지하공장이 몰려 있는 산충(三重) 시로 떠났다. 그곳의 공기는 매우 탁했지만 반드시 성공하고 말겠다는 강렬한 욕망이 충만해 있었다. 린신무와 친구 류쿤웬(劉坤源)은 지저분한 골목길에 있는 공장을 하나 얻고, 여지저기 수소문하여 문을 닫은 공장에서 흘러나온 중고 기계를 매입해서 스테인리스 숟가락, 포크와 나이프 그리고 이비인후과에서 혀를 누를 때 쓰는 도구, 작은 국그릇 등을 프레스로 찍어 만들기 시작했다. 세 사람은 얼굴과 두 손과 옷이 기름에 절도록 밤낮 없이 열심히 일했다. 린신무는 지하 공장 지구 전체가 마치 어지럽고 어둡고 질식할 정도로 꽉 막히고 더러운 광산 지대이고, 수천수만의 사람들이 이 광산에서 광석을 캐는 데 열중하고 있다는 느낌이 들었다. 대부분은 그럴듯한 금 부스러기 하나 얻지 못했지만, 개중에는 몇 근이나 되는 금덩이를 캐내는 사람도 있었다. 소자본으로 달려든 사람들이 갱도에 흐르는 검은 물을 따라 눈물을 머금고 밖으로 밀려나가는데도, 적은 자본을 들고 농촌에서 몰려오는 사람들이 오히려 더 많았다. 그들은 앞뒤 가리지 않고 검은 진흙탕에 풍덩풍덩 몸을 던졌다. 그들은 제 살 깎아먹기로 가격 경쟁을 했고, 냉정한 무역회사는 이를 이용해 멋대로 이윤을 독식했다. 그들은 독한 술과 여자, 심지어는 도박으로 격렬한 경쟁이 주는 피로와 긴장을 풀었다. 이렇게 아등바등 살아남으려고 애쓰는 아수라장 같은 지옥에서 그들 세 사람은 생산과 외근과 경리 일까지 한 몸에 맡으며 오래도록 힘든 노동을 견뎌내었다.

부다이시*에서는 "하늘에는 예측할 수 없는 바람과 구름이 있다"라는 대사가 항상 나온다. 그해에 국제 유가가 치솟는 날벼락이 떨어지면서 린신무는 비로소 이 대사의 의미를 이해하게 되었다. 병충해가 갑자기 광활한 들판을 잇달아 휩쓸어, 멍하니 바라보는 사이에 논밭이 모두 말라붙고 검게 타들어가는 것 같았다. 농약을 치는 속도가 병충해가 확산되는 속도

* 布袋戲: 중국의 전통 인형극.

를 따라잡을 수 없었다. 무역회사에 주문서가 들어오지 않자 위쪽의 논물이 막혀 아래의 논밭까지 말라버리는 듯했다. 지하 공장들은 하청 주문을 받지 못해 흙더미가 무너지는 것처럼 연이어 도산했다. 린신무도 결국 도산의 악운을 피하지 못했다.

그때 농촌을 떠났던 청년들은 직업을 잃고서 마치 송어 떼가 강을 거슬러오듯 농사짓던 고향으로 되돌아왔다. 린뱌오는 매일매일 린신무가 가족을 데리고 돌아올 날만 기다렸지만, 반년이 지나도록 아무런 소식이 없었다. 린뱌오는 신무가 고향집을 떠나면서 했던 말이 문득 생각났다.

"……이 땅값을 조금이라도 축내면 집으로 돌아오지 않겠습니다."

린뱌오는 성긴 눈썹을 찡그렸다. 마음이 초조하고 불안해지기 시작했다. 그는 당시 제일 중요한 말을 마음속에 두기만 하고 꺼내 보이지 않았던 자신이 더욱 원망스러웠다.

'만에 하나 일이 생기더라도 반드시 돌아와야만 방법이 생긴다는 걸 잊지 말거라!'

바로 그때 군용 트럭 한 대가 귀를 찌르는 날카로운 브레이크 소리를 내며 그의 뒤에 멈춰 섰다.

"젠장! 죽으려고 환장했어?"

운전석에서 군복을 입은 운전병이 타이완 말로 욕을 퍼부었다.

"눈깔이 멀었으면 다른 사람이랑 같이 다니든지."

운전병이 소리 지르며 말했다.

"저렇게 뻔히 빨간불인데 저승 가고 싶어?"

린뱌오는 아직도 정신이 멍한 상태에서 돌아보며 말했다.

"실례했습니다. 미안합니다."

그러나 화가 날 대로 난 운전병은 욕지거리를 멈추지 않았다. 그러자 린뱌오도 화가 치밀었다.

"내가 군대에서 차를 몰 때 네놈은 태어나지도 않았어!"

린뱌오가 말했다.

"뭐 대단한 일이라도 해? 빌어먹을 놈……"

군용 트럭은 시커먼 배기가스를 뿜으며 떠나갔다. 트럭에는 채소와 생선이 실려 있었고, 짐 위에 타고 가던 두 명의 병사들은 그를 보고 웃었다. 린뱌오는 생선과 고기의 비린내와 배기가스의 탁한 냄새를 맡으며, 산자락에 있는 군부대의 보급 차량일 것이라고 추측했다.

린뱌오는 가오슝행 고속버스에 몸을 실었다. 버스는 왔던 길을 되돌아가 충효공원 바깥쪽 도로를 돌아 허전(和鎮) 쪽을 향했다. 늦가을이었지만 길에는 짙은 햇볕이 내리쬐고 있었다. 2년 전에 백내장 수술을 한 이후로 린뱌오의 눈은 빛을 두려워하기 시작했다. 밝게 비치는 창밖의 햇빛이 그의 눈을 자극했다. 머리 위에 붙은 차내 에어컨의 찬바람이 몇 가닥 남지 않은 백발의 머리 위에 그대로 떨어졌다. '정말이야. 내가 필리핀에서 일본군 차를 몰고 있을 때 그놈은 자기가 있는 곳이 어딘지도 몰랐다고.' 린뱌오는 방금 전의 군용 트럭 운전병을 생각하며 쓴웃음을 지었다.

그가 필리핀으로 '출정'할 때는 일본군이 이제 막 미군을 격파하고 당당하게 마닐라 시로 들어간 후 승세를 타고 바탄 반도에 상륙하여 미군과 필리핀 군대를 파죽지세로 몰아붙이며 포로를 7만 명이나 잡았을 때였다. 일본군은 제한적인 군용 육상 운송수단을 모두 동원하여 화약과 무기를 전선으로 운반하였다. 린뱌오는 마닐라에 도착하자마자 바탄에 있는 수송부대 운전병으로 편입되어 주야 2교대로 길게 늘어선 차량 행렬을 따라 흙먼지가 날리는 폭염의 황톳길을 달렸다. 다른 운송수단이 없었으므로,

일본군은 7만여 명의 미국, 필리핀 포로들을 바탄 반도의 불덩이 같은 태양 아래에서 100여 킬로미터 밖의 상펠리페 포로수용소까지 도보로 이동시켰다. 당시 수송부의 린뱌오는 운전석에 앉아 수만 명의 행렬이 폭염 속에서 넘어지고 밟혀가며 행군하는 모습을 보았다. 길옆 곳곳에는 넘어지거나 낙오하거나 심지어 도망을 치려다가 군용 곤봉에 맞아 죽고, 총에 맞아 죽고, 칼에 찔려 죽은 포로들의 시체가 마치 끈 떨어진 꼭두각시처럼 작열하는 태양 아래에서 더러운 핏덩이 사이에 아무렇게나 널브러져 있었다.

아들 신무도 현대 사회의 삶과 관계를 끊고 망망한 도시 거리를 헤매고 다니는 '노숙자'가 되었다는 사실을 안 이후로, 린뱌오는 바탄 반도에서 죽어가던 그리고 이미 죽어버린 포로들이 자꾸만 떠올랐다. 대부분 천으로 만든 모자를 쓰고 있던 백인 포로들은 마치 흑백영화 속의 탐험가들 같았다. 당시 그들은 깡마른 몸에 수염 가득한 얼굴로 간들간들 숨이 붙어 있을 뿐이었다. 필리핀 포로들은 복장을 제대로 갖춰 입지 못했다. 밀짚모자를 쓴 사람은 겨우 몇 명뿐이고, 나머지는 모두 손수건이나 낡은 천으로 머리를 싸맨 채 뜨거운 태양 아래를 흐느적흐느적 걷고 있었다. 무더운 날씨 때문에 이질을 앓던 많은 포로들의 바지에는 오물이 그대로 말라붙어 질식할 것 같은 역한 냄새를 풍겼다. 린뱌오는 타이베이 다타오청(大稻埕)과 타이베이 대교 아래 '노숙자' 거주 지역으로 가서 여기저기 수소문하며 다닌 적이 있었다.

"내가 어떻게 압니까?"

뚱뚱한 노숙자가 다른 곳으로 눈을 돌리며 말했다.

"여기 사는 사람들은 서로가 누군지, 여기에 온 이유가 무언지 아무

것도 모릅니다."

린뱌오는 머리가 온통 희끗희끗해진 마르고 키가 큰 노숙자에게 다가가 물었다. 아직 하나도 춥지 않은 초가을인데도 그는 털옷에 모직 셔츠 그리고 다 떨어진 모직 양복을 입고서 때가 낀 가는 목을 드러내고 있었다. 그는 책상다리를 하고 앉았지만 몸은 가볍게 흔들거리고 있었다. 거의 다 비워진 옆쪽의 홍표미주* 때문인지 땀이 맺힌 그의 얼굴은 붉게 물들어 있었다. 그는 즐거운 표정이었다.

"얼마나 오랫동안 사람을 찾아다녔소?"

반백의 사람이 두 눈을 감고 물었다.

린뱌오는 한숨을 내쉬었다.

"벌써 10…… 12년이 되었소."

반백의 그 사람이 갑자기 눈을 번쩍 떴다.

"10년도 넘었는데 아직도 찾는 사람이 있다니."

그는 의외라는 듯 말했다.

"보통 가족들은 처음 1~2년은 찾으러 다니지만, 3년이 지나면 더 이상 찾지 않는다오."

린뱌오는 우울해졌다. 그는 이 모범적인 도시에서 완전히 버려진 암울한 거리를 천천히 걷고 있었다. 몇몇 사람들이 주워 온 큰 종이상자를 바닥에 펼쳐놓고 몸을 웅크린 채 자는 모습이 그의 눈에 들어왔다. 그들은 마치 길 위에서 죽어버린 포로들 같았다. 린뱌오의 트럭은 바로 이들 포로의 시체를 운반했다. 해진 신발은 아직 산 사람들이 벗겨갔다. 필리핀 사람들의 시체는 검고 퉁퉁 부어오른 발이 드러나 있었고, 유달리 하

---

* 紅標米酒: 찹쌀로 만든 술. 홍표(紅標)는 상표 이름이다.

얗던 백인들의 발은 오랜 행군으로 벗겨진 상처에서 핏물이 흘러나오고 있었다. 필리핀 사람들의 수염은 마치 산양의 그것과 같았다. 백인들의 수염은 움푹 팬 눈과 높은 코로 울퉁불퉁한 누런 얼굴에 덩굴처럼 빽빽이 퍼져 있었고, 열대의 파리들은 앵앵거리며 시체 위를 마음대로 날아다녔다.

버스가 고속도로를 질주했다. 린뱌오는 깜빡 잠이 들었다. 얼마나 지났을까, 갑자기 왼쪽 앞좌석에서 누군가 단음절의 외국어를 말하며 웃는 소리가 띄엄띄엄 들려왔다. 놀라 잠에서 깬 린뱌오가 몸을 세워 앞쪽을 넘겨보니, 차를 탈 때 고개를 숙이고 잠들어 있던 한 쌍의 남녀가 어느새 깨어나 있었다. 피부가 흑갈색인 것으로 보아 타이완에 일하러 온 필리핀 노동자임을 한눈에 알 수 있었다. 그들은 손가방에서 이런저런 주전부리를 꺼내 콜라와 함께 먹으며 시시덕거리고 있었다. 린뱌오는 당연히 그들의 말을 알아듣지 못했지만, 짧게 끊어지는 단음절의 필리핀 타갈로그어 소리는 귀에 너무나 익숙했다. 그러나 그의 기억 깊은 곳에 있는 타갈로그어의 어조는 죽음의 공포와 절망 그리고 살아남겠다는 처절한 욕구로 가득 차 있었다.

일본인들은 마닐라를 함락한 지 얼마 되지 않아 라우렐*을 끌어들여 괴뢰 정권을 조직하고 일본 군부와 연합해 파쇼 군사 통치를 시행토록 했다. 선량하고 느긋한 필리핀 사람들도 결국은 파쇼 공포정치에 반기를 들게 되었다. 린뱌오는 '후크'**라 불리는 항일 인민군이 점차 필리핀의 수

---

* J. Laurel: 1943~1945년 필리핀 대통령을 역임.
** 제2차 세계대전 당시 필리핀에서 활동한 항일 게릴라 조직.

많은 섬에서 활약하기 시작했던 것을 기억하고 있다. 코레히도르 섬에서는 매복해 있던 유격대가 일본군 차량 행렬을 습격한 사건이 벌어졌다. 폭탄 공격에 철교가 크게 부서지고 차량 쉰 대가 파손되었다. 일본인들은 허둥지둥 린뱌오의 차에 열네 명의 무장한 일본 헌병을 실어 보냈다. 그들은 초가집이 모여 있는 주변의 마을 세 곳에서 남자 일이백 명을 빽빽한 대나무 숲으로 모두 끌고 가 학살하고, 다시 병사 두 명을 보내 완전히 죽지 않은 사람들을 창으로 일일이 찔러 죽이도록 했다. 린뱌오는 타이완 시골에서 자라는 대나무보다 훨씬 키가 큰 마을 안의 열대 대나무가 남양의 열대바람에 유유히 흔들리던 모습을 지금도 기억하고 있다. 그러나 대나무 숲 아래는 붉은색의 피바다였다. 강제로 끌려나온 마을의 청장년 남자들이 무릎을 꿇고 처형을 기다리자, 옆에 있던 노인과 부녀자와 아이들은 큰 소리로 울부짖기 시작했다. 그들은 린뱌오가 한 번도 들어본 적이 없는 극한의 두려움, 공포 그리고 절망을 표현하는 단음절의 토속어를 외치며 울부짖었다.

그러나 이 짧고 빠른 단음절의 언어는 분노와 함께 두려움 없는 의지를 표현하기도 했다. 필리핀 유격대의 반일 테러 사건은 마치 힘을 들여 친 만큼 울림이 커지는 징 소리와 같아서, 일본 군정 당국은 짐승처럼 미친 듯이 학살을 자행해도 필리핀의 각 섬에 번지는 불길을 막을 수가 없었다. 린뱌오의 군용 트럭이 손을 뒤로 묶은 필리핀 유격대를 한 무리씩 실어 나르면 일본 헌병은 이들을 교외의 시냇가까지 끌고 갔다. 필리핀 남자들은 트럭에서 끌려 내려질 때도 대부분 말이 없었다. 그들은 미리 파놓은 큰 구덩이 앞에 망연한 모습으로 줄을 섰다. 무리 중에는 항상 그 단음절의 타갈로그어로 우렁차고 결연하게 구호를 외치는 사람들도 있었지만, 구호가 채 끝나기도 전에 등 뒤에 있던 일본 헌병의 총에 맞아 구덩이로 굴러떨어졌다. 어두운 강가의 밤하늘에 울려 퍼지던 단음절의 생생한 소리들이 린뱌오의 가슴속에서 계속 맴돌았다.

왼쪽 앞좌석에 앉은 두 명의 필리핀 사람은 여전히 주전부리를 하며 웃고 떠들고 있었다. 연한 남색의 청바지와 재킷을 입은 두 사람은 상당히 친해 보였다. 린뱌오는 창밖으로 급히 사라져가는 풍경을 바라보며 미군이 마닐라 시로 반격해 들어가던 그때를 떠올렸다. 일본 보병 제17연대는 시가전 중에 필리핀 시민들을 무차별적으로 학살하고 강간했다. 그러나 수십 년이 지난 지금은, 도살에서 운 좋게 살아남은 종족들이 생기발랄하게 세계 각처를 누비며 일을 하고 돈을 벌고 있으니 참으로 격세지감을 느끼지 않을 수 없었다. 그 몇 년 동안 일본군들은 전쟁터인데도 타이완 출신 부역 군인에게는 아무런 무기도 주지 않았던 것을 린뱌오는 기억하고 있다. 몸에 무기가 없었기 때문에 린뱌오와 다른 타이완 출신 부역 군인들은 살육이 자행되는 지옥의 방관자로 남을 수 있었다. 그러나 이 점이 천황의 군대에 속했던 타이완 사람들의 두 손에 일본 군대의 잔인한 혈흔이 묻지 않도록 해주었음을 의미하는 것은 결코 아니다. 대륙의 광저우(廣州) 만과 레이저우(雷州) 반도에서 바탄 반도로 이동해온 타이완 출신의 부역 군인은 대륙에서 일부 타이완 지원병들이 일본 군대와 마찬가지로 중국 백성을 학살하고 강간했다는 이야기를 전해주었다.

"본 적이 없으니 알 턱이 없지!"

기계충으로 머리에 듬성듬성 헌 흔적이 있는, 광저우에서 필리핀으로 온 타이완 출신 운전병이 린뱌오에게 말했다.

"다들 타이완 사람인 줄 아니까 별 생각 없이 타이완 지원병들과 타이완 말을 쓰잖아. 그런데 그놈이 갑자기 쌍코피가 나도록 따귀를 갈기는 거

야. '바카야로(ばかやろう, 멍청한 놈)!'라고 욕까지 하면서. 쌍놈의 자식."

기계충 머리는 이들 소위 '지원병'들은 자기가 정말 일본 사람인 줄 안다고 했다.

"식량운반선에서 일하던 타이완 병사 차오(曹)라는 놈은 백주대낮에 광저우의 대로에서 어떤 여자를 강간하고 칼로 여자의 거기까지 도려냈어."

그가 머리를 긁으며 말했다.

"타이완 사람들은 남의 무기를 들고 짐승으로 변해버렸어. 죽일 놈들."

그때 린뱌오는 묵묵히 일본 담배를 피우고 있었다. 그는 마닐라 교외의 작고 어두컴컴하고 조금은 더러운 작은 잡화점을 떠올렸다. 성이 예(葉) 씨인 잡화점 주인은 취안저우(泉州) 출신의 화교였다. 린뱌오가 처음 잡화점에 술을 사러 갔을 때 주인은 만면에 아부의 미소를 지어 보였다. 그를 필리핀 사람으로 본 린뱌오가 손짓 발짓을 하자, 예씨 성의 취안저우 사람은 민난어로 뭔가 살피듯 말했다.

"소주를 사시려고요?"

린뱌오는 깜짝 놀랐다.

"타이완 말을 하시네요?"

그가 놀랍고 반가운 투로 말했다.

"저도 당신 타이완 사람들과 마찬가지로 푸젠어*를 합니다."

취안저우 사람은 얼굴 가득 웃음을 지으며 말했다. 잠시 후 린뱌오는 자기가 일본인이 아닌 것을 어떻게 알았느냐고 취안저우 사람에게 물었다.

"타이완 출신 일본군은 총이 없어요. 심지어 칼도 차지 않지요."

취안저우 사람이 말했다.

---

* 타이완 사람들은 푸젠 방언을 쓰는데 민난어라고도 한다.

그 후 '푸젠어'는 이 열악한 전쟁터에서 유일하게 솟아나는 한줄기 샘물처럼 집요하게 린뱌오를 유혹했다. 그는 일용품을 산다는 핑계로 수시로 그곳에 들러 잡화점의 한산한 장사를 돌봐주곤 했다. 어느 날 린뱌오와 취안저우 사람은 가게 문 앞의 나무 의자에 앉아 서로 담배를 권하며 한담을 나누고 있었다. 린뱌오가 우연히 고개를 들자 잡화점의 어두운 내실에서 열대여섯 살 정도로 보이는 소녀의 모습이 문득 눈에 들어왔다. 그녀의 눈은 크고 빛났으며 살며시 벌린 입술에서 소녀 특유의 어여쁨을 엿볼 수 있었다.

"제 딸입니다."

취안저우 사람은 허둥지둥 말을 하며 아부의 뜻이 더욱 역력한 미소를 지었다. 그러나 린뱌오는 연신 지어대는 아부의 미소 속에 얼마나 많은 공포와 의혹과 심지어는 증오가 숨어 있는지 갑자기 깨닫게 되었다. 살인과 강간이 일상처럼 되어버린 이 어지러운 세상에 갓 피어난 꽃봉오리 같은 딸자식을 내실에 숨겨놓은 이 늙은 취안저우 사람은 절망적인 비굴함과 거짓 아첨으로 집안을 지키느라 분투하고 있었다. 일본 군복을 입은 린뱌오가 내실의 소녀를 힐끗 보자 취안저우 사람의 미소는 마치 절망과 용서의 간청으로 보였다. 린뱌오는 일본 군복을 입은 자신이 이 취안저우 사람에게는 줄곧 두려운 적이자 원수였음을 깨닫게 되었다. 그는 묵묵히 담배 한 대를 끝까지 피웠다.

"그만 가겠소."

그는 안절부절 못하는 취안저우 사람에게 낮은 소리로 말하고는 군용 트럭에 올라 뜨거운 먼지를 날리며 부대로 돌아왔다. 그 일 이후로 린뱌오의 외로움은 커지고 마음은 더욱 아파왔다. 몇 번이나 그 누추한 잡화점에 가보고 싶었지만, 허둥대던 취안저우 사람의 두려움과 비굴한 가득한 얼굴을 생각하면 차라리 수송부대 휴게실 계단에 앉아 혼자 담배를 피우는 편이 나았다.

전쟁이 끝나기 1년 전에는 부역 군인 운전병에 불과했던 린뱌오도 전황이 급변하고 있음을 느낄 수 있었다. 바다와 하늘을 통해 이루어졌던 필리핀에 대한 일본의 지원은 거의 마비되고 말았다. 필리핀 항일 무장대원들은 더욱 활발하게 움직였으며 반일 테러 사건은 하루도 빠짐 없이 벌어졌다. 겉으로는 항상 두려움에 떨던 필리핀 화교들이 암암리에 필리핀 공산당과 내통하여 유격대에게 식량을 공급하고 돈을 모아 중국 대륙의 항일운동을 지원하는 조짐이 갈수록 뚜렷해지자, 일본 헌병대는 '적성(敵性) 화교 숙청'이라는 밀령을 내려 마닐라 시를 중심으로 화교 상인들에 대한 점포와 가택의 수색, 체포, 살해를 시작하더니, 나중에는 어느새 화교에 대해 거의 무차별적으로 체포하고, 고문하고 살육하는 상황이 되었다. 어느 날 린뱌오는 부대에서 저녁 식사를 하던 중 다음 날 새벽에 헌병대가 '숙청자'를 교외로 데리고 가기 위해 군용차를 배치하려고 한다는 사실을 알게 되었다. 린뱌오는 수저를 놓고 배차 사유를 되는대로 만든 다음 트럭에 올라타고 곧장 마닐라 교외의 작은 잡화점으로 향하였다. 취안저우 사람인 잡화점 주인 딸의 맑고 큰 눈이 두려움과 놀라움을 가득 담고 있던 모습이 린뱌오의 뇌리에서 떠나지 않았다. 린뱌오는 차를 잡화점 앞에 세우고 가게 앞에서 의심스러운 얼굴로 미소 지으며 그를 바라보는 취안저우 사람을 향해 걸어가다가 일본 헌병이 총을 든 일본 순찰병 두 명을 데리고 야자수 나무들 사이로 걸어 나오는 모습을 발견했다. 그는 등골이 오싹해졌지만, 곧 그의 발 옆에서 진흙을 파고 있던, 취안저우 사람이 마음대로 놓아 기르는 마른 돼지를 구두로 힘껏 찼다. 돼지는 비명을 질러댔다. 린뱌오는 화가 가득한 얼굴로 성질을 내며 불쌍한 취안저우 사람을 향해 '푸젠 말'로 소리쳤다.

"어두워지면 일본인들이 마을을 쓸어버릴 거요! 어서 짐을 싸들고 가족들과 함께 피하시오!"

린뱌오는 주먹을 휘두르며 성난 목소리로 말하였다.

"빨리 서두르시오! 아셨소!"

취안저우 사람은 죽은 물고기처럼 큰 눈을 멍하니 뜨고 있었다. 그러더니 연신 허리를 굽혀 인사했다.

"예! 예!"

취안저우 사람이 답했다.

린뱌오는 일본군들이 가까이 오는 것을 보고 빠른 걸음으로 다가가 있는 힘을 다해 취안저우 사람의 뺨을 후려쳤다. 취안저우 사람은 비틀거리며 땅 위로 쓰러졌다

"가족들 모두 떠나란 말이야! 얼른!"

린뱌오는 민난어로 고래고래 소리친 후 다시 일본 말로 욕을 했다.

"바카야로!"

그런 다음 그는 몸을 돌려 다가오는 일본군을 향해 차렷 하고 경례를 올렸다.

"무슨 일인가?"

헌병이 물었다.

"이놈이 저를 속였습니다."

린뱌오는 서툰 일본어로 대답하고는 다시 고개를 돌려 취안저우 사람에게 욕을 퍼부었다.

"바카야로!"

일본 군인 세 명이 웃으면서 린뱌오의 차에 올라타자 차는 먼지를 날

리며 움직이기 시작했다.

"바카야로!"

린뱌오가 흉악스러운 얼굴로 욕했다. 그는 잡화점 앞에서 차를 돌리며 다시 한 번 민난어로 욕하듯 소리쳤다.

"해가 지면 바로 떠나시오!"

취안저우 사람 일가족은 밤을 도와 산속으로 도망쳐 결국 목숨을 부지할 수 있었다. 그러나 린뱌오는 이후로 그들의 소식을 들을 수 없었다.

고속버스가 가오슝 시의 진입로로 들어갈 때는 벌써 날이 저물고 있었다. 버스가 정거장 앞에 이를 때까지 린뱌오는 줄곧 한 가지 문제로 고심하고 있었다. 이제 일흔대여섯이 된 노인이 10여 년을 떠돌며 살아온 쉰도 훌쩍 넘은 아들을 어떻게 대면해야 하나?

'아무야, 돌아가자. 어떤 말도 필요 없다.'

린뱌오는 신무에게 이렇게 말할 생각이었다. 그러나 어쩌면 신무는 면목이 없어서 돌아갈 수 없다고 할지 모른다는 걱정이 들었다. 그러면 린뱌오는 다시 이렇게 말할 생각이었다.

'아무야, 웨즈도 벌써 서른이 넘었다. 그 아이가 지금까지 아버지를 찾느라 얼마나 고생했는지 아니?'

버스가 마침내 가오슝의 버스 터미널에 도착했다. 린뱌오는 속으로 아들 신무에게 말했다.

'게다가 지금 내 나이가 오늘 죽을지 내일 죽을지 알 수 없다. 결국 누군가가 나를 관에 넣어 산으로 올려 보내주어야 하는데……"

마음속으로 아들에게 이 말을 전하자 린뱌오는 자기도 모르게 뜨거운 눈물이 차올랐다. 그는 손등으로 눈물을 닦으며 버스에서 내렸다. 그곳에 가만히 서서 네온사인이 번쩍거리고 사람과 차 소리로 시끄러운 밤의 도시를 바라보니 문득 망연한 느낌이 들었다.

5

마정타오는 타이베이 기차역을 나와 주다구이(祝大貴)의 아들 주징(祝景)에게 전화를 걸어 자기가 도착했음을 알린 다음 곧바로 시 외곽의 공원 묘지로 가는 버스를 탔다. 중학생으로 보이는 학생이 일어나 자리를 양보해주었다.

"고마워요."

마정타오가 말했다. 자리에 앉자 온몸에 피곤이 몰려왔다. 어쨌든 여든이 넘은 노인이었다. 리한성 선생이 돌아가셨을 때는 사복을 입은 10여 명의 장교가 장례식장에 와서 향을 살랐다. 그러나 그가 땅속에 묻히고 나자 청명절, 기일, 생일날에 묘지로 찾아오는 부하들은 몇 명 되지 않았으며, 나중에는 결국 마정타오와 리한성 선생 곁에서 줄곧 시중을 들었던 주다구이와 비서 자오숭옌(趙松岩)만 남았다. 10여 년 전에는 주다구이가 위암으로 3년을 고생하다 죽었다. 다음 해에는 자오숭옌이 갑자기 치매에 걸려 집을 나서기만 하면 돌아오는 길을 잃어버렸다. 그 후 10년간 리한성 선생의 묘를 일부러 찾아오거나 타이베이에 오는 길에 들르는 사람은 마정타오 혼자뿐이었다. 마정타오도 작년에 오지 못했더니 지금 묘지는 풀이 무성해져 묘석을 거의 덮어버릴 지경이 되었다. 나날이 늙어가니 체력도 한 해가 다르게 약해졌다. 그나마 주다구이의 아들 주징이 매번 나시시 마정다오를 도왔기에 망정이지, 안 그랬으면 마정타오 혼자서 무성하게 자라나는 이 잡초들에 손을 쓸 수 없었을 것이다.

마정타오는 묘지 옆의 석판에 앉았다. 묘역에는 아무도 없었으며, 햇빛을 피하려고 낡은 꽃무늬 천으로 얼굴을 감싼 여공 한 명만이 서쪽 묘역에 새로 조성한 어느 돈 많은 사람의 묘원을 정리하며 꽃나무에 물을 주고 있었다. 마정타오는 바오딩(保定) 칭허(淸河)의 임자 없는 무덤들이 즐비하던 언덕이 생각났다.

그해 지린의 기차역 화장실에서 탈출한 그는 막 기적 소리를 내며 선양으로 출발하는 기차를 타기 위해 인산인해가 된 플랫폼으로 숨어들지 않고, 반대쪽으로 급히 기차역을 빠져나와 남쪽으로 도망가는 사람들과 차의 물결 속으로 스며들었다. 그렇게 몇 날을 걸어 살벌한 분위기의 바오딩 시에 도착했다.

"마 처장님, 정말 처장님이시군요."

마정타오가 급히 고개를 돌리자 농민 차림에 작은 짐을 든 사람이 눈에 들어왔다. 자세히 보니 창춘 정보국의 과장이었던 류리더(劉立德)였다. 마정타오는 재빨리 전후좌우를 곁눈질로 살피면서 마음속으로는 자기가 지린에서 공안국의 미끼 노릇을 했던 일을 떠올렸다.

"만약 길에서 공산당들이 처장님의 행방을 묻고 있지 않았다면, 저는 입고 계신 간부 복장을 보고 멀리 떨어져 가버렸을 겁니다."

류리더가 웃으며 말했다.

"자네를 따라가야겠네."

마정타오가 말했다.

"무조건 사람들을 따라가면 더 불안할 것 같네."

류리더는 이 길을 따라가면 내일 정오에는 칭허에 도착할 수 있을 것이라고 말했다.

"그곳에 가면 우리 사람들을 만날 수 있을 겁니다."

그가 말했다. 마정타오는 속으로 다시 한 번 놀랐다.

"배가 고프네."

마정타오가 말했다.

"마 처장님, 저는 의심하지 않으셔도 됩니다."

류리더가 웃으며 말했다.

"저도 마 처장님께 마음을 놓지 못했어요. 공산당에게 잡히셨다는 소식은 진작 들었거든요. 그런데 옆에서 한참을 걷다 보니 처장님 얼굴이 굶어서 수척한 데다 누렇게 떠 있더군요. 그래서 공산당이 난민들 사이에 밀정으로 심어놓은 사람은 아니라고 확신했습니다. 그런 사람이라면 굶을 리 없으니까요."

류리더는 보따리에서 밀가루 빵 반 토막을 꺼내 그에게 주었다.

"물이 없으니까 꼭꼭 씹어서 천천히 삼키십시오. 사레 들지 않게요."

그가 말했다. 마정타오는 딱딱한 빵 반쪽을 받아드는 자신의 손이 떨리고 있음을 느꼈다.

"자네 말이 맞네. 지금 입고 있는 간부복은 너무 눈에 띄네."

마정타오가 빵을 씹으며 말했다. 그는 류리더에게 여분의 옷이 있는지 묻고 싶었지만 차마 입이 떨어지지 않았다.

"간부 복장이 불편하긴 하지만 좋은 점도 있지요."

류리더가 말했다.

"상황을 좀 봐가면서 칭허 주변에 도착하면 낡은 면바지와 윗도리를 한번 구해보지요."

'칭허 주변'에는 어떤 사람들이 기다리고 있을까? 마정타오는 자기도 모르게 끊임없이 재앙이 다가오고 있다는 두려움이 밀려들었다.

"자네와 동행하길 잘한 것 같네."

마정타오는 아부하듯 웃으며 말했다. 류리더는 몇 년 전 창춘에서 정보국의 규칙을 어긴 적이 있었는데 마 처장님이 무마해주셨다는 얘기를 했다.

"난 다 잊어버렸네."

마정타오가 말했다. 사실 그는 기억하고 있었다. 당시 류리더는 자기 손으로 체포한 정치범의 아내와 잠을 잤고, 이 일이 총국에까지 보고되었던 것이다. 딱딱한 밀가루 빵 반쪽으로 마정타오는 마치 자동차에 기름을 부은 듯 걸음걸이에 힘이 들어갔다.

날이 어두워지자 그들은 말라버린 냇가의 끊어진 다리 위에서 잠잘 준비를 했다. 밤이 되자 바람은 점점 차갑게 불어왔다. 마정타오는 한밤중에도 여전히 눈을 붙이지 못한 채 바람 소리를 듣고 있었다. 류리더가 곧바로 잠이 들자 마정타오는 천천히 몸을 일으켜 멜대로 있는 힘을 다해 류리더의 머리를 후려쳤다. 류리더가 신음 소리를 몇 번 냈지만, 전쟁으로 어지러운 심야는 다시금 정적 속으로 빠져들었다. 마정타오는 손을 뻗어 꾸러미 두 개를 만져보았다. 하나는 딱딱했고 하나는 푹신했다. 마정타오는 푹신한 것을 움켜잡고 큰길로 통하는 언덕 쪽으로 뒤도 돌아보지 않고 뛰어올라갔다.

얼마나 오랫동안 어둠속을 무작정 뛰었는지 알 수 없었다. 하늘에서는 구름 사이로 달이 나와 맑고 차가운 달빛을 쏟아내고 있었다. 그제야 마정타오는 자기가 마른풀이 우거진 임자 없는 무덤들의 언덕을 지나왔음을 알 수 있었다. 그는 크게 숨을 몰아쉬며 꾸러미를 풀었다. 그는 달빛 아래에서 당시 나날이 가치가 떨어지던 고액권 지폐 세 다발과 금 막대

대여섯 개, 약간의 금붙이와 마른 식량을 찾아냈다. 그 외에는 농민들이 입는 옷 몇 벌이 잘 개여 있었다.

'내가 사람을 잘못 죽였나?'

마정타오는 멍하니 이런 생각을 했다. 그는 묘석에 앉아 산언덕으로부터 어두운 밤의 시선 끝을 천천히 바라보았다. 한 줄기 물빛이 달빛 아래에서 나타났다가 사라졌다.

'저기가 바로 칭허로구나.'

그는 생각했다. 그는 이 칭허가 동쪽으로 흘러 보하이(渤海)를 통해 바다로 들어간다는 것을 알고 있었다. 보하이를 나가면 광활한 바다와 끝없는 하늘의 자유로움이 있다. 그러나 그는 한 발 한 발 디디기도 힘든 고난의 피난 행렬에 묶여 있을 뿐이었다.

'류리더를 잘못 죽였어!'

그는 묵묵히 앉아 어둠이 걷히는 하늘을 보며 입술을 굳게 다물고 생각에 잠겼다. 새벽하늘빛이 무대 위를 점점 밝게 비쳐주는 조명처럼 연기가 피어오르지 않는 언덕 아래의 마을과 아침부터 길을 재촉하는 피난민들을 비추었다. 눈부시지 않을 정도의 하얀 빛을 내뿜는 칭허가 멀리 눈에 들어왔다.

칭허 주변의 임자 없는 무덤 언덕에서 내려다본 폐허의 촌락에서는 닭이나 개 짖는 소리도 들을 수가 없었다. 그러나 지금 교외의 공원묘지 아래로 내려다보이는 타이베이 시는 고층 빌딩들이 빽빽하게 늘어서 있다.

"마 아저씨."

마정타오가 소리 나는 쪽으로 고개를 돌렸다. 주다구이의 아들 주징이었다. 큰 얼굴에 조금 작아 보이는 선글라스를 쓰고 있었다.

"몸이 더 좋아진 것 같구나."

마정타오가 웃으며 말했다.

"저는요, 물만 마셔도 살이 쪄요."

주징이 가쁜 숨을 쉬며 말했다.

"혼자 무슨 생각을 하고 계셨어요?"

주징은 검은색 긴 팔 셔츠에 면장갑을 끼고, 오른손에는 흰 국화 한 다발을 왼손에는 낡은 삽 두 개가 든 비닐 주머니를 들고 있었다.

"조금 쉬면서 숨 좀 돌려라."

마정타오가 말하면서 길게 숨을 쉬었다. 그는 그해에 바오딩에서 밤새도록 베이징으로 도망갔다가 다시 톈진을 거쳐 상하이로, 상하이에서 다시 윈난(雲南)으로 갔던 때를 생각하고 있었다고 말했다. 그는 쓰촨이 곧 공산당 손에 넘어간다는 사실을 알고 결국 경계선을 넘어 타이베이 유격대에서 근 1년을 보냈다.

"네 아버지와 리한성 선생을 찾아서 두 분이 보증을 해줘 겨우 타이완으로 왔지. 네 아버지는 리 선생과 벌써 1년 전에 타이완에 와 있었거든."

마정타오가 말했다.

"아버지가 떠나신 지 얼마나 됐지?"

"12년이네요."

주징이 말했다. 그는 비닐봉지에서 반은 녹슨 삽 한 자루와 생수 한 병을 꺼낸 다음 생수를 마정타오에게 건넸다.

"네 부친은 타이완에 와서야 늦게 결혼을 했단다. 마흔 살이 되어서야 결혼을 했지 아마."

마정타오가 말했다. 그는 생수를 따서 입을 크게 벌리고 마셨다. 주징은 소매를 걷어붙이고 풀을 베기 시작했다. 마정타오는 주다구이가 군인 부락의 작은 집에서 두세 테이블 정도의 손님만 청하고 리한성 선생의 주례로 결혼하던 때가 생각났다. 당시 리한성 선생은 마정타오가 민국 41년(1952년) 봄 타이완에 와서 그를 다시 만났던 때보다 더 늙고 쇠약해 보였다. 타이완으로 온 후 마정타오는 스린(士林) 정보국의 작은 숙소에 묵고 있던 리한성 선생을 찾아갔다. 리한성 선생은 창문과 집안의 문을 모두 닫아걸고 마정타오가 지린에서 투항해서 '적을 위해 행동했던' 일들을 모조리 털어놓도록 했다. 리한성은 한참 동안 말이 없었다.

"나는 타이완에 오면서 이런 생각을 했었네. 대륙에 있어도 죽고 타이완에 와서도 죽을 목숨이라면 차라리 국민당의 손에 죽겠다고."

마정타오가 리한성 선생에게 말했다.

"앞으로의 일은 모두 국장님을 따르겠습니다."

"자네 때문에 체포된 사람들이 공산당 손에 죽게 되면 결국은 입을 닫는 것이네. 혹시 산다 해도 10~20년은 감옥에서 나오지 못하겠지."

리한성 선생이 소리를 죽여 말했다. 한 달 후 마정타오는 리한성 선생의 추천으로 당시 타이완 전체 섬을 휩쓸고 있던 '숙청운동'을 주관하는 정보국에 취직했다. 군통국에서 정보부에 이르기까지 오랜 경력을 거친 마정타오는 비록 취조실로 들어가 타이완 곳곳에서 밤낮을 가리지 않고 잡아들이는 '간첩 혐의자'를 직접 고문하지는 않지만, 대신 막후에서 끊임없이 회의를 열고 산더미처럼 쌓인 진술서를 읽고 진위 여부를 가려서 수사 방향을 결정하였다. 타이완과 대륙에서 온 수많은 젊은이들이 마창팅(馬場町)의 형장으로 끌려가거나, 장기수로 감옥에 수감되었다.

주징은 묘지 주변에 멋대로 난 풀들을 거의 다 제거했다. 마정타오는 그가 숨을 조금 헐떡거리며 소매로 땀을 닦는 모습을 보았다.

좀 쉬어라.

마정타오가 웃으며 말했다. 주징은 가슴의 단추를 풀고 산바람을 맞으며 담배를 한 대 피웠다.

"네 부모님이 결혼하실 때 바로 이 리한성 선생께서 주례를 서주셨다."

마정타오가 말했다.

"저도 들었습니다."

"주징이라는 네 이름도 리 선생이 지어주신 거야."

주징이 고개를 들었다.

"그건 처음 듣는 이야긴데요. 아버지께서 왜 징(景) 자를 쓰셨는지 항상 궁금했었어요."

그가 말했다.

"'징'은 크다는 뜻이다."

마정타오가 말했다.

옛사람들 말에 '경행행지(景行行止)'라는 말이 있는데, '경행'은 대로, 즉 탄탄대로의 큰길을 걷는다는 의미라고 마정타오는 말했다.

"'경행행지'는 바르고 큰 길을 끝까지 쉬지 않고 걷는다는 뜻이다. 이것이 리 선생께서 너한테 바라는 것이었다."

"예."

그때가 민국 52년(1963년)이라고 마정타오는 기억했다. 주다구이는 아기의 출생 한 달을 기념하는 잔치에 손님들을 초대했다. 리 선생은 그 자리에서 아이에게 이름을 지어주었다. 자리가 파하자 리 선생이 말했다.

"정타오, 자네가 나를 좀 바래다주게."

마정타오는 택시를 한 대 불렀다. 리한성 선생이 차에 올라 창밖을 바라보며 말했다.

"식물원에 좀 가보세."

마정타오는 확연히 늙어버린 리 선생을 부축하고 식물원으로 들어섰다. 리한성 선생은 천천히 걸었다.

"많이 피곤하신 것 같습니다."

마정타오가 불안한 듯 물었다. 리한성 선생은 아무 말없이 나무 그늘 아래 벤치에 앉아 천천히 숨을 내쉬었다. 마정타오는 한쪽에 앉아 어둡고 창백한 그의 얼굴을 바라보았다.

"내가 자료를 좀 봤네."

묵묵히 앉아 있던 리한성 선생이 말했다.

"공산당이 일단의 전범들을 특별 사면했더군."

리한성 선생은 공산당이 민국 48년(1959년) 말에 처음으로 '전범들'을 사면했다고 말했다.

"모두 우리 국민당 정계와 군 고위층들이었어."

리한성 선생이 말했다.

"톈진 경비사령관 천창제(陳長捷) 기억하나?"

"기억합니다."

"그가 바로 1차 사면 때 감옥을 나왔네."

리한성 선생이 말했다.

"작년에도 또 한 차례 사면이 있었지. 그때 군통 소장 선주이(沈醉)가 나왔고…… 올해도 또 사면이 있었네."

식물원의 매미들이 갈수록 시끄럽게 울어댔다. 마정타오는 마음속에 무거운 돌덩이가 차올라오는 느낌을 받았다.

"내가 알기로 지금까지 나온 인물들은 국민당 내 최고위층 인사들이야."

리한성 선생이 숨을 고르며 말했다.

"군통에서 다이(戴) 선생과 어깨를 나란히 했던 캉저(康澤)도 올해 석방됐어."

마정타오는 이 사람들이 투항 후 공산당을 위해 사람들을 잡아들였던 자신의 경력을 공개하더라도 자기 혼자 모든 것을 책임지겠다고 말했다.

"국장님에 대해 물어도 저는 아무런 말을 하지 않겠습니다. 국장님께서는 아무것도 모르시는 겁니다."

마정타오가 고개를 숙이며 말했다.

리한성 선생은 가볍게 한숨을 내쉬었다. 멀지 않은 곳에서 남녀 학생 몇 명이 이젤을 펼쳐놓고 그림을 그리고 있었다.

"그해에 자네가 공산당을 도와 잡아들인 자들은 모두 잔챙이에 불과하네. 그러니 금방 나오지는 못할걸세."

그가 말했다.

"게다가 내 병든 몸은 이미 관 속에 반쯤은 들어가 있는 셈이네. 그들은 아직 나를 연루시키지 않았고 나는 언제 죽을지도 모르잖나."

그가 웃기 시작했다.

"그러니 반대로 모든 일을 나에게 미루게."

"리 국장님!"

마정타오는 눈물을 글썽이며 말했다.

"저는 절대 그렇게 못합니다."

그해 하반기에 마정타오는 리한성의 소개로 경비총부를 그만두고 지방 현(縣) 정부의 정보 안전을 담당하는 한직을 맡았다. 타고난 웃는 얼굴로 중심에서 멀리 떨어진 외지의 작은 현에서 조용히 지내고 있었다. 민국 64년(1975년)에 공산당은 모든 '내전 전범'을 석방했다. 마정타오는 지방에서 이 기밀자료를 3년이 지나서야 입수했지만 그 기간 동안 별다른 동정은 없었다. 그는 석방된 옛 국민당 공작원 몇 명이 타이완 입국을 신청해서 홍콩까지 왔으나 타이완 쪽에서 이들의 입국을 단호히 거절했다는 소식도 알게 되었다. 마정타오는 몰래 안도의 한숨을 내쉬었다.

주징은 잡초를 말끔히 정리하느라 온몸이 땀투성이가 되었다. 리한성 선생의 묘지는 금방 이발한 사람처럼 깔끔해졌다. 주징은 잡초를 한데 모아 라이터로 불을 피웠다.

"헌 신문지를 깜빡 잊고 안 가져왔어요."

몇 번을 붙여봐도 불이 붙지 않자 주징이 웃으며 말했다. 마정타오는 자기 주머니에서 영수증 두 장과 휴지 한 장을 꺼내주었다. 주징이 조심스럽게 불을 붙였다. 푸른빛이 감도는 하얀 연기 한 줄기가 바람을 타고 피어올랐다. 주징이 불꽃에 눈길을 두고 말했다.

"다음 달에 쑤저우(蘇州)에 가볼까 합니다."

주다구이는 쑤저우 사람이었다. 마정타오는 아무 말도 하지 않았다. 축축한 잡초들은 완전히 타지 않고 짙은 흰색 연기만 내뿜고 있었다. 할미새의 울음소리가 멀리서 들려왔다. 주징은 아버지가 병이 위중해지고 나서야 고향 쑤저우가 몹시 그립다는 말을 했다고 했다.

"말씀하실 때마다 눈물이 그렁그렁하셨어요."

주징은 멀리 희뿌연 매연 속의 타이베이를 바라보며 담배를 피웠다.

마정타오는 친구의 아들인 주징의 말을 이해할 수 있었다. 마정타오라고 고향으로 돌아가고 싶지 않았겠는가? 마정타오는 자신은 공산당과의 원한이 너무 깊다고 생각했다. 리한성 선생이 둥베이 지방에서 탈출하기 전에 마정타오의 지휘 아래 잡아들이고 죽인 지하공작 혐의자는 적게 잡아도 2백 명은 되었다. 이제는 그보다 훨씬 더 악랄하게 사람을 죽이고 방화했던 자들이 모두 석방되었다고 그는 중얼거렸다. 그러나 대륙에서 사람들과 맺은 원한이 너무나 깊어서 사실 풀려나도 별수 없을 것이라고 혼잣말을 했다. 대륙에 간다고 해도 지린에서 자기 때문에 체포되었던 옛 동지들을 무슨 낯으로 본단 말인가? 마정타오는 소리 없이 스스로에게 묻고 답하며 혼자서 논쟁을 벌이고 있었다.

잡초가 너무 축축해서 불꽃이 흰 연기만 뿜고는 금방 꺼져버렸다. 주징은 좋은 생각이라도 난 듯 흰 국화 다발을 쌌던 신문지를 가져왔다. 이번에는 불이 잘 붙었다. 주징이 삽날 끝으로 잡초 더미를 헤집어주자 공기가 잡초 더미에 스며들어가 불그스름한 불꽃을 뿜었다. 픽픽거리는 불꽃 소리 속에서 주징은 짙은 연기 때문에 눈물을 흘렸다.

"아저씨, 제가 오랫동안 생각해봤는데요."

주징이 말했다.

"지금 타이완 사람들은 우리를 외부인으로 여기고 있어요. 아무리 토박이인 척해도 결국은 외성인이죠."

그는 만약 외성인들이 스스로를 대륙에서 온 외성인이라고 간주하면 어디에도 발붙일 곳이 없다고 말했다.

"아버지는 반평생을 타이완에서 사시다가 결국은 돌아가셨어요."

주징이 말했다.

"하지만 저희 세대는 훨씬 더 많은 세월이 남아 있는데……"

마정타오는 맞바람을 따라 불어오는 짙은 연기를 피해 일어섰다. 그는 아무 말도 하지 않았다. 말하지 않아도 주징은 이해할 것임을 그는 알고 있었다. 그들은 전에도 이 문제를 꺼낸 적이 있었다. 마정타오는 대륙에서 건너온 수많은 사람들이 공산당과 깊은 원한을 갖고 있다고 말했다.

"국민당이 타이완에서 정권을 잡고 있는 한 우리는 국민당에 철저히 의존해야지 다른 길은 없어."

마정타오는 이렇게 말했었다.

"하지만 지금 국민당은 어디로 가고 있나요? 총통이 바뀐 그날부터 국민당은 망조가 들었어요."

주징은 얼굴을 붉히면서 말했다.

"그렇게 말할 수는 없다. 정치, 권력, 경제, 보안체계에 군대까지, 잊어서는 안 된다. 아직은 우리 국민당이 장악하고 있어. 청천백일기(青天白日旗)*가 여전히 휘날리고 있다고……"

마정타오는 웃는 듯 마는 듯한 표정을 지으며 말했다.

"어쨌든 일단 쑤저우에 가보려고 해요."

주징이 말했다.

"적당한 때를 봐서 다음에는 아버지의 유골도 모시고 가야지요…… 노인네의 평생 소원이었으니까요."

"그래야지."

마정타오가 말했다. 리한성 선생, 주다구이 그리고 자신은 영원히 고향으로 돌아갈 수도 고향 친구에게 편지 한 통 쓸 수도 없으며, 결국 죽을 때까지 태어나고 자란 고향산천을 등질 수밖에 없다. 이런 생각을 하니 마정타오는 갑자기 처량해지는 느낌이었다.

잘라낸 잡초들은 다 타고 연붉은 재만 남았다. 마정타오는 흰 국화를 묘 앞 상석 위에 놓았다. 그는 일어섰다. 그는 오른손으로 주징의 왼손을 잡고 리한성 선생의 묘 앞에 한참을 서 있다가 허리를 굽혀 세 번 절을 올

* 과거 '국민당 기'를 말한다. 오늘날에는 타이완 국기로 사용된다.

렸다.

"리한성 선생은 나나 자네 부친에게 부모님 같은 분이시네."

마정타오가 묘비를 응시하며 깊은 생각에 잠긴 듯 말했다.

두 사람은 저무는 햇살을 받으며 묘역을 떠났다. 주징은 마정타오에게 언덕에 세워둔 자신의 중고 시빅에 타라고 권했다. 자동차가 산길을 따라 미끄러져 내려갔다. 마정타오는 가죽 지갑에서 천 원짜리 지폐 석 장을 꺼냈다.

"아저씨, 이건……"

"너에게 주는 게 아니야."

마정타오가 말했다.

"자네가 매번 나를 위해 리한성 선생께 정성을 다해주지 않았는가. 앞으로 내가 몇 번이나 더 올 수 있을지도 알 수 없는 노릇이고."

"아저씨……"

"리한성 선생이 자네 효심을 아신다면 얼마나 기뻐하시겠나."

마정타오가 창밖을 바라보며 말했다.

"아저씨, 언제 제가 한번 꼭 찾아뵐게요."

주징이 돈을 챙기고 백미러를 쳐다보며 말했다.

"그래, 한번 오거라."

마정타오는 기분이 좋은 듯 말했다.

"아저씨 댁은 찾기가 쉽지 않겠던데요."

주징이 말했다.

"먼저 충효로에 있는 충효공원을 찾거라."

마정타오가 말했다.

"충효공원 입구 오른쪽 첫번째 골목이다."

"네, 알겠습니다."

주징이 말했다.

6

'항렬은 따지되 나이는 따지지 않는다'는 말에 따라, 자기를 할아버지라고 부르는 저우밍훠(周明火)는 사실 신무보다 네댓 살밖에 어리지 않으니 이제 쉰이 넘었겠다고 린뱌오는 생각했다. 린뱌오는 남양에서 돌아온 후 빌린 명아주 밭을 논으로 바꾸어 이를 악물고 농사를 지었다. 375 토지개혁으로 논이 개인 소유로 바뀌던 그해에, 신무는 겨우 아홉 살이었다. 그때 신무는 늘 네 살 어린 아훠(阿火)를 데리고 논으로 가서 미꾸라지와 개구리를 잡곤 했다. 밍훠의 아버지는 가난한 소작인이었다. 375 토지개혁도 그를 먹고살 만한 자경농으로 만들어주진 못했다. 신무는 항상 콧물을 줄줄 흘리는 아훠를 데리고 와서 저녁을 먹었다. 린뱌오는 두 아이에게 하얀 쌀밥을 한 공기 가득 담아주었고 돼지기름으로 볶은 수세미로 국을 끓여주었다. 아이들은 문지방에 앉아 후루룩거리며 밥을 먹었다. 신무보다 네 살이 어렸지만 아훠는 신무만큼 밥을 빨리 그리고 많이 먹었다. 어려운 사람의 사정은 어려운 사람이 알아준다던가. 이런 일들을 모두 기억하고 있는 저우밍훠는 지금까지도 시골 풍습에 따라 린뱌오를 '할아버지'라 부르고, 린뱌오 앞에서 린신무를 얘기할 때는 감히 '아무'라는 이름을 부르지 못하고 예전 습관대로 꼭 '삼촌'이라고 불렀다.

저우밍훠는 해가 거의 기울 때 쯤 린뱌오를 맞이했다. 그는 린뱌오와 함께 작은 식당에서 식사를 마친 후 사범전문대학 옆 골목에 높이 서 있는 고압 전선탑으로 린뱌오를 데리고 갔다. 철탑의 기반은 아주 두꺼운 시멘트로 만들어져 있었고, 네 개의 다리처럼 보이는 교각에는 한 사람이 누울 수 있을 정도의 공간이 있었다.

"삼촌은 여기서 잠을 잡니다."

저우밍훠는 네 교각 기둥의 테두리를 가리키며 마치 벽은 없고 두꺼운 천정만 있는 '방'인 것처럼 말했다. 린뱌오와 저우밍훠는 신무의 '방'으로 들어갔다. 린뱌오는 마음이 저려왔다. 시멘트 바닥에는 어느 뜰에서 날아왔는지 모를 마른 잎사귀 몇 개가 굴러다니고 있었다. 교각 안 귀퉁이에는 빈 깡통과 빈 병들이 어제 날짜의 신문지 한 장 위에 쌓여 있었다. 린뱌오는 이리저리 둘러보았다.

"왜 이불은 보이지 않지?"

린뱌오가 눈살을 찌푸리며 말했다.

"여기 큰 종이상자가 몇 개 있네요."

아훠는 다른 쪽 교각에 있는 두꺼운 검은색 종이상자를 가리켰다. 린뱌오는 타이베이교 다다오청(大稻埕)에서 이런 모습을 본 적이 있었다. 그는 두꺼운 종이상자를 평평하게 깔고 다시 큰 종이상자 두 개를 병풍처럼 접어 바람을 막고 잠을 자던 노숙자가 떠올라 눈시울이 뜨거워지고 목이 메는 듯했다.

"제가 확실히 봤어요. 틀림없이 아무 삼촌이었습니다."

저우밍훠가 말했다.

"이번엔 꼭 집으로 돌아가자고 하세요."

린뱌오는 교각 옆에 쌓인 병과 깡통들만 멍하니 바라보았다.

"못된 놈! 못된 놈!"

그가 중얼중얼 말했다. 이 골목은 근처 집들의 뒷마당과 접해 있었다. 어떤 사람이 뒷마당에 노란 꽃이 피는 수세미를 심어놓았지만, 물을 주지 않은 탓인지 벌써 말라 죽은 화분이 많았다.

린뱌오와 저우밍훠가 서로의 얼굴이 잘 보이지 않을 정도로 날은 점점 어두워져갔다. 저우밍훠는 손을 들어 어떤 집의 부엌에서 새어나오는 불빛에 시계를 비춰보았다. 8시하고도 15분이 넘었다.

"9시 정도면 틀림없이 돌아올 겁니다."

저우밍훠가 말했다. 모기들이 앵앵거리며 공격하기 시작했다. 이렇게 모기가 많은 곳에서 제대로 잠이나 잤을까? 린뱌오는 어깨의 가려운 곳을 긁으며 생각에 잠겼다.

그러나 9시 45분이 되도록 골목길에는 사람의 기척이 없었다. 밤이 깊어가면서 어두웠던 건물의 창문 하나하나에 노란색의 따뜻한 빛이 흘러나왔다.

"할아버지, 신무 삼촌은 분명히 잠을 자러 올 겁니다. 제가 며칠 동안 뒤를 밟았거든요."

저우밍훠가 애타는 듯 말했다.

"그런데 제가 오늘 야간근무라 10시에는 가봐야 합니다."

아훠는 전화로 이미 그 말을 해뒀었다. 그는 플라스틱 공장에서 생산라인을 관리하고 있었다.

"그래 가야지, 가야지."

린뱌오가 말했다.

"삼촌을 찾으면 터미널에서 꼭 전화 주세요."

저우밍훠가 말했다.

"터미널로 삼촌을 보러 갈 짬은 낼 수 있을 겁니다. 어렸을 때 저를 무척이나 귀여워해주셨는데."

린뱌오는 꼭 그렇게 하겠다고 말했다. 아훠는 급히 자리를 떴다. 그러나 린뱌오는 정말로 신무를 만나서 신무가 집으로 가겠다고만 하면 돈이 얼마가 나오든 택시를 타고 곧장 허전으로 가리라 마음먹었다.

잠시 후 골목 어귀에서 누군가가 뛰어왔다. 린뱌오가 얼른 일어나 바라보았으나 역시 저우밍훠였다. 그는 모기향과 편의점에서 산 차와 먹을거리를 가지고 와서 펼쳐놓았다.

"만나시거든 절대 모진 소리는 하지 마세요."

아훠가 말했다.

"지나간 일은 모두 흐르는 물에 맡기시고, 어떻게 해서든 집으로 데리고 가세요."

저우밍훠는 말을 마치고 다시 급히 자리를 떴다.

"저는 일하러 가보겠습니다."

그가 말했다.

"얼른 가거라."

린뱌오가 말했다.

10시 30분이 넘도록 여전히 골목에는 사람의 기척이 없었다. 린뱌오는 서 있기가 힘들어 아예 고압전선 철받침 아래의 '방'에 앉아버렸다. 그는 모기향을 켰다. 약 냄새를 풍기는 푸른 연기가 작고 은은한 붉은색의 불씨에서 피어올랐다. 린뱌오는 눈을 크게 뜨고 어두운 골목의 하나뿐인 입구를 응시했다. 그는 혼자서 가슴속 깊은 곳으로부터 우러나오는 말을 신무에게 전하기 시작했다.

신무야, 내 말 좀 들어보거라. 이번에 네가 정말로 이 애비랑 돌아간다면 우리 가족 모두가 다시 모이는 게다. 네 딸 웨즈, 너도 헤아려보면 알겠지만 벌써 서른이 넘었어. 그 아이도 다음 주에 나를 보러 집으로 온다고 했다. 친구 한 명이랑 같이 놀러 오겠다는구나. 네가 정말 돌아온다면 우리 세 식구가 모두 모이는 것이지. 전쟁이 난 것도 아니고 천재지변이 일어난 것도 아닌데 왜 우리 가족은 뿔뿔이 흩어져 살게 되었단 말이냐? 이것이 운명이라도 나는 믿고 싶지 않다. 그해에 땅을 판 돈이 아직 남아 있고 또 돌아갈 집이 없는 것도 아닌데 신무 너는 왜 이렇게 거지처럼 떠돌아다닌단 말이냐?

그해 너희 가족이 이사 나갈 때 웨즈는 겨우 두세 살이었다. 네가 웨즈를 나에게 보냈을 때 그 아인 열두 살이었어. 딸아이를 데리고 허전으로 왔으면서도 정작 너는 우리 집 대문을 넘어서려 하지 않았다. 정거장에서 약도를 그려주고 주소를 써서 웨즈 손에 쥐여주고 혼자 찾아가게 했지. 어찌 그리도 무정하고 독하단 말이냐.

그런데 아즈(阿枝)는 참 유별났었다. 두세 살에 부모의 손에 이끌려 집을 나갔다가 열두어 살이 되어 돌아왔으면서 마치 하루 이틀 만에 집으로 돌아온 아이 같았거든. 나는 아이가 집으로 들어오던 날을 지금도 기억하고 있다. "할아버지, 저 린웨즈예요." 나는 한참을 멍하니 있었다. "네가 내 손녀란 말이냐?" 하고 물으니, 그 아이는 웃으면서 "네" 그러더구나. 아무야, 네 딸이 얼마나 예쁘고 성격도 좋던지. 문을 들어서자마자 시시콜콜 할아버지에게 말도 잘했었다. 그때 나는, 너희가 공장을 정리한 해가 웨즈가 소학교 5학년 되던 때였음을 비로소 알게 되었다. 다음 해에 너와 네 아내 바오구이가 타이베이의 다차오토우(大橋頭)와 완화룽(萬華龍)산사 주변에서 일당을 받는 막노동을 시작했다는 것도 그때 알았지. 너희가 빈민들이 몰려 있는 수이먼(水門) 아래 작은 집에 세 들어 살았다고 아즈가 말하더라. 하루하루가 너무 힘들었다고. 아즈 말로는 자기가 6학년이 되던 해에 네 아내가 집을 버리고 떠났다고 그러더구나. 아즈에게 왜 나갔느냐고 물어봤더니, 설핏 웃으면서 "살기가 너무 피곤하고 힘들었어요. 엄마는 더 이상 못 견디신 것 같아요"라고 하더구나. 그래서 내가, 너는 힘든 게 두렵지 않느냐고 물으니 네 딸아이가 뭐라고 했는지 아니? "제가 힘들다고 하면 아빠는 누가 돌봐주겠어요?"라고 하더라. 아무, 들어보렴, 겨우 열몇 살밖에 안 된 아이가 한 말이야.

네 아내 바오구이가 남편과 자식을 버리고 나가버렸다는 소리에 나도 몹시 화가 나고 섭섭했었다. 바오구이는 난랴오(南寮) 사람으로 바로 네 엄마의 고향 친척이다. 그해에 우리가 가난하다는 것을 크게 탓하지 않고 인연을 맺어줄 때는 정말 기뻤단다. 우리 집에 들어와서도 말수가 너무 적은 것이 흠이긴 했지만 그래도 괜찮은 며느리였다. 웨즈는 엄마가 고생이 싫어서 떠났다고 했지만 나는 그 말을 믿지 않는다. 난랴오 사람들은 농사일을 허투루 하지 않고 아주 열심히 한다고 정평이 나 있거든. 남자건 여자건 무덤 속에서도 일만 한다는 말이 있을 정도지. 우리 집에 들어온 이후로 바오구이는 너와 함께 아침 일찍 문을 나서 어두워져서야 집으로 돌아왔지만 표정은 항상 즐거웠다. 며늘아기가 떠난 건 틀림없이 무슨 사연이 있을 게야. 나에게도 확실히 말해주어야 한다. 너에게 여동생이 없어서 바오구이는 정말 내게 딸 같은 며느리였어. 그 아이가 고생이 싫어서 떠났을 리는 없다. 신무야, 나는 절대 믿을 수가 없어.

우리 웨즈는 겨우 열두 살인데도 밥 하고 반찬 만들고 청소 하고 옷 빨고, 못하는 일이 없었다. 나를 도와 청소를 하고 나니 돼지우리 같았던 집이 며칠 되지 않아 말끔해졌다. 너희들이 낮에 일을 하러 나가니까 집안일은 크든 작든 모두 손녀애가 맡았던 것 같더구나. 웨즈는 여기서 중학교에 들어갔는데 성적도 그런대로 괜찮았다. 그토록 귀엽던 손녀애가 아직 만 열일곱도 되지 않은, 막 상업고등학교로 진학하려고 했던 바로 그해에 외지에서 온 이발사 놈과 도망쳐버린 거야. 아무, 넌 이런 일들을 너는 전혀 모르고 있겠지. 네가 어떻게 알겠니? 집도 처자식도 없이 사방을 떠돌아다니는 네가 애비와 딸자식에게 무슨 일이 생겼는지 알기나 하겠냔 말이다…… 아, 속상하고 답답하다! 만약 그 이발사 놈이 내 앞에 나타난다면, 정말로 나와 맞닥뜨리기라도 한다면 내 당장 그놈을 때려죽일 게다. 나는 웨즈를 찾아 기차역으로 터미널로 마구 뛰어다녔다. 요즘 같이 차 타는 것이 쉬운 세상에 도대체 어디로 가서 사람을 찾는단 말이냐? 밍웨(明月) 이발소 주인이 이발하러 오는 사람들에게 욕했다더구나. 그놈이 이발도구 몇 개를 훔쳐 달아났다고 말이다. 밍웨 이발소에는 의자가 세 개가 있는데, 두 개는 여자들이 머리를 감거나 머리를 감는 용이고, 다른 하나에서는 남자들 머리만 잘라주었지. 나중에야 안 사실이다만, 우리 웨즈가 항상 여자들이 머리를 감고 머리 하는 모습을 보며 이발소에 와서 기술을 배우고 싶다고 농담 반 진담 반으로 말하곤 했다는구나. 그렇지만 아무도 우리 웨즈가 그 이발사 놈하고 얘기하는 건 보지 못했다는 거야. 정말 속상하다, 아무야, 네가 집에 없으니까 멀쩡한 집에 이런 일이 생기는 것 아니겠니.

하지만 사실 책임은 나에게 있다. 그때 나는 일본군에 징집되었던 사람들과 함께 이리 뛰고 저리 뛰느라 미쳐 있었거든. 일본 정부에게 보상을 받으려고, 일본이 패전 후에 마땅히 주었어야 할 보상금을 받아내는 일에 미쳐 있었단 말이다. 당시에 내가 그렇게 정신없이 쏘다니지 않았다면, 꽤 많은 일본 돈을 받아낼 수 있다고 확신하고 도처로 돌아다니며 이삼 일씩 집에 돌아오지 않는 일이 비일비재했는데, 만약 내가 그렇게 하지 않았다면 과연 웨즈가 몰래 도망을 갔을까 하는 생각이 든다.

겨우 열일곱인 여자아이가 망나니 같은 이발사 놈과 달아나다니. 게다가 일본 도쿄 지방법원은 그해에 우리가 올린 소장을 각하해버렸단다. 아무, 그들 말이, 우리는 이미 일본 국적이 아니므로 일본의 '은급'을 받을 자격이 없다는 거야. 당시에 일본이 붉은 통지서를 발급해서 사람들을 강제로 끌어들이는데 누가 감히 가지 않을 수 있었겠니? 일본인은 군복을 주면서 우리에게 입으라고 했고, 일본 천황의 은덕으로 타이완 사람은 일본 사람이 될 수 있다고 했거든. '나이타이이치뇨(內臺一如).' 내가 일본어로 이렇게 말하면 너는 무슨 말인지 알아듣지 못하겠지. 바로 내지의 일본인과 우리 타이완 사람은 모두가 천황의 평등한 자식이라는 말이지. 우리에게 자진해서 일본과 천황폐하를 위해 목숨을 바치라고 해놓고, 이제 와서는 일본 군인들처럼 연금을 달라는 우리의 요구를 나 몰라라 하고 있단 말이다.

귀여운 손녀는 떠나버리고, 일본인들은 우리에게 돈을 줄 수 없다고 못을 박았지. 아무 너는 또 어느 하늘 아래에서 죽었는지 살았는지도 알 수 없었고. 그렇지만 나는 네 부녀가 만약 죽었다면 시체라도 꼭 찾아보고, 살아 있다면 어떻게든 만나보겠다고 결심했다. 안 그러면 죽어서도 눈을 감지 못할 테니까. 그렇게 7~8년이 흐른 어느 날 밤에 누군가가 문을 두드리더구나. 문을 열어보니 어떤 젊은 여자가 무릎을 꿇고 앉아 있는 게야. 그 젊은 여자는 '할아버지, 저 웨즈예요'라고 하더라. 아무야, 네 딸 웨즈가 돌아온 거야. 나는 그 아이를 일으켜 세웠지. 웨즈는 주방 식탁에서 하염없이 울더구나. 내 마음도 찢어졌지. 8년의 세월 동안, 겨우 열여섯 먹은 여자아이가 험한 사회에서 살아가자니 얼마나 힘들었겠니. 짓밟히기도 하고, 맞기도 하고, 별의별 모욕도 다 당했겠지. 나는 웨즈에게 차 한 잔을 따라주었다. 집에 돌아왔으니까 마음껏 울게 내버려뒀어. 밖에서야 어디 마음 놓고 울 수나 있었겠니.

그런데 난 정말 생각지도 못했다. 아무야, 처음부터 끝까지 그 아이가 운 이유는 자기 아버지, 바로 너 때문이었다.

그 애가 열세 살이 되던 해에 네가 자기를 허전의 버스 정류장까지 데리고 와서 혼자 할아버지 집을 찾아가 살라고 했다는구나. 웨즈는 아빠가 차 안에서 그리고 정류장에서도 네가 중학교를 졸업하면 꼭 돌아와서 타이베이로 데리고 가 고등학교에 다니게 해주겠다고 약속하고 거듭 약속했다고 하더라. 하지만 할아버지께는 절대 이 계획을 말씀드리면 안 된다고 당부했고. 그제야 나는 웨즈가 중학교를 졸업하던 해에 고등학교에 들어가지 않겠다고 고집 피우던 일이 생각나더구나. 신무 너는 웨즈가 거의 2년 동안 너를 기다리고 또 기다렸는데도 소식 하나 전해오지 않았다. 열여섯이 되던 그해에 웨즈가 남자와 도망친 가장 큰 이유가 바로 그 이발사가 타이베이에 데려가 아버지를 찾아주겠다고 해서였다는구나. 웨즈가 한 말이다.

네 딸과 밍파(明發), 그 이발사 말이다, 둘은 함께 타이베이로 가서 먼저 한 기관의 복지관 이발부에 자리를 잡았단다. 이후 둘은 독립해서 작은 미용실을 열었고. 처음 타이베이로 간 몇 달 동안 네 딸은 시간만 있으면 밍파와 함께 타이베이 대교와 완화롱 산사 등지로 찾아다니며 네 행방을 수소문했단다. 하지만 아무 소식도 들을 수 없었다는구나. 웨즈가 그러는데, 3~4년 사이에 타이베이 대교와 완화롱 산사에 일을 하러 오는 사람들이 모두 바뀌어서 아버지를 아는 사람은 더 이상 없더라는 거야. 내가 물었지. 그럼 너는 왜 이렇게 오랫동안 이 할아버지한테 소식 한번 없었냐고. 그때 밍파와 타이베이로 도망쳐서 할아버지는 절대 자기를 용서하지 않을 거라고 생각했다는구나. 대신 언젠가 아버지를 찾아서 함께 돌아가면 할아버지가 용서해주시리라 생각했다는 게야. 너나 딸애나 어쩜 그렇게 성격이 똑같은지 ……

네 딸이 그러는데, 억수처럼 비가 쏟아지던 어느 날 한밤중이 다 된 때였다지. 양동이로 퍼붓듯 비가 내려서 웨즈는 우산을 들긴 했어도 옷이 모두 젖어버렸었단다. 뛰다 걷다 하다가 이미 문을 닫은 은행의 처마 아래에서 비를 피하고 있었는데, 이때 자기 옆에서 노숙자 같은 사람 한 명이 이불을 품고 쪼그리고 앉아 비를 피하며 질주하는 차들을 물끄러미 바라보고 있었다는구나. 한밤중인 데다 비까지 오고 있었지만, 웨즈는 가로등 덕분에 거의 한눈에 변해버린 너를 알아볼 수 있었다는구나. 웨즈가 '아빠, 아빠 딸 웨즈예요'라고 말하자 너도 곧 알아봤다면서. 비 오는 밤 처마 아래에서 네 부녀는 울다가 이야기하다가 그랬다지. 너는 웨즈에게 막노동도 하기 힘들게 되었다고, 나이가 많아지니까 아무도 자기를 쓰지 않는다고, 그저 잔일이나 보수가 적은 일만 할 수 있었다고 말했다고 하더구나. 이사 가는 회사가 있으면 이삿짐을 나르고 공장에 들어가면 기름때를 씻는 일 아니면 장거리 화물트럭의 짐을 묶는 일이나 했다지. 그러다가 결국 아무도 너에게 일거리를 주지 않았다고 그러더구나. 웨즈가 왜 이렇게 오랜 세월 할아버지를 찾아오지 않았냐고 물었지만 너는 아무 말도 하지 않았다지. 웨즈는 아버지가 얼마나 고생하셨을까 생각하니 하염없이 눈물이 나왔고, 너는 아무 말없이 빗줄기가 점점 약해지는 거리를 바라보고만 있었다고 그러더라. 그때 너는 갑자기 웨즈에게 자기를 할아버지 집으로 데려다 달라고 했다지. 웨즈가 엉엉 울자 너는 그 아이에게 이렇게 말했다며. '울지 말거라. 하늘이 점점 밝아오는구나. 넌 우선 집으로 돌아가서 채비를 하고 그런 다음 다시 여기로 와 나를 데리고 가서 머리도 잘라주고 목욕도 시켜주고 옷도 갈아입혀주렴.' 정말이지 너는 어쩌면 그리도 독하고 매정하단 말이냐. 웨즈가 택시를 잡아타고 집으로 가서 돈을 가지고 밍파와 함께 다시 오기까지 채 한 시간도 걸리지 않았는데, 처마 아래에는 네 이불과 더러운 옷가지가 담긴 커다란 종이상자만 남아 있을 뿐, 너는 이미 자리를 뜨고 없었다더구나.

신무야, 이제 날이 밝아오는구나. 밤새도록 이 골목에는 어떤 술 취한 사람이 구토를 하고, 토한 후에는 한바탕 오줌까지 길게 갈기고 갔을 뿐 네 모습은 보이지 않았다. 솔직히, 아훠가 나를 여기로 데리고 왔을 때 텅텅 비어 있는 것을 보고, 특히 이불이 보이질 않아 '네가 또 떠나갔구나'라고 생각했지. 오늘 내가 찾아올 것이라는 것을 알고 미리 피했다고 생각진 않는다. 그저 우리 부자의 고약한 운명에 아직 인연이 없는 것이라 생각한다. 너는 다시 떠나갔구나. 또 어느 하늘 아래에서, 멀쩡한 집이 있는데도, 너는 또 그렇게 떠돌아다니겠지. 네 딸은 너를 찾지 못하자 며칠 동안 아무 말도 하지 않았단다. 이건 그 이발사가 나중에 나한테 해 준 말이야. 그 아이는 갑자기 헤어지자고 했다는구나. 어떤 말을 해도 듣지 않았다지. "아파(阿發), 당신에게는 미안하지만" 네 딸은 이렇게 말했단다. "더 이상 미용실을 지키며 살아갈 수 없을 것 같아요. 어떻게 해서든 아버지를 찾아서 돌아오겠어요." 웨즈는 밍파 곁을 떠난 후 사방을 옮겨 다니며 보험 설계사도 하고 건강식품을 팔기도 하고 미용사 노릇도 하고 식당 일도 하고…… 가는 곳마다 웨즈는 노숙자들이 있는 곳을 물어봐서 아버지를 찾아다녔단다.

떠돌아다니는 '노숙자'들은 모두 먹기만 하고 일하기는 싫어하는 자들이라고 사람들은 말하지. 다른 사람은 모르겠어. 그렇지만 내 아들 신무는 절대 그런 사람이 아니라는 것을 잘 안다. 며느리 바오구이가 우리 집으로 시집올 때쯤, 너는 항상 일찍 집에서 나가 늦게야 돌아오곤 했었지. 논일이든 밭일이든 마을 젊은이들 중에 너를 당해낼 사람은 없었다. 네 스스로 열심히 일하는 모습을 보면서, 나는 남양의 열대림 속에서 네 엄마가 나에게 사내아이를 한 명 낳아주었다는 편지를 받았던 때가 떠올랐다. 신무야, 너는 모를 게다. 비록 2선의 부역 군인이긴 했지만, 험악한 전쟁터에서 매일 1분 1초마다 살아 있으면 그것이 곧 살아 있는 것이었다. 다음 1분 다음 1초에도 살아 있을지 죽을지는 누구도 알 수 없었다. 결국은 너와 친척들, 가족, 고향…… 모든 것들과의 연결이 끊어져 버렸지. 살아 돌아가 친지와 고향 사람들을 만날 수 있을지도 알 수 없었으니 사실 당시 이미 나와는 아무런 관련도 없다고 여겼다. 그런데 그 편지 한 통으로 나와 내 아이인 너, 또 그와 이어진 아이의 엄마, 아이의 할아버지가 질긴 끈으로 맺어진 거야. 살아 돌아간다는 것이 갑자기 무엇보다 중요한 일이 되어버렸어. 게다가 아무 근거도 없이 분명히 살아 돌아갈 수 있을 거라는, 그래 분명히 살아서 돌아갈 수 있다는 확신이 들더구나. 나에게 혈육이 생겼다는 그 한 가지 이유 때문에 말이다. 나는 편지를 주머니에 넣어두고 수시로 꺼내 읽었다. 아무야, 워낙 자주 읽어 종이가 너덜너덜해졌지만, 나는 잘 보이지 않는 글자와 이미 지워진 글자까지 명확히 기억할 수 있었다. 하지만 열대림 속에서 미군을 피해 달아나던 때 며칠 동안 내린 폭우 때문에 결국 주머니의 편지가 모두 뭉개지고 말았지. 그러던 중 깊은 삼림 속에서 일본이 패전했음을 알게 되었다. 일본인들은 울기도 하고 자살하는 사람도 있었다. 그들을 따라 울었던 타이완 사람들도 적지 않았다. 자신의 앞날도 막막해졌다고 느꼈겠지. 그런데 신기하게 일본군이 패했다고 미칠 듯 기쁘지는 않았다만 마음 깊은 곳에서 뭔가 확신이 생기더구나. 이제 정말로 살아 돌아가 내 아들을 만날 수 있다는 확신 말이다. 다른 사람들이 고개를 떨어뜨리고 절망하고 있는 사이에 나는 내 아들이 이제 몇 살이고 또 키는 얼마나 컸을까 상상하고 있었단다.

필리핀에서 타이완으로 가는 석탄운반선을 타고 가오슝 항에서 내렸지만, 아무리 둘러봐도 너를 안은 네 엄마를 찾을 수가 없었다. 심장만 쉼 없이 쿵쿵 뛰었지. 담당 사무를 맡은 외성인과 타이완 사람이 우리를 맞이하더니 여비를 좀 주면서 알아서 고향으로 돌아가라고 하더구나. 내가 고향으로 돌아오던 날, 동네 이웃과 몇몇 가난한 친척들이 집으로 찾아왔다. 네 이모할머니께서 아이 엄마는 1년 전에 저세상 사람이 되었다고 말해주었다. 가난 때문에 치료 한번 제대로 받지 못했다며 이모할머니는 울먹이셨지. 그래도 아뱌오가 돌아온 것이 경사이니 울지 마시라고 이웃집 누군가가 위로를 해주었고. 바로 그때 이모부 뒤에 숨어 있던 작은 아이가 눈에 들어오더구나. '정말 잘생긴 바로 내 아들이구나'라고 생각했다. 너는 조금 불거져 나온 큰 눈에 칼로 새긴 듯한 쌍꺼풀이 있었어. 나는 보자마자 바로 내 아들임을 알 수 있었다. 네 눈은 나를 닮지 않고 엄마를 쏙 빼닮았지. 정말로 똑같단다. 주름진 얼굴이 눈물로 범벅된 이모부께서 너를 내 앞으로 밀었다. "아버지" 하고 불러봐. 이모할머니께서 말씀하셨어. 너는 놀라서 울기 시작했다. 그제야 나도 목 놓아 울기 시작했다……

신무야, 집으로 돌아오너라. 대체 무슨 사정이 있기에 떠돌아다니며 사서 고생을 하는지 전부 털어놓거라. 난 이제 늙었다. 어느 날 내가 결국 일어나지 못해서 어젯밤 침대 밑에 벗어놓은 신발을 다시 신지 못한다면, 누군가는 내 몸을 씻기고 옷을 입혀 관에 넣고 향이라도 피워 산으로 보내주어야 할 것 아니냐. 벌써 날이 훤히 밝았구나. 어느 집 부엌에서 계란 굽는 냄새가 풍기는구나. 지난번에는 웨즈를 피하고, 이번에는 이 늙은 애비가 너를 만나지 못하는구나. 살아 있으면 사람을, 죽었으면 시신이라도 만나봐야 하지 않겠니. 너를 찾지 못하면 난 눈을 감지 못한다. 집으로 돌아오너라.

린뱌오는 손자뻘 되는 아훠(阿火)가 사다 준 간식 봉지를 들고서 피곤한 몸을 이끌고 골목길을 나섰다. 골목 밖 큰길에는 사람과 차들이 점점 많아지고 있었다. 신무 이 고집불통, 불효자식아. 린뱌오는 이제 막 깨어나기 시작한 도시를 향해 소리 없이 말했다. 그의 눈에 눈물이 비쳤다.

린뱌오는 허전으로 돌아오는 고속버스에서 잠이 들었다. 꿈속에서 수염이 가득한 아들 신무가 충효공원 옆 정자에서 잠을 자고 있다는 소식을 들었다……

7

마정타오는 리한성 선생의 묘에 성묘 하러 타이베이에 다녀온 후 별 이유 없이 갑자기 힘이 빠져버리는 느낌이 들었다. 요즘은 충효공원에 가서 운동을 하는 날도 아주 드물어졌다. 새해가 지난 후, 타이완 남쪽에 치우쳐 있어 추운 날이 거의 없던 허전에 몽고 초원에서 발생한 차가운 기류가 갑자기 불어닥쳤다. 그러나 대선의 열풍은 섬 전체의 온도를 높여 놓았다. 수년 동안 아무런 연락이 없던 과거의 동지들이 각지에서 그에게 전화를 걸어 타이완의 독립을 맹렬히 비난했다.

"라오마(老馬), 만약 그것들이 정말 정권을 잡으면 우리 외성인들은 죽어도 묻힐 땅이 없을걸세."

산시(山西) 성 출신으로 이미 은퇴한 차오 청장이 말했다.

"그럴 리야 있겠소?"

마정타오가 말했다.

"국민당이 선거를 주도할 텐데, 공격은 못 해도 정권을 수성하기엔 충분합니다. 당시 선거 때 우리가 당을 도와 어떻게 조직을 동원했었는지 아직 기억하시잖소."

차오 청장은 마정타오가 시골에서 십몇 년을 숨어 살다 보니 세상이 어떻게 돌아가는지도 모른다고 했다. 차오 청장은 마정타오에게 반드시 '쑹(宋) 선생'*을 뽑아야 한다고 신신당부했다.

주징도 몇 번이나 전화를 해서 같은 말을 했다.

"나는 국민당에 투표할 거다."

마정타오가 말했다.

"네 아버지가 아직 살아 계셨어도 나와 같은 생각이셨을 거야. 국민당이 없었다면 마정타오도 주다구이도 없었어."

주징은 전화 저쪽에서 대담하게 국민당 총통을 욕하기 시작했다.

"국민당은 이제 없어요. 아저씨, 벌써 무너져버렸다니까요."

주징은 간절하게 말했다. 주징은 지금 외성인들이 겉으로는 아무 일 없는 듯 살고 있지만 실은 무척 두려움에 떨고 있다고 말했다. 타이완 사람 앞에서는 감히 속내를 드러내지 못할 뿐 아니라 더듬더듬 민난어까지 배운다고 했다.

"아저씨는…… 벌써 연세가 많으시잖아요. 저는 아내와 아이들을 데리고 아예 미국이나 캐나다로 이민 갈 능력도 없단 말입니다."

---

* 2000년 총통 선거에 무소속으로 출마한 쑹추위(宋楚瑜)를 말함.

주징이 말했다.

"그렇다고 매일매일 온 가족이 걱정만 하며 살아갈 수도 없잖아요."

한동안 말이 없던 마정타오가 입을 열었다.

"국민당을 떠나서는 쑹 선생 스스로도 살아남기 힘든데, 대체 누구를 보살펴줄 수 있단 말이냐?"

마정타오는 주징이 화까지 내리라고는 생각지 못했다.

"그래요, 아저씨. 아저씨는 계속 꿈속이나 헤매고 계세요."

주징은 차가운 목소리로 말했다.

"아저씨는 그때가 되면 어떻게 죽을지 아저씨 자신이 모르신단 말입니까."

깜짝 놀란 마정타오는 있는 힘껏 전화를 끊어버렸다.

"건방진 놈."

마정타오는 혼잣말로 중얼거렸다.

대선 결과가 나왔다. 예상대로 국민당은 타이완의 강산을 잃고 말았다. 마정타오는 혼자 집에서 몇 날을 멍하게 보냈다. 이 일이 그에게는 천지가 뒤집힐 만한 큰 사건이라는 것을 이해하지 못하는 것처럼. 그렇게 보름이 지난 후 그는 텔레비전 화면을 통해 외성 출신의 노인들이 타이완 깃발을 휘날리며 타이베이 총통부 광장에서 시위하는 모습을 보았다. 마정타오는 대륙에서 '간첩'에게 이용당한 학생, 신문기자, 교수, 민주인사들이 수만 군중을 선동하여 국민당 타도를 외치며 시위를 하고 거리행진을 하는 모습은 보았지만, 자기처럼 국민당을 돌아가야 할 곳으로 여기고 친어머니처럼 여기고 비호의 대상으로 여기는 수만의 인파가 보아이루(博愛路)에 있는 국민당 50년 권력의 상징 총통부 앞에서 소란을 피우며 정권을 상실한 국민당에 대해 절망과 분노, 공포와 비통함을 표현하는 모습은 본 적이 없었다.

마정타오는 화면에 보이는 절규와 눈물과 분노 속에서 주징이 전화로 토로하던 방황과 불안과 두려움의 심정을 처음으로 이해할 수 있었다.

순간 마정타오는 그의 반평생의 기록이 모두 백지가 되어버린 듯했다. 그의 호적상의 일체의 기록이 사라져버리고, 통장은 빈 칸만 남고, 신분증에 적혀 있던 내용도 더는 보이지 않았다. 당증과 전역증의 기록도 모두 빛이 바래 읽을 수가 없었다. 그가 구 만주의 헌병대에서부터 군통국, 정보부를 거쳐 경비총부에 이르기까지 저질렀던 납치, 체포, 고문, 심판, 처형 등은 국민당이 흔들림 없이 굳게 서 있을 때는 너무나도 당연하고 떳떳한 일이었으므로 죄책감 때문에 악몽에 시달릴 이유가 없었다. 그러나 이제는 각 기관마다 비밀스럽게 봉해져 있던 그의 친필 서명이 들어간 무수한 살인의 기록을 더는 숨겨두기 어렵게 된 것이다. 그는 끝없는 나락으로 떨어지게 되었다. 나아갈 길도 사라지고 조용히 지낼 곳도 없어져버렸다. 그는 문득 거대한 사기극에 말려들어 끝도 보이지 않는 영원한 허공과 암흑으로 추락해버린 것 같았다.

마정타오는 문밖출입도 못할 만큼 수척해졌다. 그는 서랍을 정리해서 문건과 증명서들을 한데 모았다. 그런 다음 어느 상자의 바닥에서 구리로 된 수갑을 꺼냈다. 구리와 철을 합금해서 만든 이 수갑은 구 만주 시대부터 상자 속에서 그와 반평생을 함께했다. 요 며칠 매일 밤마다 마정타오는 전등 아래에서 오랜 세월 녹이 슬어 암흑색으로 변해버린 수갑을 황금색으로 반짝반짝 빛날 때까지 기름으로 정성껏 닦았다. 마정타오가 다시 기름을 발라주자, 이빨이 나 있는 구리 수갑은 손으로 살짝만 건드려노

둥근 모양으로 스르르 잠겼다. 둥베이 지방에 있을 때, 그가 항상 기름을 발라두었던 이 수갑을 많은 청년들의 손목에 가볍게 갖다 대면 수갑은 민첩하게 청년들의 손목을 휘감았다. 반항하면 할수록 수갑은 더욱 깊이 그들을 옥죄었고, 그때마다 마정타오는 쾌감을 느꼈다.

한 달여 후, 사람들은 이상한 냄새가 스멀스멀 피어오르는 곳을 찾다가 마정타오의 독채 집에서 황금빛 수갑을 손에 찬 그의 시체를 발견했다. 그의 머리 전체가 큰 비닐봉지에 꼭꼭 싸여 있었고, 바닥에는 타버린 문건들이 쌓여 있었다. 황금빛을 내는 수갑의 열쇠는 멀리 침실 문 앞에 떨어져 있었다. 반쯤 눈을 뜬, 억지로 웃는 듯한 얼굴에서는 알 수 없는 슬픔과 깊은 근심이 배어 나왔다.

'방 안에는 어떤 반항의 흔적도 없었지만, 경찰은 그가 타살되었을 가능성도 완전히 배제하지 않고 조사 중에 있다.'

다음 날 신문의 지방판 사회면 한 귀퉁이에는 그다지 눈에 띄지 않는 조그만 기사 하나가 이런 소식을 전했다.

8

린뱌오는 가오슝에서 돌아온 후 편지함에서 웨즈의 편지를 발견했다. 편지에는 연말결산 때문에 바빠서 해를 넘겨서야 친구를 데리고 올 수 있을 것 같다고 씌어 있었다. 이때는 대선 분위기가 날이 갈수록 달아올라 어딜 가든 남녀노소를 막론하고 모두가 들뜬 마음이었다. 매일 아침 일찍 일어나 충효공원으로 오는 사람들 중에 대선에 관해 이야기하지 않는 사람이 없었다. 쩡진하이는 그중에서도 특히 열성적이었다. 그는 천엔레이 위원이 이번 열병식에 대단히 만족하고 있으며, 자기가 일본군으로 복무하지는 못했지만 아버지는 남양 군도에서 타이완 출신의 일본군으로 전사했으며, 그날 일본 해군기가 바람에 펄럭이는 것을 보자 "눈물이 나려고 했다"고 말했다고 했다. 쩡진하이는 차를 타고 비행기를 타고 타이완의 북부, 중부, 남부를 부지런히 뛰어다니며 남양 군도와 화난으로 갔었던 '전우'들을 총동원했다. 쩡진하이는 지금은 군인들의 연금 문제는 잠시 논하지 말자고 했다.

"일본인들이 우리를 일본인으로 인정하지 않아도 좋아요. 다만 일본인들이 패전 이후 아직까지도 지급하지 않은 급료와 미결산된 군인 저축만이라도 이야기를 하자 이거지요……"

쩡진하이가 말했다.

"일본 정신이 뭐요? 바로 신의 아니요."

린뱌오가 말했다.

"빚을 졌으면 갚는 것, 이게 바로 신의라 이겁니다."

일본인들이 돈을 돌려줄 것 같기는 한데, 다만 50년 전 일본 돈을 지금에 와서 어떤 방식으로 계산하느냐가 문제라고 쩡진하이는 말했다. 그는 선거에서 표를 끌어 모으기 위해 난시(南市)에서 일부러 근처의 타이완 사람 일본군 10여 명을 모아 일식 요리를 대접했다.

"처음에 일본 사람들은 120배로 계산해서 보상하겠다고 합디다."

쩡진하이가 말했다.

"우리가 받아들일 수 없다고 하자 나중에는 2백 배를 말하더군요. 더 이상은 안 된다고 말입니다. 우리도 아무런 대답을 하지 않았습니다."

일식집의 노인들은 물만이 가득 찬 채 논의를 했다. 당시 돈으로 빚

천원의 저금을 지금 2백 배로 계산한다 해도 겨우 몇십만 원에 불과했다.

"타이완 사람의 목숨값이 겨우 그 정도란 말이요?"

번쩍거릴 정도로 머리를 검게 물들인 노인이 말했다.

"우리는 다만 50년간의 물가 상승률에 맞춰서 계산해달라는 것뿐이오. 일본인에게 구걸하는 게 아니란 말이오. 갚아야 할 빚을 갚는 건데 일본 사람들도 양심이 좀 있어야지."

"말도 안 돼."

누군가가 일본어로 말했다.

쩡진하이는 자기가 천엔레이 위원과 함께 50년간의 이자와 물가상승률 등의 지수를 감안해서 계산해보니 최소한 1,700배는 되어야 한다고 말했다. 모든 자리에 희열에 들뜬 침묵이 잠시 감돌았다.

"앞으로 우리들 스스로의 정부로 바뀌면 천 위원이 일본 정계나 군관계자와의 인맥을 더 깊이 해서 우리 타이완 사람들을 위한 교섭을 해낼 것입니다."

쩡진하이가 말했다.

"사실 일본은 타이완 사람들을 무척 아끼고 사랑합니다."

마지막 말을 쩡진하이는 일본어로 했다.

"선거의 승리를 위하여, 전우 여러분, 선거의 승리를 위하여, 만세!"

머리를 검게 물들인 노인이 벌떡 일어나 일본어로 소리치자, 자리에 있던 노인들 모두가 일본식으로 만세 삼창을 외쳤다.

3월이 되자 정말로 정권이 바뀌었다.

"타이완 사람의 세상이 되었어."

쩡진하이는 흥분된 목소리로 전화기를 통해 말했다.

두 달 후 린뱌오는 일본어를 할 줄 아는 구 만주에서 온 외성인 마 씨가 문도 하나고 정원도 하나인 낡은 집에서 갑자기 죽었다는 소식을 들었다. 구급차가 윙윙거리며 충효공원을 에돌아 마정타오가 혼자 사는 집으로 들어가서 시체에 하얀 천을 씌워 들고 나갔다.

5월이 되어 천엔레이 위원은 당 고문이 되었다. 그러나 일본교류협회는 천엔레이 위원의 '전우회'처럼 보상을 위해 만든 여러 조직들을 모두 무시한 채, 각 신문지상에 일본군에 복무했던 타이완 사람이나 유가족들은 직접 협회로 와서 2백 배로 계산된 보상금을 찾아가라고 일정 기간 대대적인 광고를 실었다.

"한마디로 2백 배로 계산한 것이라도 찾아가고 싶으면 찾아가라 이거잖소." 머리를 검게 물들인 노인이 전화에 대고 욕을 섞어가며 말했다.

"일본 놈들은 우리들이 다 죽기만을 기다리고 있겠지. 이 채무 장부가 사라지기만을 기다리는 거야. 나쁜 놈들, 개자식들!"

각지 전우들의 채근에 못 이겨 천엔레이 위원은 쩡진하이에게 하나하나 전화를 돌리게 했다.

"신정부는 우리 사람이요. 우리 신정부는 특히 외교적인 지지가 필요하므로 일본의 지지가 필수적입니다. 그러기 위해서는 일본을 난처하게 만들어 소탐대실하는 우를 범해서는 안 돼요. 이것이 천 위원의 입장입니다."

쩡진하이가 린뱌오에게 전화를 걸어 간절하게 말했다.

"우리 자신의 정부를 위해 어쨌든 여러분이 양보를 좀 해주셔야 합니다. 2백 배라면 그냥 그렇게 해야지요."

쩡진하이는 일본어로 '나라를 위해'라는 말을 강조했다.

"일본인들도 당시 '나라를 위해' '천황폐하를 위해'라는 거짓말로 수많은 사람들을 남양 군도에서 죽게 만들었지 않소……

린뱌오는 목소리를 높여 전화기에 대고 소리를 질렀다.

벨이 울리더니 집에 오는 날짜를 몇 번이나 미뤘던 웨즈가 머리가 희끗한 남자와 함께 현관문을 열고 들어왔다.

"쩡진하이, 당신은 대체 누구 말을 듣는 사람이요. 이런 식으로 늙은이들을 속일 수 있는 거요?"

린뱌오가 화를 내며 말했다.

"미군의 폭탄에 터져 죽지 않고 살아남은 노인들이 이제 쩡진하이 당신네들에게 속아서 죽어버려야 속이 시원하겠냔 말이오."

린뱌오는 전화를 탁 끊어버렸다. 눈이 휘둥그레진 웨즈가 궁금한 표정으로 린뱌오를 바라보았다.

"할아버지."

웨즈가 말했다.

린뱌오는 그래도 분이 풀리지 않았는지 주방으로 들어가 물을 따라 마셨다. 웨즈가 따라 들어왔다.

"할아버지, 무슨 일로 그렇게 화가 나셨어요?"

그녀가 말했다.

"거실에 있는 저 사람은 사카모토 상이라고 해요."

"뭐, 일본 사람이란 말이냐?"

린뱌오는 말을 하면서 주방 쪽을 내다보았다. 예의 바르게 보이는 중년의 일본인이 두 손에 크고 작은 가방을 들고 있었다.

"넌 시집을 간다면서 딸 노릇을 할 작정이냐?"

린뱌오가 불쾌한 듯 말했다.

"할아버지!"

웨즈가 말했다.

린뱌오는 거실로 나갔다. '웨즈가 서른을 넘기긴 했지만, 그래도 남자 친구가 왜 하필 일본인이야?'라는 생각이 들었다.

웨즈도 그를 따라 나왔다.

"이분이 제 할아버지세요."

웨즈가 중국어로 말했다.

"린 선생님, 안녕하십니까?"

사카모토가 일본 억양이 강한 중국어로 말했다. 웨즈는 사카모토가 두 손에 들고 있던 선물을 받았다.

"중국 말을 잘하시는구려, 사카모토 상."

린뱌오가 일본 말로 말했다.

"저는 타이완에서 작게 장사를 하며 10년 넘게 살았습니다."

사카모토는 여전히 일본 억양의 중국어로 말했다.

"잘 못합니다. 중국어는 정말 쉽지 않습니다."

"그럼 일본어로 말해요."

린뱌오가 웃으며 말했다.

"아, 그럴까요?"

사카모토는 무거운 짐이라도 벗은 듯 웃으면서 일본어로 말했다.

"린 상께서는 일본어를 아주 잘하십니다."

린뱌오가 유쾌하게 웃기 시작했다. 무슨 까닭인지 알 수 없지만 린뱌오는 항상 기분이 우울하다가도 일본인만 보면 어쨌든 친근감이 들고 기분이 좋아졌다. 또 일본어를 들으면 저절로 혀가 돌아가면서 더듬거리기는 해도 아주 열정적으로 일본어가 나왔다. 방금 보상금 문제 때문에 마음속에서 끓어오르던 분노도 어디론지 금방 사라져버렸다.

웨즈는 주방에서 몇 가지 요리를 바쁘게 만들기 시작했다. 할아버지가 남양 군도의 전쟁 이야기를 하시면서 다행히 막 들어올 때의 화난 모습은 사라졌다고 그녀는 생각했다. 웨즈는 일단 요리를 하나 만들고 거기에 시원한 맥주 두 병을 곁들여 올린 후, 주방으로 돌아와 계속 음식을 만들었다.

사카모토는 맥주를 마시자 금방 얼굴이 붉어졌지만 린뱌오는 마실수록 얼굴이 창백해졌다.

"나는 예전에 일본인이었소. 일본을 위해 전쟁에 나갔었지."

린뱌오가 말했다.

"일본이 전쟁에서 패했을 때 저는 겨우 다섯 살이었습니다. 일본인들은 거의 빈털터리 거지 신세나 마찬가지였죠."

사카모토가 말했다.

"전쟁은 정말 무섭습니다. 그렇지 않습니까?"

"맞소, 정말 무섭소."

린뱌오의 혀가 조금 꼬이기 시작했다.

"그러나 그때 일본인들은 내게 말했소. 나라를 위해, 천황폐하를 위해 진짜 일본인처럼 그렇게 죽어야 한다고."

사카모토가 불쾌한 듯 얼굴을 붉히며 말했다.

"하지만 지금 일본인들 중에 국가나 천황에 관심을 가지는 사람은 별로 없습니다."

"그럼 우리가 속았다는 말이로군."

린뱌오는 얼굴에 미소를 지으며 어딘지 불안해 보이는 사카모토를 똑바로 쳐다보았다. 웨즈는 할아버지가 좀 흥분하신 것 같다고 생각했다.

"할아버지, 너무 많이 마시지 마세요."

일본 말을 전혀 알아듣지 못하는 웨즈는 불안한 듯 민난어로 조용히 말했다.

"괜찮아, 한 잔 더 따라라!"

린뱌오도 민난어로 웨즈에게 꾸짖듯 말했다. 창백한 얼굴에서 땀방울이 배어 나왔다.

"그때 일본인들은 우리에게 부끄럽지 않은 일본 전사로 죽어야 한다고 했었어."

린뱌오의 혀가 더욱 꼬였다.

"그런데 보상금 문제가 불거지자 일본인들은 우리들 면전에서 분명히 말했지. 뭐라고? 당신들은 일본인이 아니야!"

"저, 죄송하지만, 무슨 보상 말씀이십니까?"

사카모토는 조심조심 웃으며 말했다.

"허 참, 일본인들은 심지어 타이완 군에게 보상을 해야 한다는 것조차 모르는군."

린뱌오는 유쾌하게 웃었지만 두 눈은 분노로 이글거리고 있었다.

"정말 죄송합니다."

사카모토는 분위기가 너무 딱딱해졌다고 느꼈는지 어쩔 줄 몰라 했다.

"전쟁을 치를 때는 우리를 '천황의 적자'라고 하며 죽음으로 내몰고는……"

사카모토가 얼굴을 붉히며 한쪽에 앉아 있는 웨즈를 불안한 눈으로 바라보았다.

"할아버지, 손님도 계신데, 소리가 너무 큰 것 같아요."

내막을 모르는 웨즈가 걱정스러운 듯 웃으며 말했다.

"정말 죄송합니다."

이마에 땀이 흥건하게 배어 나온 사카모토가 조심스럽게 고개를 숙이며 말했다.

"지금 당신네는 또 이렇게 말하고 있어. 우리가 일본인이 아니니 돈을 줄 수가 없다고! 이건…… 죄송하고 말고의 문제가 아니야!"

린뱌오가 눈을 크게 뜨며 말했다.

"하나 물어봅시다. 나는, 나는 도대체 누구요? 내가 도대체 누구냔 말이오!"

린뱌오는 절규했다. 그는 눈물을 흘리기 시작했다.

"린 상……"

사카모토가 놀라며 말했다.

"일본인들은 나를 속였어."

린뱌오는 울면서 말했다.

"우리 같은 사람들이 죽어 없어지기만을 간절히 바라고 있어. 우리 월급과 저금까지 죄다 떼어먹으려고……"

"할아버지, 왜 그러세요?"

웨즈가 얼굴을 찌푸리며 말했다.

"지금은, 우리 편이었던 사람들도, 말하는 게, 나라를 위해서…… 일본인의 말을 들으라고 한다고. 바카야로, 이리 속고, 저리 속고, 죽을 때까지 속기만 하는 불쌍한 늙은이들…… "

웨즈는 화가 난 표정을 지었다.

"할아버지, 일본 사람이라면, 할아버지께서 평생토록 수없이 보셨잖아요?"

웨즈가 민난어로 말했다. 그녀의 목소리는 떨리고 있었다.

"왜 이렇게 술주정을 하세요? 왜 이렇게 제 체면을 깎아놓느냔 말이에요!"

그녀는 벌떡 일어나 핸드백을 들고 문을 나가버렸다.

"나는 누구냐……"

린뱌오는 일본어로 말하며 서럽게 울었다.

"나는 도대체, 누구란 말이냐……"

"린 선생님, 린 상……"

사카모토가 어쩔 줄 몰라 하며 말했다.

이미 어둠이 짙어진 충효공원은 검은 나무 그림자만 흔들거리고 있을 뿐이었다. 린웨즈는 충효공원을 에돌아갔다. '아버지, 저는 꼭 아버지를 찾아서 돌아올 거예요. 할아버지가 치매에 걸리셨으니 아버지가 반드시 돌아오셔야 해요.' 웨즈는 생각했다. 그녀는 충효공원 맞은편 길목에서 택시를 잡아타고 떠났다.

옮긴이 해설

나는 누구인가—타이완의 정체성 미망(迷妄)

타이완의 대표적인 리얼리즘 작가인 천잉전(陳映眞, 1937~)의 소설은 제재가 광범위하고 내용도 풍부하다. 그의 펜촉은 타이완 사회의 각 측면에 닿아 수십 년에 걸친 타이완 사회의 변화와 역사의 면모를 진실하게 반영하고 있다. 창작 연도별로 그의 소설을 살펴보면, 지난 50여 년간 대만의 사회상과 변화가 파노라마처럼 펼쳐진다. 즉, 전후 힘의 논리와 정치적 억압의 시대, 비약적인 경제발전과 그 이면에 드리워진 어두운 그림자, 공동의 목표와 가치가 사라진 1990년대 타이완의 방황, 타이완 독립이 주류가 된 2000년대에 이르기까지, 시대의 화두에 그의 소설이 있다. 역사의식과 강렬한 사회 참여의식이 반영된 그의 소설들을 통해 천잉전은 자신이 속한 사회 현실을 반영함과 동시에 그 사회의 한계와 모순을 극복하려고 부단히 노력해왔음을 보였다. 작가 천잉전은 격동기마다 현실에서 도피하지 않았으며, 타이완 사회의 변화와 변해버린 사람들의 살풍경을 냉정하고 날카롭게 그려내면서도, 질곡의 역사 속에서 방황하는 사람들의 막막한 표랑을 강한 연민으로 따뜻하게 감싸 안는다.

1. 역사의 고아, 고아의 역사

1895년, 청일전쟁 후 일본의 식민지가 된 타이완은 1945년 제2차 세계대전이 끝남과 동시에 일본으로부터 독립하였다. 일본이 패전하여 타이완에서 물러간 후, 타이완 사람들은 해방감과 조국에 대한 희망으로 가득 차 있었다. 그러나 대륙에서 온 국민당 정권의 부패와 경제적인 어려움, 타이완 본토인들에게 보인 억압적 태도는 타이완 사람들에게 환멸만을 안겨주었다. 이런 와중에 타이완 본토인들에게 치명적인 상처를 주는 사건이 터졌다. 바로 1947년에 일어난 2·28사건[1]이다. 담배 암거래를 단속하는 아주 사소한 일이 발단이었던 이 사건은 결과적으로 3, 4만에 이르는 타이완 본토인들이 학살되는 대사건으로 번지고 이런 과정을 통해 국민당 정권은 일당 독재 체제를 공고히 하게 된다. 동포를 학살하는 국민당보다는 차라리 일본의 식민통치가 더 나았다고 생각하는 타이완 사람들의 친일적, 탈중국적 정서의 배경에는 바로 이 사건이 있었다고 할 수 있다.

1949년 타이완으로 패퇴한 국민당 정부는 동서냉전의 이데올로기 대립

---

1) 1947년 2월 27일, 전매국 단속원들이 타이베이에서 담배 암거래를 적발하고 압수하는 과정에서 판매상이 머리를 총부리에 맞아 피를 흘리고 쓰러지는 사건이 발생한다. 이를 지켜보던 군중이 항의하자, 당황한 단속원이 총을 발사하고 한 명이 사망하면서 사태가 확대되었다. 분노한 군중들은 경찰국과 헌병대를 포위하고 이들을 처벌할 것을 요구하였다. 그동안 타이완 사람들에게 누적되어온 불만이 일거에 표출되면서 상황이 악화되어 폭동으로 치닫자 2·28사건처리위원회가 조직되어 이 사건의 중재를 시도하였다. 그러나 국민당 정부는 3월 9일 타이완으로 군대를 파병하여 군중을 진압하였다. 이 과정에서 국민당은 폭동에 참여하지 않은 많은 타이완의 지도자와 지식인들까지도 체포하거나 학살하였다. 당시 사망자는 3만에서 4만 명 정도로 추정되며, 이 일로 타이완의 많은 사회 지도층 인사와 지식인이 사망하거나 외국으로 망명했고, 국민당 정권이 타이완을 확실히 장악하는 계기가 되었다. 리샤오펑(李筱峯)『타이완사 100대 사건(臺灣史100件事件)』참소.

을 빌미로 계엄령을 선포하고, 이렇게 시작된 억압적인 정치가 무려 38년이나 계속되면서 타이완 섬 전체에 깊이 영향을 끼쳤다. 국민당 정권은 타이완어 사용을 통제하고 계획적이고 체계적으로 타이완과 관련된 모든 연구를 철저히 억압하였다. 특히 1950년 한국전쟁의 발발로 강화된 반공정책은 타이완 사회의 모든 면에 견고한 족쇄가 되었다. 5·4신문화운동 이래의 모든 대륙 문학의 출판·유포·연구를 금하였고, 반공의 구호 아래 고도의 숙청 공작을 자행하였다. 이 와중에 다수의 좌익 작가들도 체포되거나 처형되었다. 백색 테러의 위협은 지식인들로 하여금 생명의 존엄성, 인간의 가장 기본적인 가치마저도 상실하게 하였다. 타이완 섬에는 본토인들은 이해할 수 없는 '반공', '대륙 인민 해방', '삼민주의(三民主義)의 실행', '중화문화의 보호'와 같은 구호만이 난무했다. 정치적 소외와 사회적 억압은 타이완 사람 스스로는 본성인(本省人)으로, 1949년 국민당과 함께 대륙에서 이주해 온 사람들을 외성인(外省人)이라 호칭하는 경계선을 긋게 하면서, 타이완 본토인들은 자신들의 정체성에 대해 심각한 고뇌를 하게 되었다.

1970년대에 이르러 국민당 정권의 중국 체제가 국제사회의 도전을 받기 시작했다. 국제연합에서의 퇴출, 미국·일본과의 단교 등 국제적인 고립으로 타이완 체제는 동요하기 시작했다. 당시 지식인들은 자신의 주변과 본토 타이완을 되돌아보게 되고, 작가들은 굴욕적이고 절망적이며, 미망에 빠져 있는 타이완의 모습을 담담하게 묘사함으로써 역사적 전환기 타이완의 모습을 솔직히 바라보기 시작했다. '타이완 문학'이라는 표현이 여전히 금기시되던 시절, 작가들은 조심스럽게 '향토문학'이라는 표현을 쓰면서 타이완 문학의 자주성을 강조하기 시작한다.

'향토문학'은 1977년 향토문학논쟁을 거치면서 1980년대 본토화운동으로 이어진다. 본토화논쟁이 발전하면서 '타이완 문학'이라는 명칭이 정식으로 등장하였고, 타이완어로 창작을 하는 작가들도 나타나기 시작했다. 1980년대 타이완 사회는 모순의 충돌과 화해의 시대였으며, 단일한 사회의 가치는 다원화되어갔다. 1987년 계엄이 해제되면서 비로소 자유롭게 정당을 결성하고 신문사를 건립할 수 있었고, 일반인들의 대륙 방문이 허락되었다. 정치가 개혁되면서 의식 형태의 압박도 느슨해지고, 언론도 크게 개방되었다. 작가들은 그동안 금기시되던 정치, 인권에 관한 것도 자유롭게 작품의 제재로 사용할 수 있었다. 언론이 개방되고 그동안 묻혀왔던 역사가 점차적으로 부각되면서, 역사/기억, 기억/현실이 서로 교차되고, 기억을 중건하는 과정에서 '일본/중국/타이완'이라는 갈등 속에 파편화된 타이완 사람 자신들의 자화상을 만나게 된다. 자유스러워진 타이완에서 전후 세대 타이완 사람들이 역사의 오류와 정치의 허구성에 황당해했다면, 국가의 권위나 역사의 비정함에서 벗어난 신세대들은 민족이나 역사라는 거대 담론을 거부한다. 이들은 민족이란 허구의 집합체이며, 국가는 공동 이익의 결합체에 불과하다고 여긴다. 이들은 공동 운명과 공동 이익이 신념일 뿐이라고 주장하면서, 민족의식 형태의 중국 주체 지배 담론을 거부한다. 그러나 해협을 사이에 두고 마주 보이는 거대 중국의 실체를 부인할 수는 없는 것이다. 일제의 식민 역사를 극복하고, 국민당 정권의 중국 중심의 허구를 걷어낸 지금, 타이완 사람들에게 중국의 실체는 다시금 극복하고 넘어가야 할 과제가 되었다. 역사적으로 타이완 정체성의 모호함에서 비롯된 비극적 처지는 기억에서 지워낼 수 있는 허구가 아니며, 지금 이 순간에도 진행형인 현실인 것이다.

2. 주님의 아들, 중국의 아들

천잉전의 본명은 천잉산(陳映善)이며 1937년 타이완(台彎) 주난(竹南)에서 태어났다. 그의 필명 천잉전은 9살에 요절한 쌍둥이 형의 이름이다. 전후 열악했던 환경 속에서 제대로 된 치료도 받아보지 못하고 요절한 형의 죽음은 천잉전은 물론 부모님들에게 깊은 슬픔을 안겨주었다. 이 사건을 계기로 그의 가족들은 기독교 세례를 받게 되고 부친은 자식을 잃은 상실감과 죄책감을 극복할 수 있었다고 한다. 그의 부친은 신학을 공부하고 신학원을 설립해서 은퇴할 때까지 봉사하였다. 그의 부친은 애국자였다. 일본 식민 시기, 일본어만 쓸 수 있었던 그 시기 부친은 아이들에게 중국어를 가르쳤으며, 광복 후 대륙에서 오는 조국의 군대를 환영하기 위하여 아이들을 데리고 기차역으로 마중 나가기도 하였다. 부친은 천잉전에게 이렇게 말했다고 한다. "너는 하느님의 아들이고, 중국의 아들이며, 마지막으로 나의 아들이다." 천잉전 소설에 일관되게 흐르는 인도주의 정신과 애국 사상은 이렇게 그의 부친으로부터 깊이 영향을 받은 것이다.

조국과 문학에 대한 초보적인 이해는 초등학교 6학년 때 부친의 서재에서 루쉰(魯迅)의 소설집을 읽으면서 시작되었다. 붉은색 표지의 『외침(吶喊)』에 구체적으로 묘사된 중국 민족의 형상은 그의 눈을 새로이 뜨게 했다. 어린 마음에도 중국의 낙후함과 중국인의 무지에 깊은 동정심이 생겼다고 그는 회고한다.

> 세월 따라 나이를 먹어가면서 낡고 오래된 소설집은 나의 가장 친밀하고, 인상 깊은 교사가 되었다. 나는 마침내 중국의 빈곤과 우매

함, 그리고 낙후함에 대해 알게 되었다. 그러나 이런 중국에 바로 내가 속해 있는 것이다. 나는 마침내 알게 되었다. 전심전력으로 이 중국—고난의 어머니를 사랑해야만 한다. 〔……〕 소년시절에 이 소설을 읽을 수 있었음에 감사한다. (이 소설은) 내가 신념과 이해가 충만한 결코 감정적이지 않은 애국자가 되게 해주었다.[2)]

대학에 진학한 후 천잉전은 용돈을 아껴 고서점에 드나들면서 외국의 명서는 물론 당시로서는 금서였던 루쉰, 바진(巴金), 라오서(老舍) 등과 같은 1930년대 중국 작가들의 작품도 읽었다. 이들 서적은 중국 민족에 대한 동정과 사랑을 일깨워주었으며 자신과 동일시하는 인식의 틀을 형성하는 데 깊은 영향을 주었다. 그의 독서 범위는 『소련공산당사』『중국의 홍기』『맑스 레닌 선집』, 조악한 지질의 모택동 소책자 등과 같은 사회주의 서적으로까지 넓어져갔다.

이러한 독서 경험을 통해 그는 약자에 대한 동정과 이해심을 넓혀갔으며, 사회주의에 대한 이상을 품는 계기가 되었다. 이렇게 형성된 기독교와 사회주의 사상은 그가 소설을 쓰는 데 사상적인 기본 골격을 구성하고 있다.

천잉전은 대학교 3학년 때인 1959년 잡지 『필회(筆匯)』에 단편소설 「포장마차(麵攤)」를 발표하면서 작가의 길을 걷게 된다. 지금까지 단편소설 32편과 중편소설 4편, 모두 36편의 소설을 썼다. 천잉전 소설의 가장

2) 천잉전, 「회초리와 제등(鞭子和提燈)」 『천잉전작품집(陳映眞作品集)』 9(인간출판사, 1988), p. 19.

보편적인 골격은 외부 현실의 부도덕과 인물의 도덕성이 충돌하는 과정에서 일어나는 모순을 서술하는 것이다. 이때 소설 인물이 외부 현실의 부도덕을 깨닫게 되는 내부의 도덕적 규율이란 바로 작가가 가지고 있는 사상, 즉 그가 어려서부터 가정에서 교육 받아온 '기독교적 사랑과 관용' 그리고 그가 꿈꾸어온 '유토피아적 사회주의'가 그것이다. 대학생이 되면서 기독교에 대한 회의로 교회에는 나가지 않았지만 기독교 자체를 부인하는 것은 아니었다. 그는 사회주의자이지만 결코 반(反)기독교적이지 않다. 오히려 박해받고 고통받는 인간에 대한 동정이 기독교 사상에 기초한 인류의 자유와 존엄에서 출발하여 사회주의라는 역사화된 관심으로 귀결됨으로써 독특한 인도주의 사상을 만들어주었다. 기독교는 그의 사회주의 사상이 교조적인 계급투쟁의 장으로 나가거나 협의의 민족주의로 흐르는 것을 막아주고 있다. 다시 말하면 사회주의 이상을 가진 이들이 섣불리 민중의 몽매함을 계도하고 현실을 바꾸겠다는 오만함을 드러내는 데 반해 그의 기독교적 양심은 실제로 민중을 계몽하러 나선 순간 오히려 자신에 대한 반성과 그들에 대한 겸허한 애정으로 스스로를 통제하게 한다.

3. 시대의 고뇌와 함께하며

1963년 군 복무를 마치고 교사직에 있는 동안 그는 비밀 독서회를 조직했다. 이 독서회에서는 주로 사회주의와 공산주의의 서적을 읽고 토론했다. 독서 모임를 통해 천잉전은 마르크스와 모택동 사상에 경도되어 갔다.

천잉전은 1968년 7월 금서를 읽고 집회에 참석한 일로 체포되었다.

이것이 바로 '민주타이완동맹(民主臺灣同盟)' 사건이며, 그는 타이완경비총부(臺灣警備總部)에 의해 국가전복 활동을 했다는 이유로 기소되어, 12월 31일 10년 형의 선고를 받고 1970년 설날 전에 타이둥타이웬감옥(臺東泰源監獄)으로 이송되었다. 거기에서 그는 처음으로 1950년대 숙청되어 수감 중인 수백여 명에 달하는 정치범을 만났다. "삼십 세가 되던 그해 나는 영어의 몸이 되었다. 33세에 깊은 산중에 있는 붉은 벽돌을 성처럼 쌓은 감옥으로 이송되었다. 거기에서 나는 처음으로 1950년대 초 정치대숙청 중 종신형을 선고받고 겨우 살아남은 사람들을 만나게 되었다. 이들 중에는 이미 20년이라는 세월을 감옥에 있었던 이도 있었다."[3] 그에게 있어서 이것은 잊을 수 없는 악몽이었고, 문학 창작에 있어서는 또 다른 문학 생명의 근간이 되었다. 백색 공포 시기의 지식인에 대한 깊은 체험은 「방울꽃(鈴璫花)」「산로(山路)」 등의 소설에 감동적으로 묘사되고 있다.

천잉전은 1975년 장제스 서거 백일 특사로 감형되어 형기보다 3년 빨리 출옥하였다. 그때 그의 나이 38세였다. 감옥에서 나온 후 천잉전은 쉬난촌(許南村)이라는 필명으로 「천잉전을 논함(試論陳映眞)」이라는 글을 발표하였다. 그는 이 글에서 자신을 해부대에 올려놓고 용감하게 자신의 과거에 대해 비판을 가하면서 자신과 다른 사람들에게 문학이 걸어야 할 길이 어떤 것인지 보여주려 했다.

같은 해에 『장군족(將軍族)』이 원경출판사에서 출판되었다. 본성인과 외성인 사이의 갈등이 여전히 존재하고 있던 시절, 본성인과 외성인의 순수한 사랑을 주제로 한 『장군족』은 커다란 반향을 일으켰다. 성적(省籍)을

---

3) 천잉전, 「인멸된 역사의 적막(被湮滅的歷史的寂寞)」, 『연합문학(聯合文學)』 46기(1988년 8월호).

떠나 숭고한 사랑의 완성을 보여준 이 소설은 정신적으로 심각한 소외감에 사로잡혀 있는 타이완 본성인에게, 또 타향에서 뿌리내리지 못하고 방황하는 외성인들에게 깊은 감동을 주었다. 그러나 본성인과 외성인의 갈등을 애써 외면하고 봉합하고 있던 당국에 의해 이 책은 곧 판금되고 만다.

출옥 후 그가 본 세계는 과거와 많이 달라져 있었다. 타이완 사회는 독재치하였지만 경제발전은 최고조에 달해 있었다. 그러나 자본주의 사회에서 인간의 본성이 금전의 압력에 왜곡되고 손상되고 있었다. 그는 자본주의 사회에서 사람들이 느끼는 소외감, 자본의 침략, 기업의 인권 유린 행위 등과 같은 문제를 고발한 소설, '워싱턴 빌딩(華盛頓大厦) 시리즈'—「야행열차(夜行貨車)」「샐러리맨(上班族的一日)」「구름〔雲〕」「만상의 군주(萬商帝君)」를 완성하였다. 그는 이 소설에서 자본 중심 국가의 신식민주의에 의해 왜곡되고 있는 타이완 사회의 본질을 예리하게 통찰하고 있다.

1970년대 후반 타이완에서는 향토문학논쟁이 벌어졌다. 처음에는 1960년대 타이완 문단에서 주류를 이루었던 모더니즘에 대해 반성하면서 현실 생활에 관심을 돌려야 한다는 주장이 제기되며 시작됐다. 1977년 향토문학을 주장하는 학자들과 모더니즘 작가들과 치열한 논쟁이 본격화되자 천잉전도 향토문학을 옹호하는 문장을 써 이들을 지원하였다. 그런데 향토문학논쟁은 차츰 타이완 출신 작가들이 탈중국화를 지향하며 타이완 문학의 자주성과 본토화를 부각시키면서, 타이완의 정체성에 대한 대립적 사고가 대두되었다. 1980년대 타이완의 주체성과 독자성을 강조하는 '타이완 본토화'가 대세가 되어가자 천잉전은 중화민족주의라는 그의 입장을 분명히 하면서 상당 기간 고립된 힘든 시간을 보내야 했다.

천잉전은 중국을 주체로 한 통일을 주장했음에도 타이완에 대한 관심과 사랑은 순수하고 열렬했다. 1985년 천잉전은 줄곧 염원해오던 잡지 『인간(人間)』을 창간하였다. 이 잡지는 르포와 사진이 결합된 월간지로 11월에 창간호가 나왔다. 창간호에서는 '사회의 약한 사람의 입장에서 타이완의 사람, 생활, 노동, 생태환경, 사회와 역사를 바라보고, 여기에서부터 기록하고, 증명하고, 보고하고, 비판한다'고 창간 취지를 밝히고 있다. 그러나 이 잡지에 쏟은 그의 노력에도 불구하고, 1989년 재정상의 위기를 겪으며 정간할 수밖에 없었다. 그러나 그는 인간출판사(人間出版社)를 통해 『타이완사회경제사(臺灣社會經濟史)』 등과 같은 서적을 출간하며 타이완에 대한 지속적인 관심과 애정을 쏟고 있다.

4. 통일, 결코 단념할 수 없는 염원

천잉전은 타이완에서 태어나 타이완에서 자란 타이완 본토 출신임에도 불구하고 중국 대륙과의 통일을 주장하고, 강렬한 중국적 정서를 지닌 소수 중의 소수다. 1895년 타이완이 일본의 식민지가 되면서 중국 대륙과 단절되기 시작한 타이완의 역사는 1949년 국민당 정부가 중국 공산당에 패배하고 타이완으로 철수하면서 더욱 고착화되었다. 즉, 기왕의 타이완 사회가 가지고 있었던 풍토성과 대륙과의 단절로 이루어진 특수한 사회 분위기는 나름대로의 독특한 문화를 형성하기에 이르렀다. 타이완의 독립을 지지하는 이들은 이 점을 근거로 타이완 문화의 독립성과 중국과의 차별성을 강조하며 자신들의 정당성을 주장한다. 천잉전은 타이완에서 나고 자랐음에도 불구하고 조국의 통일에 대해 이들과는 다른 태도를 단호하고 일관되게 취해왔다. 그는 1989년 6·4 천안문 사태가 발생한 지 1년 후 '중국통일연맹(中國統一聯盟)'의 주석 신분으로 중국을 방문하여 중국 주석 장쩌민(江澤民)을 만났다. 당시 그는 타이완의 많은 사람들에게 거센 비난을 받았으나, 외국의 간섭을 반대하며 민족의 통일과 부강은 모든 민족의 권리라는 신념을 고수하고 있다.

천잉전은 2001년 소설집 『충효공원(忠孝公園)』(홍범출판사)을 출간했다. 그동안 정론(政論)의 형태로 민족통일이라는 문제를 주장하던 것에서 소설을 통해 민족통일의 당위성을 독자들의 감성에 호소하고 있다. 작가는 이 소설에서 옛일들을, 고통의 역사를 냉정하게 그리고 애틋하게 불러낸다.

작금의 타이완에는 타이완의 독립을 정당화하기 위해 과거 일제 식민역사를 미화하고 심지어 찬양하는 이들도 있다. 천잉전은 이러한 논리가 발붙일 수 있는 것은 불행했던 과거의 역사가 철저히 청산되지 못했기 때문이며, 민족이 분단되어 있기 때문이라고 생각한다. 그는 타이완 사회에서 생겨나는 기형적인 가치관과 역사관은 과거의 역사를 철저하게 규명하고 반성하는 것으로부터 시작해서, 중국과의 통일이 이루어져야 비로소 수정·완성될 수 있다고 주장한다. 작가는 「충효공원」에서 두 주인공에게 싸늘한 냉소를 보이면서, 역사를 철저히 반성하지 못한 결과가 무엇인지, 그리고 분단된 민족에게 일어나는 비극이 어떠한 것인지를 우리에게 암시하고 있다.

「충효공원」에서 일제 식민지 시절 타이완 출신 일본군으로 남양 군도에서 종군했던 린뱌오는 일본 정부에게서 배상을 받기 위해 낡은 일본 군복을 입고 자신이 영광스러운 일본 군인이었음을 증명해 보이려 동분서주한다. 이들은 과거 자신들을 학대했던 일본인 상사를 초청해서 식사를 하며 일본 군가를 부르며 남양 군도에서의 고생을 그리워한다.

전후 일본이 패전하여 타이완에서 물러간 후, 타이완 사람들은 해방감과 조국에 대한 희망으로 가득 찼다. 그러나 이어지는 감정의 혼란, 즉 어떻게 중국인을 대할 것이며 이후 타이완이 어떻게 변해갈지 알 수 없는 망연함 등으로 혼란스러워했다. 전후 초기, 확실히 타이완에는 자신의 정체성에 대한 애매한 관념이 존재했다. 타이완 사람도 아니고 중국인도 아니고 일본인은 더더욱 아닌 회색지대에 놓여 있었다. 그런데 과거 일본에 항거하여 싸웠던 경험을 가진 대륙의 관리들은 해방 후에도 여전히 일본어를 쓰고 일본식 생활에 젖어 있는 타이완 사람들을 신뢰할 수 없는 대상으로 여겼다. 결국 신뢰할 수 없는 타이완 사람들을 배제하는 한편, 이들에 대한 억압적인 태도는 본성인에게 중국인으로의 정체성을 확립시켜 주지 못하고 오히려 환멸만을 안겨주었다. 이런 와중에 터진 2·28사건은 타이완 사람에게 치명적인 상처를 주게 되고 이들이 중국인으로 동질감을 느낄 기회를 영원히 앗아가게 되었다. 식민지 기억을 가지고 있는 본성인에게 일본은 2·28사건을 계기로 슬그머니 끼어들면서 식민 시대의 향수를 부채질하고 있다. 과거에 대한 이런 향수 속에서 타이완 사람들은 자신이 완전히 어느 나라 국민인지 명확히 구분 짓지 못하는 복잡함을 내재하게 된 것이다.

일제 시절 타이완 군인들을 '자랑스러운 천황의 적자'라고 치켜세우던 일본은 이들이 '일본 국민의 신분을 이미 상실'했기 때문에 보상금 청구를 기각해버린다. 비록 보상금을 받을 수 없게 되었지만, 그들은 '일본이 여전히 타이완을 사랑한다'고 굳게 믿는다. 오히려 그동안은 국민당 정권이었기 때문에 타이완 군인에게 관심이 없어서 그런 것이라며, 타이완 출신이 주축이 된 정권이 들어서면 이들을 위해 앞장서줄 것으로 믿는다. 그러나 이들을 선동하던 타이완 출신 정치인들도 막상 정권을 잡고 나서는 이들을 귀찮아한다. 오히려 국제적으로 고립되어가는 타이완을 위해 일본의 말을 따르라고 설득한다. 모두에게 기만당하고 이용만 당했다는 것을 깨달은 린뱌오 노인은 서럽게 울며 외친다.

"나는 누구냐 ……" [……] "나는 도대체, 누구란 말이냐……" (p. 266)

한편, 중국 둥베이(東北)가 고향인 마정타오(馬正濤)는 중국 대륙 만주에서 일본 헌병으로 반일항쟁을 하는 수많은 중국인들을 잡아들였다. 일본이 패배하고 중국에서 물러난 후에는 국민당의 특무요원으로 변신하여 공산당을 소탕하는 데 앞장섰다. 마침내 인민군 포로가 되자 가차 없이 동료를 팔아넘기고 타이완으로 탈출하여 과거를 숨기고 정보부에서 일하다 은퇴한다.

과거 중국 대륙에서 공산당을 견제하기 위하여 국민당은 일본에 동조했던 사람들과 손을 잡고, 일본과는 타협했다. 이런 과정에서 바로 변신의 귀재 리한성(李漢笙)이나 마정타오 같은 인물이 나타날 수 있었던 것이다. 작가는 잘못된 과거는 청산되어야 한다는 주장을, 주인공 마정타오가 자살하는 것으로 상징적인 결말을 맺는다.

소설 「귀향」에는 타이완 출신으로 중국 대륙으로 끌려가 공산당과 싸우다 포로가 되어 40여 년간 대륙에서 살아야 했던 타이완 출신 노병의 이야기와 중국 대륙 출신으로 내전에 참전했다가 어쩔 수 없이 국민당을 따라 타이완으로 온 대륙 출신의 노병 이야기가 그려진다. 작가는 이 두 사람의 애틋한 사연을 통해서 하나의 민족이라는 동질성에 접근하고 있다.

40년간 대륙에서 살던 타이완 출신 노병은 중국의 개혁개방 정책 덕분에 고향 타이완으로 돌아올 수 있었다. 그러나 그에게 남겨진 땅을 탐

하는 동생에 의해 그의 존재가 거부된다. 작가는 타이완/중국이라는 형식적이고 거창한 명목이 아니라, 단순히 인간 본연의 회귀본능 때문에라도 민족의 통합은 필연적인 것이라고 여긴다.

> 내 앞으로 얼마간의 재산이 분배되어 있다는 것을 알지만 꼭 그것을 가져야겠다고 생각한 적은 없었어. [……] 40여 년간 내가 그리워한 것은 집이고 사람이었어. (p. 79)

작가는 어떤 이념의 잣대에 의해서가 아니라 인간이 본래 갖고 있는 감성으로 본래적 삶을 바라봐야 한다고 믿는다. 오랫동안의 단절로 인한 불신도 먼저 인간의 양심을 회복한다면 서로 신뢰를 구축하는 것이 어려운 일이 아님을 주장하고 있다. 작가는 분단 현실의 지혜로운 해결의 전제 조건은 바로 인간 양심의 회복이라고 여기고 있다.

> 이젠 다 지나간 일이다. 고난의 시간이 지나간 후 나와 네 큰어머니는 한 가지 결론에 이르렀지. 그것은 바로 어떤 고난과 괴로움 속에서도 인간이길 포기해서는 안 된다는 거였어. (p. 82)

작가는 주인공이 꿈꾸던 고향 타이완이라는 상상의 지도를 구체화하고, 반생을 살았던 대륙이라는 현실 세계를 포개어 그간 분단으로 야기된 간극을 봉합하려 시도한다. 작가는 "타이완도 대륙도 모두 나의 고향"이라는 주인공의 말로 타이완 사람의 '고아의식'에 종지부를 찍고 중국인으로서 정체성을 확인한다. 작가가 이 소설에서 보여준 주인공의 굴곡진 삶에 대한 진솔한 묘사는 분단이 가져온 한 시대 전체의 상징으로서 호소력을 가지며, 바로 역사상 모호했던 타이완의 정체성에 대한 비극적 처지를 보듬어 안고 있다.

타이완에는 또 하나 청산하고 넘어가야 할 아픔이 있다. 바로 국민당 일당 독재 시절의 상처이다. 2000년에 발표한 「밤안개(夜霧)」는 1970년대 말에서 1990년대 타이완의 격변기를 배경으로 하고 있다. 이 소설에서 작가는 과거 국민당의 정보부에서 일했던 주인공 리칭하오(李清皓)가 죄책감과 피해의식으로 미쳐가면서 두서없이 써놓은 기록을 통해 타이완 정국의 변화와 이로 인해 희생당하는 한 개인의 방황과 고통을 심층적으로 묘사하고 있다. 주인공은 정권의 변화에 따라 약삭빠르게 대처하는 다른 정보부원들과는 달리 신념을 가지고 일했던 자신의 과거가 부인되는 것에 회의와 분노를 표출한다.

> 상부에서는 수단 방법을 가리지 말고 감옥에 처넣으라고 했던 사람들을 모두 석방시켜 사나운 호랑이가 울타리를 뛰쳐나가도록 하고 있었다. 결국 나는 '나쁜 놈' '국민당 프락치'라는 꼬리표가 일생 동안 따라다니게 되었고, 윗사람들은 '깨어 있는' '민주적인' 훌륭한 인물이 되었다. 대체 어떻게 된 일인가? (pp. 108~109)

미친 자의 기록은 루쉰의 소설 「광인일기(狂人日記)」의 주인공처럼 바로 왜곡된 시대와 권력의 비정함을 철저하게 해부하고 있다. 권력의 도구로 쓰였던 한 인간의 처절한 비명은 국가의 분단을 정권 유지에 이용한 권력자들의 파렴치함을 고발하고 있다. 같은 민족을 반공이라는 명분을 내세우며 자신들의 권력을 유지하려는 이 분단의 상황이 소멸되지 않는 한, 정권의 교체는 아무런 의미가 없음을 작가는 소설 말미에서 경고

하고 있다.

> 아무리 시대가 변하고, 누가 정권을 잡아도 반공과 국가의 안전 문제는 우리에게 의지하지 않을 수 없습니다. (p. 147)

이 책 『충효공원』에 실린 근작 세 편의 소설에서는 현실에 대한 비판이 더욱 직접적이고 날카로워져 과거 간간이 보이던 낭만적인 색채를 전혀 찾아볼 수 없다. 이러한 엄숙한 정서는 이 소설을 쓸 당시 타이완 사회에 거세게 불어닥쳤던 중국에 대한 배타적인 분위기가 현실로부터 비켜서지 않고 카랑카랑하게 살아온 그의 의식을 더욱 날 서게 했기 때문일 것이다. 예민한 시각, 의식 형태 그리고 확고한 역사관을 바탕으로 전후 타이완 사회를 해석하고 있는 그의 소설은 독자들에게 다양한 사고와 경험을 할 수 있는 기회를 제공하고, 아울러 사회적 문제의식을 일깨운다. 이것은 동시대를 살아가는 작가의 중요한 임무이자 책임일 것이다.

그의 소설은 유사한 역사의 굴곡—일제 식민 시기, 전쟁, 분단, 독재, 눈부신 경제발전 그리고 민주화 운동—의 기억을 가지고 있는 한국 독자에게 전혀 낯설지 않으며, 아마도 우리에게 좋은 반면교사의 역할을 할 것이라 기대한다.

작가 연보

1937	10월 6일 타이완(台灣) 주난(竹南) 중강(中港)에서 출생. 본명은 천잉산(陳映善). 아버지는 천옌싱(陳炎興), 어머니는 천쉬스(陳許絲).
1939	셋째 큰아버지 천왕건(陳旺根)의 양자로 감. 이름을 천융산(陳永善)으로 바꿈.
1944	공습을 피해 잉거(鶯歌)로 가 잠시 생부와 함께 생활함.
1945	잉거초등학교 입학.
1946	일란성 쌍둥이인 형 천잉전(陳映眞)이 복막염으로 사망. 훗날 아홉 살에 사망한 쌍둥이 형의 본명 '천잉전'을 소설 쓸 때의 필명으로 사용함. 이 일을 계기로 천잉전의 가족은 기독교인이 됨.
1950	잉거초등학교 졸업.
1951	아들의 죽음을 계기로 신학을 공부한 천잉전의 부친은 중타이신학원(中台神學院)을 설립하고, 총무와 교사 일을 겸함.
1954	성립청궁중학교(省立成功中學初中部) 졸업(1953년 졸업해야 했으나 유급했음).

1956 양부(셋째 큰아버지)가 세상을 떠남. 타이중(臺中)으로 가 생부와 함께 생활함.

1957 일명 5·24 리우즈란 사건(리우즈란을 살해한 미군 병사가 미군 법정에서 무죄 판결 받은 사건)을 계기로 일어난 반미 시위에 참석했다가 경찰에 잡혀갔으나 간단히 진술만 하고 풀려남. 성립청궁고등학교(省立成功中學高中部) 졸업. 단장영전(淡江英專) 입학.

1959 처녀작 「포장마차(面攤)」를 잡지 『필회(筆匯)』 1권 5기에 발표.

1960 1월 「나의 동생 캉슝(我的弟弟康雄)」, 3월 「집(家)」, 8월 「고향의 선생님(故鄉的教師)」, 9월 「고향(故鄉)」, 10월 「죽은 자(死者)」, 12월 「할아버지와 우산(祖父和傘)」을 연달아 『필회』에 발표.

1961 단장문리대학 영문과(淡江英專이 淡江文理學院으로 이름을 바꿈—현 淡江大學) 졸업.

1월 「고양이, 그들의 할머니(貓牠們的祖母)」, 5월 「그렇게 노회한 눈물(那麼衰老的眼淚)」, 7월 「카라테인 유다의 이야기(加略人猶大的故事)」, 11월 「사과나무(蘋果樹)」를 『필회』에 발표.

1962 군 입대. 군 복무 중 대륙에서 온 노병사들의 애환을 알게 됨.

1963 9월 창누중학교(強恕中學校) 영어 교사(2년 반 재직), 9월 소설 「문서(文書)」를 『현대소설(現代文學)』 18기에 발표.

1964 1월 「장군족(將軍族)」, 6월 「처참한 무언의 입술(悽慘的無言的嘴)」, 10월 「한 마리 녹색 철새(一綠色之候鳥)」를 『현대소설』에 발표.

1965 미국계 후이루이제약회사(輝瑞藥廠)에 입사.

2월 「사냥꾼의 죽음(獵人之死)」, 7월 「여전히 빛나는 태양(兀自照耀着的太陽)」을 『현대소설』에 발표.

1966 9월 「아! 수산나(哦! 蘇珊娜)」 『유사문예(幼獅文藝)』 29기에 발표.

10월 웨이티엔총(尉天聰)과 잡지 『문학계간(文學季刊)』을 창산. 「쇠우의 여름(最後的夏日)」을 『문학계간』 1기에 발표.

1967 1월 「탕천의 희극(唐倩的喜劇)」을 『문학계간』에 발표.

1968 '민주타이완동맹(民主臺灣同盟)' 사건으로 천잉전 등 36명이 체포됨. 12월, 10년 형을 선고받고, 타이둥타이웬감옥(臺東泰源監獄)으로 이송. 이곳에서 천잉전은 1950년대 숙청된 수백 명의 정치범을 만나게 됨.

1970 2월 「영원한 대지(永恒的大地)」를 『문학계간』에 발표.

1972 『천잉전선집(陳映眞選集)』이 홍콩 소초출판사(小草出版社)에서 출판.

1975 장제스(蔣介石) 서거. 장제스 서거 백일 특사로 사면되어 3년 일찍 출옥. 10월 필명 쉬난춘(許南村)으로 「천잉전을 논함(試論陳映眞)」이라는 글을 써서 자신에 대해 분석함. 10월 『첫 출장(第一件差事)』 『장군족』이 원경출판사(遠景出版社)에서 출판됨. 11월 미국계 회사 원사(溫莎)제약회사에 취직하여 『원사의약위생잡지(溫莎醫藥衛生雜誌)』의 편집을 맡음.

1976 『장군족』이 판금됨. 잡지 『하조(夏潮)』의 편집에 참여함. 12월 원경출판사에서 평론집 『지식인의 편집(知識人的偏執)』이 출간됨.

1977 2월 천리나(陳麗娜)와 결혼. 향토문학논쟁 중 「민족문학의 풍격을 세움(建立民族文學的風格)」 「문학은 사회로부터 오고 사회를 반영한다(文學來自社會反映社會)」 「향토문학의 맹점(鄉土文學的盲点)」 등의 문장을 발표하여 쉬광중(余光中) 등이 향토문학을 공농병(工農兵) 문학이라고 왜곡하는 것에 대해 반박함.

1978 3월 「하오빠(賀大哥)」, 9월 「샐러리맨의 하루(上班族的一日)」를 『웅사미술(雄獅美術)』, 「야행화차(夜行貨車)」를 『대만문예(臺灣文藝)』에 발표.

1979 제2차 향토문학논쟁이 벌어짐. 10월 3일 두번째로 체포되었으나 각계 인사들의 노력으로 구금 36시간 만에 석방됨. 11월 「상실감(纍纍)」을 『현대문학』에 발표. 송저라이(宋澤來)와 함께 제10회 우줘리우(吳濁

流)문학상을 받음.

1980　8월 「구름(雲)」을 『대만문예(臺灣文藝)』에 발표.

1982　7월 『구름(雲)—워싱턴빌딩 시리즈 1』, 11월 『야행열차(夜行貨車)』가 원경출판사에서 출판. 12월 「만상의 군주(萬商帝君)」를 『현대문학』에 발표.

1983　4월 「방울꽃(鈴璫花)」, 8월 「산로(山路)」를 『문학계간』에 발표. 8월 치덩성(七等生)과 아이오와 대학 국제작가 프로그램에 참가. 10월 「산로(山路)」로 『중국시보(中國時報)』에서 소설 추천상을 받음.

1984　9월, 소설집 『산로(山路)』, 평론집 『고아의 역사, 역사의 고아(孤兒的歷史, 歷史的孤兒)』가 원경출판사에서 출판됨. 11월 잡지 『하조』가 정간당함.

1985　11월 르포와 사진이 결합된 월간지 『인간(人間)』 창간. 12월 『천잉전소설선(陳映眞小說選)』이 인간출판사(人間出版社)에서 출간.

1986　한국의 반독재항쟁을 취재하러 왔다가 '타이완의 향토문학'이라는 제목으로 강연함.

1987　7월 14일, 1949년부터 38년간 지속되어왔던 계엄령이 해제됨. 6월 「자오난동(趙南棟)」을 『인간』에 발표. 9월 미국 아이오와 대학의 국제작가 프로그램 성립 20주년 행사에 참가. 11월 『자오난동(趙南棟)』을 인간출판사에서 출간.

1988　1월 장징궈(蔣經國) 서거. 3월 『천잉전작품집』 15권이 인간출판사에서 간행됨. 4월 중국통일연맹(中國統一聯盟)을 창립하여 주석에 취임함. 6월 홍콩 '천잉전문학토론회'에 참석함.

1989　4월 한국 방문. 9월, 잡지 『인간』이 누적된 적자로 인하여 정간됨.

1990　2월, '중국통일연맹대표단'을 이끌고 베이징 방문, 주석 장쩌민(江澤民)과 만남.

1911　8월, 인간출판사에서 '타이완 정치경제 총간(臺灣政治經濟總刊)' 간행.

1992 한국에서 열린 '타이완 현대문학 학술대회'에 참가.

1993 12월 「뒷길——천잉전의 창작역정(後街——陳映眞的創作歷程)」을 『중국시보』에 발표.

1994 2월, 일제 강점기 때의 타이완 50년 사진전 「50년의 속박」을 타이베이 신성화랑에서 개최.

1996 11월 부친 천옌싱 사망. 『연합보(聯合報)』에 「타이완 문학 중의 환경의식(臺灣文學中的環境意識)」을 발표. 7월 『야행열차』가 시사출판사(時事出版社)에서 출판됨.

1997 2월, 타이완·일본·한국 3국 '동아시아 냉전과 국가 테러리즘 토론회' 타이완 책임자를 맡음. 3월 『천잉전대표작(陳映眞代表作)』이 허난문예출판사(河南文藝出版社)에서 출간됨. 7월 향토문학논쟁 20주년 학술대회에서 「내전과 냉전의식 형태에 대한 도전」을 발표. 7월 홍콩 반환 행사에 초청받아 참가함. 중국사회과학원(中國社會科學院)의 고급연구원으로 임명됨.

1998 8월, 한국 제주도에서 열린 '21세기 동아시아 평화와 인권 대토론회'에 참가. 11월 『천잉전문집』(소설권, 문론권, 잡문권)이 우의출판사(友誼出版社)에서 출간. 10월 중국인민대학의 객좌교수로 임명됨.

1999 9월, 소설 「귀향(歸鄉)」을 『금아적논쟁(噤啞的論爭)』에 발표. 10월 중국대륙 건국 50주년 기념회에 초청받음. 12월 마카오 반환 행사에 초정받아 참석.

2000 1월 20일~21일 수필 「부친(父親)」을 『중국시보』에 연재함. 3월 『천잉전자선집(陳映眞自選集)』이 베이징삼련서국(北京三聯書局)에서 출판됨. 11월 24일~12월 5일 소설 「밤안개(夜霧)」를 『연합보(聯合報)』에 발표.

2001 7월 소설 「충효공원(忠孝公園)」을 『연합문학(聯合文學)』에 발표.

10월 소설집 『충효공원』이 홍범출판사에서 출간.

2003 말레이시아 『성주일보(星洲日報)』에서 제2회 화종세계화문문학상(華踪世界華文文學賞)을 받음.

2004 9월 산문집 『부친(父親)』이 홍범출판사에서 출간됨.

2006 9월, 10월, 베이징에서 두 차례 뇌졸중으로 쓰러져 차오양의원(朝陽醫院)에서 요양.

2009 9월 '천잉전 선생 창작 50년 학술 토론회'가 열림. 전국대련—중화전국타이완동포연의회(全國臺聯—中華全國臺灣同胞聯誼會)와 중국작가협연회(中國作協聯會)가 공동으로 주최한 학술 토론회에는 요양 중인 천잉전 대신 그의 부인 천리나가 대신해 출석함.

2010 8월, 중국작가협회(中國作家協會) 제7기 주석단은 제10차 회의에서 천잉전을 중국작가협회 제7기 전국위원회 명예 부주석으로 임명함.

기획의 말

'대산세계문학총서'를 펴내며

2010년 12월 대산세계문학총서는 100권의 발간 권수를 기록하게 되었습니다. 대산세계문학총서의 발간은 앞으로도 계속될 것이고, 따라서 100이라는 숫자는 완결이 아니라 연결의 의미를 지니는 것이지만, 그 상징성을 깊이 음미하면서 발전적 전환을 모색해야 하는 계기가 된 것은 분명합니다.

대산세계문학총서를 처음 시작할 때의 기본적인 정신과 목표는 종래의 세계문학전집의 낡은 틀을 깨고 우리의 주체적인 관점과 능력을 바탕으로 세계문학의 외연을 넓힌다는 것, 이를 통해 세계문학을 바라보는 우리의 시각을 전환하고 이해를 깊이 해나갈 수 있도록 한다는 것이었다고 간추려 말할 수 있습니다. 그리고 궁극적으로는 우리의 인문학을 지속적으로 발전시켜나갈 수 있는 동력이 될 수 있기를 희망하는 것이었습니다. 이러한 기본 정신은 앞으로도 조금도 흩트리지 않고 지켜나갈 것입니다.

이 같은 정신을 토대로 대산세계문학총서는 새로운 변화의 물결 또한 외면하지 않고 적극 대응하고자 합니다. 세계화라는 바깥으로부터의 충격과 대한민국의 성장에 힘입은 주체적 위상 강화는 문화나 문학의 분야에서도 많은 성찰과 이를 바탕으로 한 발상의 전환을 요구하고 있습니다. 이제 세계문학이란 더 이상 일방적인 학습과 수용의 대상이 아니라 동등한 대화와 교류의 상대입니다. 이런 점에서 대산세계문학총서가 새롭게 표방하고자 하는 개방성과 대화성은 수동적 수용이 아니라 보다 높은 수준의 문화적 주체성 수립을 지향하는 것이며, 이것이 궁극적으로 한국문학과 문화의 세계화에 이바지하게 되리라고 믿습니다.

또한 안팎에서 밀려오는 변화의 물결에 감춰진 위험에 대해서도 우리는 주의를 게을리하지 말아야 할 것입니다. 표면적인 풍요와 번영의 이면에는 여전히, 아니 이제까지보다 더 위협적인 인간 정신의 황폐화라는 그늘이 짙게 드리워져 있는 것이 사실입니다. 대산세계문학총서는 이에 대항하는 정신의 마르지 않는 샘이 되고자 합니다.

'대산세계문학총서' 기획위원회

대산세계문학총서

036 소설 **사탄의 태양 아래** 조르주 베르나노스 지음 | 윤진 옮김

037 시 **시집** 스테판 말라르메 지음 | 황현산 옮김

038 시 **도연명 전집** 도연명 지음 | 이치수 역주

039 소설 **드리나 강의 다리** 이보 안드리치 지음 | 김지향 옮김

040 시 **한밤의 가수** 베이다오 지음 | 배도임 옮김

041 소설 **독사를 죽였어야 했는데** 야샤르 케말 지음 | 오은경 옮김

042 희곡 **볼포네, 또는 여우** 벤 존슨 지음 | 임이연 옮김

043 소설 **백마의 기사** 테오도어 슈토름 지음 | 박경희 옮김

044 소설 **경성지련** 장아이링 지음 | 김순진 옮김

045 소설 **첫번째 향로** 장아이링 지음 | 김순진 옮김

046 소설 **끄르일로프 우화집** 이반 끄르일로프 지음 | 정막래 옮김

047 시 **이백 오칠언절구** 이백 지음 | 황선재 역주

048 소설 **페테르부르크** 안드레이 벨르이 지음 | 이현숙 옮김

049 소설 **발칸의 전설** 요르단 욥코프 지음 | 신윤곤 옮김

050 소설 **블라이드데일 로맨스** 나사니엘 호손 지음 | 김지원 · 한혜경 옮김

051 희곡 **보헤미아의 빛** 라몬 델 바예-인클란 지음 | 김선욱 옮김

052 시 **서동 시집** 요한 볼프강 폰 괴테 지음 | 안문영 외 옮김

053 소설 **비밀요원** 조지프 콘래드 지음 | 왕은철 옮김

054-055 소설 **헤이케 이야기**(전 2권) 지은이 미상 | 오찬욱 옮김

056 소설 **몽골의 설화** 데. 체렌소드놈 편저 | 이안나 옮김

057 소설 **암초** 이디스 워튼 지음 | 손영미 옮김

058 소설 **수전노** 알 자히드 지음 | 김정아 옮김

059 소설 **거꾸로** 조리스-카를 위스망스 지음 | 유진현 옮김

060 소설 **페피타 히메네스** 후안 발레라 지음 | 박종욱 옮김

061 시 **납** 제오르제 바코비아 지음 | 김정환 옮김

062 시 **끝과 시작** 비스와바 쉼보르스카 지음 | 최성은 옮김

063 소설 **과학의 나무** 피오 바로하 지음 | 조구호 옮김

064 소설 **밀회의 집** 알랭 로브-그리예 지음 | 임혜숙 옮김

065 소설 **홍까오량 가족** 모옌 지음 | 박명애 옮김

066 소설 **아서의 섬** 엘사 모란테 지음 | 천지은 옮김

067 시 **소동파사선** 소동파 지음 | 조규백 역주

068 소설 **위험한 관계** 쇼데를로 드 라클로 지음 | 윤진 옮김

069 소설 **거장과 마르가리타** 미하일 불가코프 지음 | 김혜란 옮김

070 소설 **우게쓰 이야기** 우에다 아키나리 지음 | 이한창 옮김

071 소설 **별과 사랑** 엘레나 포니아토프스카 지음 | 추인숙 옮김

072-073 소설 **불의 산**(전 2권) 쓰시마 유코 지음 | 이송희 옮김

074 소설 **인생의 첫출발** 오노레 드 발자크 지음 | 선영아 옮김

075 소설 **몰로이** 사뮈엘 베케트 지음 | 김경의 옮김

076 시 **미오 시드의 노래** 지은이 미상 | 정동섭 옮김

077 희곡 **셰익스피어 로맨스 희곡 전집** 윌리엄 셰익스피어 지음 | 이상섭 옮김

078 희곡 **돈 카를로스** 프리드리히 폰 실러 지음 | 장상용 옮김

079-080 소설 **파멜라**(전 2권) 새뮤얼 리처드슨 지음 | 장은명 옮김

081 시 **이십억 광년의 고독** 다니카와 슌타로 지음 | 김응교 옮김

082 소설 **잔지바르 또는 마지막 이유** 알프레트 안더쉬 지음 | 강여규 옮김

083 소설 **에피 브리스트** 테오도르 폰타네 지음 | 김영주 옮김

084 소설 **악에 관한 세 편의 대화** 블라디미르 솔로비요프 지음 | 박종소 옮김

085-086 소설 **새로운 인생**(전 2권) 잉고 슐체 지음 | 노선정 옮김

087 소설 **그것이 어떻게 빛나는지** 토마스 브루시히 지음 | 문항심 옮김

088-089 산문 **한유문집-창려문초**(전 2권) 한유 지음 | 이주해 옮김

090 시 **서곡** 윌리엄 워즈워스 지음 | 김숭희 옮김

091 소설 **어떤 여자** 아리시마 다케오 지음 | 김옥희 옮김

092 시 **가윈 경과 녹색기사** 지은이 미상 | 이동일 옮김

093 산문 **어린 시절** 나탈리 사로트 지음 | 권수경 옮김

094 소설 **골로블료프가의 사람들** 미하일 살티코프 셰드린 지음 | 김원한 옮김

095 소설 **결투** 알렉산드르 쿠프린 지음 | 이기주 옮김

096 소설 **결혼식 전날 생긴 일** 네우송 호드리게스 지음 | 오진영 옮김

097 소설 **장벽을 뛰어넘는 사람** 페터 슈나이더 지음 | 김연신 옮김

098 소설 **에두아르트의 귀향** 페터 슈나이더 지음 | 김연신 옮김

099 소설 **옛날 옛적에 한 나라가 있었지** 두샨 코바체비치 지음 | 김상헌 옮김

100 소설 **나는 고故 마티아 파스칼이오** 루이지 피란델로 지음 | 이윤희 옮김

101 소설 **따니아오 호수 이야기** 왕정치 지음 | 박정원 옮김

102 시 **송사삼백수** 주조모 엮음 | 이동향 역주

103 시 **문턱 너머 저편** 에이드리언 리치 지음 | 한지희 옮김

104 소설 **충효공원** 천잉전 지음 | 주재희 옮김